坏一坏

凉炘作品

四川文艺出版社

目录

愁容骑士，末日蔷薇

北方来信，轻吻可拆

红唇之上，脉搏之间

有生之年，欣喜相逢

后记

愁容骑士，末日蔷薇

红 虾

人爱破壳取食的过程，人打心眼根上，对侵略、征服与肢解上瘾，人爱拨云见雾，人爱破除装甲，人爱费半天劲，才吃一小口的仪式感。

吴清涟十七八岁，端着一盆小龙虾，站在汇川馆子门口，一站，就是个把钟头。好好个姑娘，在太阳底下暴晒，嘴皮子裂了，拿红舌头抹平。穿着白褂的帮厨都轰过很多次了，轰不走，反而要被吴清涟骂："你他妈算个什么东西，把秦三给我叫出来！"

秦三出门以后，脸上也不情愿。这女孩子，他早有耳闻，晴汀街出了名的小野种。与继母不合，一把火烧掉了继母的卧室，黑烟滚滚，弄得整条街一下午的生意都泡了汤。

他先是一屁股坐在台阶上，抖着手抽烟，不稳，因为他中风过，四十出头手就开始抖，如果到了六十，整个人估计能用来发电。

吴清涟说："我都端到你脸上来了，你就尝一尝。你如果觉得我没这个天分，做不香，靠这个养不活自己，你就明明白白告诉我，我就改行了。省得我再浪费时间琢磨。”

秦三嘬着烟草，眯着眼睛，看到吴清涟的脸，俊美，烧魂魄，毕竟是晴汀街上出了名的小野种。她爹是张倭瓜脸，继母是张灯泡脸，而到了吴清涟，忍不住让人琢磨，那修轮胎的吴贵，年轻时娶了个什么样的妖魔鬼怪。

他只说：“你意思是，我自己剥？”

吴清涟一转头，看见背后围了一大圈子人，等着看热闹。她的眼神能发射刀片，弄得人群直往后退。她蹲下来，把盆儿顶在膝盖上，耐着性子小心剥开一枚小龙虾，壳肉离分，干干净净，往秦三嘴里塞。

抽了烟，品出来的味儿可就不对了。秦三程序多得很，当街刷牙，剔牙。老老少少愈聚愈多，等着他拿淡卤水漱口七八次，门口那一池子牡丹都浇透了。最后他走到小姑娘面前，捏住那枚虾肉，蘸蘸汁子，闭着眼睛嚼起来。

再睁眼的时候，秦三盯着烈日不眨眼睛。怔了好一会儿，一把将盆拿起来，把虾子全泼在了泔水桶里，说了一句：“明天再端一盆过来。”

二十几只赤红色的大虾，在泔水里刺破了凝固的油皮，缓缓陷进去，被碎裂的葱叶子、带毛的碎猪皮，以及发了霉的烂皮蛋所淹没。冒出数个黏稠的大泡后，消失得无影无踪。吴清涟盯在那儿看，随即捂着嘴巴恶心了好一会儿，眼泪也憋出来了。转身，把人群刺开一条缝儿。

秦三面不改色往楼上走，浑身冒汗。

他扶着水池，清水扑面，抬头照镜子，抬头纹里油渍斑斑。从水池里拎起一条瘦的鲶鱼，左右翻飞，刀光如流水。一不小心就切破了手心，举着手看着血，发愣。他心里胆怯，他怕极了。他怕方才那一盆虾，虾里的味道，味道里无解的奥秘，只是小姑娘的偶然创举。

吴清涟十九岁的时候，在外面独居。那时候一碗啤酒一毛二，补一次车胎三毛钱。机床厂的熟练工人，带绩效奖金，发六十四块钱。吴清涟在汇川楼调虾汁子，还经常上武汉出差，给迎宾楼和雄楚酒店调虾汁儿。她一个月领一张蓝票子。正面印着一排中年男人，背面是井冈山主峰图。

继母上门探访她，提了一篮梨，两串香蕉。吴清涟靠着墙躺在床上，只穿个裤衩，手里捧一本《荧幕与舞台》，对着封面上的陈冲发呆。陈冲黑亮的短卷发，回眸对镜头微笑，眼里藏着一场风雪，嘴上却保留着烈焰滚滚。那大概是最美的女人了，她想。

“清涟，最近好吗？”

“你要多少？我弟弟又得病了？”

女人低头，把脸埋在手掌里：“你弟弟没病，没病……”

“他上个月刚刚十三岁了，清涟。”

“我知道我弟弟生日。你要给他办个十三岁大寿？”

“他上初中，学校离家远，每天走，心里不落忍。想给他添个自行车。”

吴清涟放下杂志，盯着继母，停了许久。

跳下床，从柜子里翻出一张蓝票子，举起来，透着朝阳看那座井冈山峰。右手一捏，把井冈山揉成了棱角分明的球，塞在香蕉与梨子的缝隙里。继母提着果篮离开的时候，吴清涟跳回床上去，蒙着被子睡觉。透过那层夏凉被，能隐约看见身体的浅褐铜色，能看见她把自己卷起来，膝盖贴在胸脯上，用双手抱住睡觉。这一觉睡了许久，昏天黑地的，从溢满朝阳的晨曦，睡到蚊蝇消匿的深夜。

是许晴来把她弄醒了。他们先是烧热水，然后在莲蓬头下面疯狂地亲了一会儿，许晴抱着她在十平方米的卧室里旋转，让吴清涟感觉到自己位于宇宙的漩涡中心。头发还没擦，水花儿抓不住那黑色的丝，随着强烈的旋转，滋溅到床上、墙上、玻璃上。随即她被丢进一个黑洞中去，双眼被遮挡，什么也看不见，只感受到永恒的陷落。双手被一根绵软的布条绑起来，她不能动弹。

脆弱的床铺，卷入了一场战争，随时处于塌陷的边缘，在吴清涟的脑仁中，铁流在清水中冷凝，火山灰霾铸成老树的身躯，大地无穷地裂变，无一不在痛斥时光的飞逝。

她翻动着疼痛的账本，这条路又久又远。她需要留恋周围的景色。而许晴则策马扬鞭，他无暇顾及其他，匆匆来到了胜利的终点。

汗水沾湿头发，她和许晴两个人，相对而坐，凌晨时分，东方生出一个橘色的婴儿。

“抽烟吗？”

吴清涟笑着挥手，她说不会。青蓝色的浊气随即弥漫开来。

“清涟，是这样。

“我可能要走了。矿山废了，采了二十来年，都他妈采光了，地底下挖空了。前些天，山口上有一户农民，全家老小，带猪圈，全陷下去了，像没存在过似的。家里人要去山西，不敢待了。

“家具都装好了，天一亮就走山西。”

吴清涟笑着摇头，咬着自己的膝盖，咬出鲜红色的血印子。

她指了指门框的方向，她说门在那里。

后来汇川楼老板几度找吴清涟谈话。在阁楼上的办公室，吴清涟背对着李汇川，倒腾自己的头发，扎成马尾辫，又散放开来。

“小吴，最近有客人反映了，那小龙虾太辣，一盆端上来，鲜红鲜红，像血一样，吓人！

“我到后厨一看，听嘎子说，以前做一缸料，放半袋子尖椒。现在，放一袋子半，缸里漂的全是红油和辣子啊，看着人都辣眼睛！

“你看看最近！我经常看客人辣得是浑身冒汗！一整个大堂里的人都在那喘大气儿，跟船工聚会似的，脸红得像猴屁股！这样怎么行？”

吴清涟跳下来，告诉李汇川一句话。她说你赶紧去查查账本吧！查查菜单流水，然后把我的工资涨一涨，我得跟秦三拿得一样多。李汇川立马就笑了，晴汀街上出了名的小野种，没大没小没礼貌不说，还经常得寸进尺！

李汇川找人查账本，今年，从小满到夏至的营业额，已经赶上了去年到立秋的总额。他纳了血闷儿，自己到后厨去尝，拿勺舀出一口汤汁，囫囵下肚，如肠内纵火。又坐在大厅里，好好地盯了几个晚上。

经常是有回头客，带着一大帮子亲朋好友，边往里走边说：“这家的虾，我给你们说，你们之前吃虾都白瞎了钱了。这儿吃，那叫一个刺激！”

“我选的店子，那可是亲身实践过的，包爽！”

二十分钟后，一桌人辣得是满头大汗，酒喝了一地瓶子，还不够，大喊大叫："老板，快快快！米酒再来两坛子，要冰的冰的，都受不了了这！"

人剥离不了骨头里面的贱气，诚恳踏实的香味，开得了味，入不了心。极致的麻辣，好吃吗？好吃个狗屁。但就是能让人打心眼儿里记得，那被征服的无力感，关键你能停下来吗？！停下来，舌头可受不了，更辣了。味蕾、肠胃，被践踏，被蹂躏，才让人快乐。

吴清涟和许晴谈恋爱的时候，就是诚恳的香味。经常是扭扭捏捏的，亲个嘴都要脸红，被他抱起来旋转，头也要埋在他胸脯里，都不敢叫出声音来。而在车站与许晴挥别，回了汇川楼，她拎起装辣椒的麻袋的老底儿，就往热油里倒。

在二十岁的时候，她则把心彻底埋在装辣椒的麻袋里头。整颗心散发着炙热的气焰，灼烧、伤害、摧残着周围的万物。

那时候吴清涟和李若馨住在一起，李若馨是老板的三女儿，刚过十八岁。在城北的女护校上课，只周末回来。这女孩儿身高一米五一，死活长不起来，从小汇川楼里长大的，跟营养可没关系，似乎是被上帝限定死了。走起路来，低头看着粉色帆布鞋子，像一只谦逊的小鹿。身上瘦，她一伸懒腰，吴清涟就要数她的肋骨，一根，两根，三根，一个点儿！四根，五根，六根。

晚上，两个人极能折腾，举着一台铁块似的收音机，千百惠的歌声像是从日本樱花道绕了一圈，回到这里。她们模仿着探戈的舞步，在屋子里扭动，旋转，下腰。歌声结束时，小鹿被按在地上，吴清涟用手紧紧扣住她的脖颈，李若馨憋得满脸透红，细嫩的双腿在赤红色毛毯上挣扎着抖动。而她吻下来，松开手指，输送了清醇的氧气，修缮着她心内的花园，输送以末日灾祸之后的愉悦，以露水、浓雾、佛光与吻痕。

那几年，电视机里的主持人犯了魔怔，张口闭口改革开放，弄得整条晴汀街的人都犯了魔怔，一个个冲向火车站，冲向深圳，冲向广州，冲向希望的田野，晴汀街上只剩了老人和女人。李汇川从前秉持着树大招风的原则，死活不肯开分店。不过从那一年开始，他的汇川楼，如雨后春笋，在湖北的土地上冒出一个个尖尖的、辛辣的芽儿。

汇川楼以小龙虾出名，每年六月初到八月末，红虾出江，是汇川楼最火热的季节。汇川楼的虾以鲜辣出名，谈笑风生走进来，气喘吁吁迈出去，每天扫出后街的虾皮，能堆起一座鲜红色的大山。吴清涟随汇川老店一起，进军武汉，到武昌去住。在江边楼下，汽轮像浮上水面的巨大的鲸鱼，沉闷浑厚的汽笛声萦绕三声，震破了天空上的云层，雨水哗啦啦地落下来。

她手上的麻袋里，干辣椒哗啦啦地向缸中陨落，声音与夏季雷雨如出一辙，滚烫的淡黄色浓汤里，炸开鲜红色的妖艳花枝，不一会儿，淡黄色就全军覆没。

吴清涟二十一岁的时候，李若馨在武昌一个军队医院当护士，两人隔江，总写信玩儿。

吴清涟汉口的家里经常出现不同的男人，同龄的、小三五岁的、大十几岁的。玻璃厂工人、司机、大学生、提包的老板，都有。她在这些男人身上留下赤红的抓痕，她衣柜里藏匿着一把漂亮的小牛皮鞭子。她开始涂口红，把赤红色裙子拿到裁缝店："裁短一些。"

"不行，再短一些，又不是你穿你怕什么？"

只是仍然不爱化妆。常年吃野山椒，野山椒皮儿薄蕊厚，只管辛辣，却不油腻。蒸得吴清涟满脸冒汗，驱赶所有的毒素。

她脸上白皙清透，但如果轻轻在上面舔一口，一定是辣的。她眼睛里时刻翻滚涟漪，抽着一根不带过滤嘴的香烟，隔着小阁楼上的铁门，对着一位拎着包低着头的男人讲话。

“你第一次来的时候我说过什么？还他妈结婚？你是不是脑子坏掉了！”

话音未落，大学生上到了三楼。吴清涟记得他的脸，记得他是个大学生，只是死活想不出姓甚名谁。她在房间里抱着脑袋踱步，忽然记起是在旱冰场认识的大学生，在虾场上认识的生鲜老板。正在回忆着，门外，两个男人干起来了，这一架打得异常之惨烈。

大学生年轻，敏捷，出拳极快，像雨点一样落在生鲜老板的后脑勺上。但那细胳膊细腿的，像筷子敲打一块五花肉，造不成什么影响。

生鲜老板光一个啤酒肚，就顶得上两个大学生了。

他忍受着拳击，把公文包和玫瑰花一扔，抱起大学生的腿儿，把那染了黄金毛的小子摔在楼梯上，拿大肚子泰山压顶。出拳慢得要死，但那胖乎乎的大手，捏起拳来，一肉拳下去就要了亲命。大学生牙都掉了，急中生智，把玫瑰花捡起来，用那上面的刺儿，对着肥硕的脑袋就戳过去。老板惨烈地喊叫着，又是一记胖拳。

“喂？公安局吧？我家门口，两个智障打起来了。你来把他们俩弄走行不行？”

夜里，吴清涟把早市上从一个老头那儿买的白烧酒拿出来，干了一杯，呆滞了许久，瞳孔扩散，脑子里星河崩散，黑洞都裂成了三瓣。房间里万籁俱寂。

她毫无征兆地，忽然大笑起来。这酒一口入魂，再一口就让人忘记了自我为何物。天与地分外虚无，空气像围墙将人困住。生命中的险恶没有什么恐怖，生命中的寂寥没有什么悲愤！生命中的放纵没有什么缺憾，生命中的痛苦与埋没无关，关键是即使在始终无人注目的暗夜中——她正在动情地燃烧，像那颗不肯安歇的灵魂一样，为了答谢这一段短暂的岁月。

她解开警察的制服，对方害羞扭捏的处子的表情，被她用一个耳光解决。她第一次看见一具精致的，经过打磨与修炼的人类身体，腹部富有棱角的肌肉，像阡陌分明的春日田野，两块胸肌像十字军的铁制铠甲。这一次，她选择沉下去，一动也不动，选择任由摆布。

吴清涟紧皱着眉眼，看见门锁的转动。清脆的声响过后，是李若馨的一双眼睛。

她冲下楼去的时候，连夜送虾的货车正在飞驰。车头撞击她的腰部，她的身体定格此刻，呈现一个弯曲的弓形。圆弧的伟大在于，它是世上最简易的美感，一笔而成，而且更接近真理。所有笔直的表白都是虚伪，真正的爱情里处处有弯折。

时间的摆钟再次启动，吴清涟飞出五六米远，成筐的，依旧活着的龙虾倾倒在周身。陆地不是天堂，它们费劲地想要爬出命运的栏栅，吐着黏稠的小泡泡。李若馨听见身后的巨响，捡起一个酒瓶子，向吴清涟的方向跑过去，轻跳着越过她卷曲的肉体，砸向衣冠不整的警察。

秦三趴在病床旁边睡觉，被吴清涟拍打着醒来。他告诉她，腰椎骨粉碎性骨折，肚脐以下无知觉，下半生用轮椅。

吴清涟枕着白色枕头，嘴唇和枕头一样，毫无血色，龟裂，她用舌头舔平。这让秦三想起三四年前的午后，一个被太阳炙烤的，端着龙虾站在汇川楼门前的轮廓。

她开口说话："秦三，你听着。吴清涟必须要走路，她不能一辈子坐在轮椅上。不能走路的那个人，一定不是吴清涟，她如果不能走路，却还要霸占着、使用着吴清涟的灵魂，那就不行，你就帮我把她杀死。"

她揪起秦三的领带："你懂不懂我的意思？"

秦三走出病房的时候，跟汇川楼里一个伙计说："帮我订两张卧铺，去北京。"

武警总队的医院，几个长相夸张的美国专家，带着翻译，向吴清涟介绍着什么乱七八糟的新型技术。问吴清涟愿不愿意参加这个新型技术的全球第七次临床试验。

吴清涟对着那个眼镜男翻译说："你跟他们说，不要叽里呱啦地说一堆废话，又给我看什么科学杂志，我他妈的能看懂英文还要你这个翻译干什么？告诉他们，能让我走路，直接开刀就行了！不能，就赶紧把我轰走。省得我在这里浪费时间活着。"

秦三在一旁听了，连忙捂住眼镜男刚要张口的嘴巴，把他往楼道里面拽，伸手，两人握手。

"你是那几个老外的翻译吧？你好你好。我是里面这个女孩儿的翻译。

"是这样……她刚才说的武汉话，你可能没听懂。她意思就是说，立马手术！"

眼镜男扶一扶眼镜，麻溜儿地点头，进门对着老外念叨着："Yes！ She decides to take the medical experiment！"

二十二岁生日的那一天，吴清涟收到了李若馨的一封信，上面寥寥三行字。

小尖椒，你摆在每道菜的最上面。最终盘子里剩下最多的，也是小尖椒。你会被遗弃，你的心会死，像我一样。

也是当天，六根钛合金金属短锥嵌入了她的身体。它们试图将一个女子体内不羁的魂兽固定下来，吴清涟则无奈接受了它们的存在。每天，秦三都举着吴清涟的脚丫，做恢复性练习，一上一下，反反复复地按摩她的身体。

秦三是李汇川的发小儿，做汇川楼主厨已有二十余年。当他把揉按面团、拳打牛肉、指压鱼身的技巧都用在吴清涟的身体上时，她疯狂地流泪，抽泣，流鼻涕。那一刻她活得舒舒服服，明明白白。

被钥匙打开的锁，和被扳手撬开的锁，都能让人重获自由，让人重新识别生命的香气。可两者一定有严重的区别。吴清涟发现，秦三拆解着她的锁芯。

他提来的，热的豆腐脑。他奖励她的，凉的冰淇淋。他许诺她的，骑摩托车兜风。他抱她上轮椅时的，轻拿轻放。

秦三在病床旁边单膝下跪，说要结婚。吴清涟立马就生气了，那枚金光闪闪的戒指，让她感觉受到侮辱，她把头侧过去，恶狠狠地鞭挞自己。“我少了一个脚趾头，我背上没知觉，瘫痪了，止痛药弄得肾脏经常感染。我穿着铁做的背心才能走路，我抽烟，喝酒，骂脏话，我可能生不了小孩，我存不住钱，还欠医药费。你还想听下去吗？！”

“嗯，这是很棒的推荐函。”

她哭了，一个女人所能建立起的，最宏伟的防线，也土崩瓦解。

一整年后，汇丰楼前，大红地毯上，盛开了一场婚礼。她微笑着，向来宾点头致谢。因为体内钢钉的折磨，她的后背像一片火海，二十四个小时火烧着疼痛，由内而外的、撕心裂肺的痛楚。

恰恰因为这痛苦坚定而漫长，所以不再是苦难。当人习惯了睡前刷牙，有一天没收牙刷，让人睡觉，打心眼儿里就难受。当人习惯了家里迎接主人的黏人小狗儿，有一天它死了，开门之后，地板上空荡荡的，打心眼儿里就悲伤。吴清涟习惯了黏在身上的痛苦，这痛苦成了忠实的伙伴。

结婚的这一天，她特意吃了过量的止痛片，几乎完全驱赶了疼痛。可这弄得她一整天都心神不宁，心悸心慌，觉得脊背上冰凉寂寞，像清水煮出来的红虾一样，苍白可怖。

到了夜晚，宾客散去，喜讯传遍武汉，传回潜江老家，传得沸沸扬扬。

吴清涟的伙伴渐渐回来了，她再次拥有了疼痛，疼痛归来时带给她一个饱满的拥抱，使她重拾了激情，她开心起来，找回了注意力，突然让秦三停下来。二人位置翻转，星移北斗。不久之后，脑海中沉默了多年的大地，开始地震，震得海水激荡，海啸发生。

一阵阵浪潮蔓延开来，在脊梁上掀起一层又一层的波浪。每一层都像由浓酸调配的杨枝甘露，侵蚀着骨骼，让人觉得酥软，浑身无力。让人放弃对肉体所有的控制，她的内心充满感恩。

吴清涟打心眼儿里敬佩秦三，他是她厨艺上的师父，病患时的解救者。在这个男人面前，她胆敢放屁打嗝儿贴卫生巾，可以以一种夸张的姿态涂抹脚趾甲油。她每天在外面玲珑飘逸，只有秦三洞见过她背后的琐碎与真实。他对她的恩惠，让她能够接受他的一切劣迹。

“乱搞了没有？”婚后一年，她躺在沙发里，捏着遥控器问。

“乱搞了。”

“有我漂亮吗，身材呢？”

“都不行。”

“那就OK。”

秦三惊呆了：“你怎么说上英语了？我的天，还是武汉味儿的英语。”

“和北京打钢钉的老外学的。”

二人大笑，晴汀街上出了名的大野种与小野种，视力都不好，搬两个小椅子，坐在电视机前一米处。一九八四年春晚，两个人的年夜饭三下五除二吃完，《宇宙牌香烟》逗得二人乐了一整晚。

翻过年儿来，汇川楼正式开出第一百家分店，名下的厨师与学徒八百来人。李汇川天生是个商人脑袋，办厨师培训学校，搞汇川酒店、汇川旅行社。

当年外地人来武汉旅游，从汉口车站出来，抬头第一眼，就是汇川出资立起的招牌。招牌上，门廊古旧，红虾鲜艳。那是潜江的老字号门店剪影。六七年前，在这门前，吴清涟的红虾被秦三倒进泔水桶子里，她捂着嘴提前回家，听见父亲与继母在里面吵架。

“吴贵儿，我告诉你，你那姑娘整天花钱买虾搞实验，试味道。小龙虾不要钱？调料不要钱？她和我，你选一个吧！”

“你以为我不想把她轰出去？她长得一点不像我！我都怀疑是个野种呢！但我开得了口吗？还是你能开得了口？她那脾气，

你想咱家房子再被烧一次？”

秦三终身持有汇川集团百分之三十的股份，吴清涟报告自己怀孕的那一天，秦三写了一份合同，把这些股份全部转到吴清涟名下。她签了字，找来另一张白纸，从下午五点，写到七点半日头垂危。吴氏麻辣龙虾的配料、烹饪方法、火候调控技巧，写得密密麻麻。她把纸递给秦三，说，拿命根子相互交换的感觉，“非常刺激”！

红虾，遨游江河湖海，有硬壳儿。炖鱼要剖腹，甚至去头切块，没听说过烧小龙虾要去壳的。

吴清涟小时候，走访潜江一带的老厨子。那些年事已高、双手不沾阳春水的老师傅告诉她，红虾，是一门儿自欺欺人的行业。

你汤汁烹制再浓郁，把虾扔进去，虾又不漏水！所以改不了小龙虾肉的原味，你麻辣也好，红烧、油焖也罢，只要把那壳剥开了，还不是清清白白的一条身段儿？和白水煮熟的虾肉没有区别。所谓味道，不过是后来端来的、那一小碟麻油鲜醋里的酸。或是从壳上舔下来的、那嘴吸溜出来的、从手指上嘬出来的几缕麻辣。

所以你做虾的时候，不要想着虾。虾只是一个引子，你得想好怎么配那一碟麻油鲜醋，怎么熬那一锅麻辣味的汤汁。

龙虾的秘密，向来与虾肉无关。吃虾者，吃的不是虾，他们吃的是一个过程。人爱破壳取食的过程，人打心眼根上，对侵略、征服与肢解上瘾，人爱拨云见雾，人爱破除装甲，人爱费半天劲，才吃一小口的仪式感。

有人爱你，爱的是你身上淋荡的汤汁，爱蘸了醋的你。不然，他为什么不吃白水煮熟的虾？

立秋傍晚，吴清涟怀孕十二天的时候，她忽然想念辛辣与酸爽的那一切。她在傍晚醒来，骑自行车到汇川楼新店去。店里人满为患，后厨热火朝天，厨师们个个招手示意，他们喜欢她，对这位精灵般跳跃的可爱女人无比熟悉。她曾闻了闻新进的辣椒，指着他们的鼻尖骂废柴，又在低头尝了滚烫的汤汁之后，夸赞他们是天才。有时候，一个厨师早晨练习时，是“废物王八蛋，猪脑壳”，傍晚上厨时，就变成了“后厨之王，明日之星”。

这个女人朝四楼办公室跑去，找秦三。一把推开房门，看见他背对着她，膝盖顶着沙发。在他的身下，一左一右伸出两条纤细弱小的腿。李若馨扒着秦三的胳膊，对吴清涟暧昧地微笑，右眼一闭，抛来一个媚眼，轻松毁灭了她的心。

“他妈的我问你她去哪儿了？手上拿刀没有？”

秦三裤腰带都来不及系，抓着裤子一顿飞跑，抓着一个凉菜师傅就问。

厨子吓呆了，连忙回答：“没有，她从锅里提了一只小龙虾！舔了舔，拿走了！”

秦三松了一口气，蹲下来喘息。他显然记性不好，他忘记吴清涟小时候，坐在一口大盆前面，剥着一枚清水煮熟的红虾，扭掉虾的钳子，从里面拨出一片薄薄的白色骨片，她说它比刀锋利。

吴清涟。吴清涟。

干净的名字，糟蹋事却做了不少，晴汀街上出了名的小野种。把汉口几十家做卤味虾的馆子都他妈挤兑倒闭了，现如今，每年的六月到八月，红虾出江，大到酒楼，小到地摊儿，厨房里堆满了辣椒！厅堂里，人人喊热，舌尖吸溜着，腮帮子红透了边儿。这墓碑上由雨水侵蚀，光溜溜儿的，险些能泛起涟漪，涟漪之下，是一具忧愁的尸骨。冬末，雪掩杂草，不过你要细闻，仔细闻，凭空里能嗅出野山椒的味道。

兰州

莎莎

在他最后一幕的视野里，除了莎莎没有别人，莎莎把电视机上的光都吸到自己身上。少女刚洗完澡，头发未干，长发及腰。

兰州话唤美女作“莎莎”——发音就是这个发音，至于兰州方言的特殊韵脚，您得到这被黄河贯穿、山丘包围的兰州城区里听。

“莎”在北方几乎通用，是一种口感词。瓜、果、芋、薯，都分个口感，绵软、津甜、划齿回甘的一类就可被称作“莎”：“这块西瓜‘莎’得狠哟！好吃，你尝尝。”

“莎莎”一词用于形容女人，也是美好意义的延伸。

莎莎三岁时父母双亡。二十世纪九十年代初，能买私家车的就没几个，刚买了车的父母也是死于车——不，归根结底还是死于酒。一辆桑塔纳撞个稀烂，成吨的原煤穿透了挡风玻璃埋进车里面，车轮子独个滚出百米远，橙色重型卡车，倒是分毫没有受损。

居民楼下的牛肉拉面师傅何新军抓着娃娃的手，拿纸抹掉眼泪。拉面馆四下里头，静悄悄的，何新军抬头，打量着周围邻居的眼光。熟识何新军的老头老太太们拄着拐，坐在马扎上晒着墙头的日光，一排人齐齐地点头，投来某种默许……

“啥？我养？

“我疯了吧我天天拉着面，再养个她？”

问她叫什么名，死活也不说，嘴巴像个闸。过了半宿，一个劲儿哭着找妈妈，脸蛋儿绷得通红，扯着心窝子哭，声带上都撕出血来。

“你得再过几十年才能见你妈。行了，叫你莎莎吧。”

“妈妈也叫我莎莎。”

这可好，撞个正着。

何新军的面馆在张掖路和静宁路的岔口上，离河不远。

骑三轮蹬个两分钟就能看见黄河。胸膛里头卷携泥沙的大河，带来微醺的长风，莎莎站在三轮车后座上，掐着何新军的脖子，抠出两行红血印子来，哭闹，跺脚。跺得车皮颤抖，还是要找妈妈。

“看见远处这黄河了没有，这就是我妈妈。以后她也是你的妈妈。

“哭啥呀？咱俩都同辈儿了你还哭。哭啥呀？”

两周之后。

居委会刘婶子办了文件，要把莎莎领走，说是死者祖籍浙江，是北上做酒厂的商旅，一时联系不上别的亲戚，得送到福利院去。何新军当时正和着面，白头巾抹一把汗，说：“我养。”

“得了吧，你养个屁呢，整天忙到黑。

“莎莎，来，跟阿姨走喽！”

面铺子里再就没了音响儿，刘婶子来回打量了一圈，学徒二三人，桌椅十来副，面粉几麻袋。再看小孤儿，正抱着何新军的大腿，把头埋在腿弯弯里，只露半个眼睛，提防特务般地看着自己。

“你是不是看上人家父母留下的遗产了？”

“放屁！”何新军脖子绷得通红，拍案，肘子发抖。

念及旧日场景——刘婶觉得何新军虽没文化，好歹是个体面人，面馆子里忙前顾后，没啥大心眼儿，平时也就爱听个广播剧，坏也坏不到哪儿去。这事搪塞几回就过去了。

程序还是要走一遍的。刘婶弄来一个律师，律师弄来一张遗产清单，两套房产下边还有个六位数存款，以及大河湾酒厂的部分股权。并正式告知收养人何新军，所有遗产，唯有莎莎成年后，方可由她本人进行操作。

何新军揉着一个面坨子，像是感受到某种侮辱：“人家的钱是人家的钱，不关我事。”

牛肉拉面，兰州美食。

得了吧，说美食的都是外地人，于兰州人，拉面就是娶回家四十年的媳妇，能给兰州人的，唯有清汤寡水的平凡，唯有那低价实惠的温饱。这面粉味道的平凡里头，存有半点的纯熟默契，却是新鲜玩意儿替代不去的。

改革开放以来，兰州拉面馆子如雨后春笋，入行的太多，能做精做细的太少。

更进一步说，在这些人里头，能把蓬灰拉面做出味道的，简直凤毛麟角。

二十世纪七十年代，何新军曾师从本地老手艺人，学了一手蓬灰绝活。老先生的坟头就立在白塔山上，何新军作为大徒弟，年年修坟烧纸从不耽误。

所谓十二扣拉面，是把一根溜过的面头拉成四千零九十六根整，只花去他十几秒，下到锅里头，就叫龙须。

问生日是几号，莎莎也记不清白。何新军翻了翻日历："得了，就今天吧！来，把这碗龙须面吃了，这辈子你爹你娘死了，你得活久一点。"

日历上是九月九号。

后来何新军也收徒。从前啊，面馆徒弟都是争着干活，巴不得师父整日安排活干。多干活，就容易得宠幸，师父开心了，自己学到的就更多。拉面能炒能烩能焖，少学一个都开不起馆子来。

这下可好，二十世纪九十年代，人人着急奔小康，上门的徒弟都盼着月底的工资。

六岁啦，何新军供莎莎上小学，来回接送，清早正午傍晚，都是拉面馆的高峰期，却顾不上。后厨疏于管理，弄得拉面品质下降，蓬灰更是用得烂透了，客人纷纷埋怨起老何来——有些资深拉面客甚至喝一口汤便作罢，筷子拍得乱响，撂下一句："老何，没想到你这杆旗子也垮了。"

何新军就摸着莎莎的头，挨桌地给老主顾、熟面孔道歉。他做出决定，以后来吃面的，都免费送上一盘小菜——以弥补做工方面的不足。

以前五点起，这回就得四点。他把新鲜的雪里蕻焯水，拌以白醋、青椒丝，做上一整盆。

唉，徒弟们简直是想骂都不敢骂。

除了大徒弟王斌勤学好琢磨，眼里有活。其他啊，一个个跟个亲爷爷似的！整日杵着腰又像个孕妇，全都等于是怀了孕的爷爷。万一骂急了跳槽了，后厨就彻底垮了。何况他们跳起槽来异常简单，只要说一句“何新军带出来的”，工资兴许还比这儿拿得高！

他很想问莎莎一句：“上学路不远，能自己走过去不？”

就把莎莎叫到跟前，女孩站定，眼睛里两汪春湖，睫毛忽闪闪的，大冬天，冻出半行清鼻涕，险些流到嘴里头。何新军连忙找来纸擦掉，话一出口，就变成了“那个什么……你，你今天学的啥”。

“锄禾日当午，汗滴禾下土。”

这是一九九三年的冬日，一场五十年不遇的大雪把一切裹得严实。何新军蹬着那辆三轮，上百货大楼问棉衣。女服务员说：“现在都流行穿羽绒服啦！比棉衣保暖不知多少倍，又轻便。”

“啥？羽什么？我就拿件棉衣。”

“给女儿买就得买羽绒服！时髦！看这花色，就是给女孩穿的嘛。”

何新军穿一身大白厨褂子，身上一股牛骨汤混烟草的味道，熏得推销员面色尴尬。

他捏了捏羽绒服，抬眉毛，问价格。

“打折八十五。”

“什么东西？分量这么轻！八十五？得了得了，棉衣棉衣棉衣！”

一刻钟后，他一脸恼怒地迈出百货大楼，往雪堆里吐一口痰，嘟囔着：“抢钱嘛这不是……”

随手把包装好的羽绒服撂在三轮车后面。

后来莎莎穿着羽绒服坐在教室里，觉得热透了，小脸捂得通红，就把拉链拉开透风。周围同学听见拉链响，擤着鼻涕望过来。

“谁知盘中餐，粒粒皆辛苦。”

街坊邻居都有一手没一手地帮着何新军。每逢周末，刘婶子去大众澡堂洗澡，就顺便把莎莎带上。刘婶手重，拿搓澡巾把女孩脊背搓得通红。莎莎天性腼腆，不善反抗，就咬着牙，胸口贴着浴室大理石，忍受这皮肉之苦。刘婶一边搓，一边问她：“何新军让你管他叫什么？”

“何新军。”

“就叫何新军？”

“嗯呀。”

扎马尾、买发卡、梳头发这些事就由隔壁理发馆的沈姑娘完成。莎莎这两天一变的漂亮发型也是得益于此。六年级毕业照上面，就属她一个最漂亮，因为沈阿姨偷偷给她扑了点儿粉，勾了眉毛，涂了唇彩。

至于给女孩洗袜子、内裤、小肚兜这样的事，何新军一开始是闭着眼做，后来看着电视做，再后来，也就习以为常，有时候洗着洗着，他自己甩着头笑起来。街坊们一边吃面一边劝何新军说：“沈淑云是个大闺女，长相也不愁嫁，你都三十了，赶紧花花心思把她娶成媳妇。莎莎好歹也需要个妈。”

何新军的脸红了一片，挠挠头，点点头，继续和上了面。

一九九八年法国世界杯，何新军半夜爬起来看球，莎莎卷着被子，嘟着嘴：“何新军，电视太响了。”

何新军把一面大褥子取来，把自己和电视包成一个粽子，调小了声音，光也透不出去。

足球到下半场，齐达内像是中了魔咒，怎么踢怎么丢。意大利一整队也像是吃了安眠药。正在懊恼中，莎莎把褥子掀开，一同抱进来，她满裤裆都是血，抓着何新军的胳膊“哇”的一声哭出来。哭得撕心裂肺，血糊了满手，瓷砖上蹭出红的线。

何新军在屋子里忙得团团转，不得不连夜把沈淑云叫过来，沈淑云告诉何新军，以后这方面事她来管。

后半夜，莎莎睡不着了，捏着一大包卫生巾读上面自己能认得的字。何新军指着电视说：“看这一场，这个人！叫罗纳尔多，你看看这，没人能挡住他！”

正是这一年，面馆大徒弟王斌面色尴尬地跟何新军讲：“何师父，现在都兴下海，我也想去深圳试试身手。”何新军说：“想走明年再走，老子把蓬灰技巧都教给你了，你走，我不得再教出一个？

“你现在走，面馆彻底垮了。”

王斌只得答应。

何新军再一次把莎莎放在三轮后座上的时候，是在一个暖风和煦的早晨，这是每个周末都要进行的活动，看黄河，抓蓬草——后来初中语文老师读了莎莎的作文，赞不绝口，简直要抱起来亲她两口，说这娃娃立意新颖，不落俗套。

那是命题作文，“我的妈妈”。全班五十八号人，五十七个写的是人。唯莎莎写黄河。

她写“每周末都和何新军去看妈妈，其实不只是我俩，它也是兰州的妈妈”。

至于蓬草，那是黄河边上其貌不扬的草，细闻，仔细闻，才有特殊的香气。所谓蓬灰拉面，就是把蓬草烧为灰烬，灰烬入水蒸烧过滤，提炼出蓬灰粉。这粉投入牛骨汤，投入面团和面，能使得拉面根根津润，不纠缠扭捏；又能使面汤发散独特的火烧味、木炭味。吃来独具特色。

若提及蓬灰水的用量多少，投放时的火候，那就是心法了。三言两语无法阐透。

在岸边吹风时，莎莎看着远处的何新军，一个穿大号牛仔裤和皮夹克的男人，插着兜，拿皮鞋尖捻着脚下的碎石子，对着黄河扔石头。一大堆蓬草，在何新军身旁化为灰烬。他掏出一包兰州烟，刚准备抽，却捂着肚子惨叫一声。莎莎连忙跑过去。

在医院，医生与何新军坐在桌子两侧，前者扶扶眼镜框，捧着文件；后者把一根烟夹在耳朵上，跷着二郎腿抖动。两人对峙了足足十分钟。

“肝癌。”

“你重说一遍。”

“肝癌。你抽烟喝酒，作息混乱，也许……”

“你给老子重新地，过过脑子，再说一遍。”

“先生，您要控制自己的情绪，我院刚引进的设备，检查效率和准确率都……”

“嘿嘿。”

何新军舔着舌头侧头笑了两声，让莎莎出去等他。两次点头过后，何新军跳起身来，一脚把门踹死。越过桌子，骑在医生双腿上，抓着医生的领子，一使劲，地板“咔嚓”一声，连人带椅推向了窗边。他嘴唇死死贴住医生的耳朵：“老子让你过过脑子再说话，旁边站着个小女娃你看不见？肝癌，癌癌癌，癌你妈。她以后知道癌是什么意思的时候，老子提着刀过来砍死你。”

何新军冷静后，拍拍裤子问自己能活多久。医生扶眼镜，一脸恼怒，翻着报告。

“得了吧，我能活多久这张纸说了算？”

何新军一把捂住那张即将开口的嘴。

当天下午，何新军提一箱子瓜果到沈淑云家里。沈淑云正对镜梳妆，穿着一束花裙，腰线美得哟……像极了画中人。阳台上晾晒着秋裤和内衣，两盆君子兰开在一侧，暖气烧得刚好，气氛从未如此暧昧。

何新军突然说不能娶她，要把婚约退了，沈淑云手中镜碎一地。阳光照在瓷砖上，光圈里头，粉饼扬起亮晶晶的灰。

周围老人，说媒的刘婶，以及沈淑云的父母联合上门口诛。都骂这何新军不是个东西，白眼狼，亏大家这么捧他面馆。从清晨批斗到日暮，众人只想知道个原因，可何新军只字不语，只说把自己的存款都给沈淑云。“存款”这句狗屁话把沈淑云的父亲气得半死，“呸”的一声，让大家罢休，一口老黄痰落在何新军的脚边。

“我给你们说！劝这人没用了，这分明是人品问题！人品问题！”

和从前相比，每一天都显得异常漫长，何新军从前举着扫把，把上门乞讨的老者轰出门外，最近却经常拉对方就坐，端上两罐啤酒，还吃上了花生瓜子。伙计们看在眼里，都说这老何是得了癔症，怎么爱跟乞丐交朋友，临走前险些都要认成兄弟。

莎莎越长越“莎”，当年富商父亲迎娶了一个上海模特，莎莎也随了她妈。

明明是个江南血统的温婉长相，小鼻梁，尖下巴，巴掌大的脸，却跟着何新军染上一股黄河水味，吃拉面一筷子一口吸进去。不留指甲，剪得不能更短，剥茶叶蛋时对着桌子乱敲。看足球，偶尔喝两口酒。一口标准的兰州方言，坐在乞丐与何新军当中，听着一个又一个黄河味道的故事。

数学题不会做，椅子不好好坐，穿个大裤衩，蹲在上面咬铅笔。

何新军望了望，竟说了一句："不然抽根烟找找灵感？"

真当火点起来的时候，他又作罢，把烟从莎莎嘴里拔掉，说了句："毕竟女娃。"

大徒弟王斌终于可以离开，这小伙离心似箭，年没过完，正月就要走。说是在深圳那边的兄弟早都发了几笔了。当天何新军忙店里重新装修的事，走不开，莎莎闹着要送，说长这么大还没去过兰州火车站。

王斌一路上跟莎莎说，高考后一定得离开兰州，说你看这破地方，山包着，水穿着，天生就只能是个种地的地方，最大的出息也就是酿酿酒。你得去北京、上海、广州、深圳，这些地方才是发财的地方。

莎莎满口答应，除了"嗯"没有别的回答。

如愿以偿看到了兰州火车站，紧紧靠着一片山峦，山的另一端，不知什么样。

"来！广东广东！上车的走！有座位哦！"字是这些字，按兰州话发音，就是："赖！逛东逛东！赏车滴奏！有左伟哦！"——字和音都对齐了，生生读出来，却仍不能是兰州方言，这和蓬灰拉面是一个道理，并不仅是蓬灰和拉面的组合。

长途客车旁的兰州小哥不要命地呐喊着远方，这辆车像个吸铁石似的把王斌以及成群的、目光殷切着长江珠三角的男人们吸进去。莎莎在远处招手，胸膛里烧起一捧来自远方的火焰——这是一九九九年。

开家长会，语文教师说要让孩子多读课外书，还问何新军，怎么只见你来，不见何莎莎妈妈来。

何新军睁大了眼睛，何莎莎？她说她叫何莎莎？

随即放声笑起来："啊哈，好！"他的脸色愈发苍白，指甲都没了粉红色，牙口上的牙龈也愈发萎缩。"哈哈，她妈来学校，那还了得，学校得淹喽。"老师不知其所云，只闻得一股饭馆后厨味。

按老师要求，何新军买了十来本小说，放在莎莎的书桌上，扫见她的数学卷子，刚及格。语文卷子，110分。十本小说里有一本何新军看不惯，当场抽出去扔到箱子底下。

嘴里咒骂着"百年孤独，这他妈也太孤独了，不能让娃娃看"。

日历上的年份不停地变，每次去医院开药，医生都以一副"你这人怎么还活着"的眼光看何新军。他开的药都是一些有助血液代谢的药，一些实验中的临床药，只能从侧面减轻肝脏的压力，并没什么实质性作用。每回劝他住院化疗，并告诉他有一定治愈的可能，何新军都说："老子住院，你们医院安排点儿人去给我拉面头？"

何新军的嘴皮子天天掉皮，牙龈出血，眼睛睁开十分钟就要疼。拉面的时候，动不动就感觉晕厥，想睡觉。

每次走出医院前，他都特意跑到当年那负责诊断的医生办公室去，拍桌子说："怎么着，看见没，还不是活得好好的。"

何新军这个病例后来载入了医院的数据库，他是唯一一个得了肝癌却活了七年的人。他的就诊记录、开药记录甚至被纳入医学论文，发表在癌症方向的国际期刊上。他以"何某"的身份，被各大医院主治医生当作茶余饭后的传奇谈资，虽然他自己浑然不知。

从前睡一起，现在女孩长大了，何新军就睡在面馆最大的长桌上。每天临睡前，都跟自己说一句，老何喂，说啥你都得活着。然后再自己给自己"嗯"一声，表示认同。

莎莎上高中，放学回面馆的时间却愈发晚。他就踩着三轮顺着路去迎，远远的，看见莎莎挽着一个男生的手，莎莎本来就高，早就超过了一米六八的自己，那男生比莎莎还要高一头。

听班主任不止一次讲过，家长要严格控制早恋的发生。何新军听着咋就没感觉，闭上眼睛想起自己十五岁就把嘴亲了。当晚，望着那路灯下你侬我侬的二人，他只有一个念头，想参加一下莎莎的婚礼，活到那时候去，也就够了。只是……

只是这心这魂这五脏，这双眼、这呼吸进肺里的空气，都好像一个个刀片，整日吆喝着某种幽怨的进行曲。

要说到死亡，它来临的那天，是素寡白粥般的一天。何新军曾目睹过癌症患者们都是怎么死的，一个个人不像人鬼不像鬼，牙发黑，头发掉光，瘦得像麻秆，他不想那样死。

一直以来，何新军都收集着不同医院给出的止痛片，七年来攒下了一整罐。他的死法是：在后厨，就着一碗蓬灰水，一碗牛骨汤，一次性吞下数十片安眠类止痛片，再把莎莎叫到客厅。当时女孩正捧着手机发短信，"老公""老婆"之类的词语满屏皆是。何新军感到眩晕，就靠着电视机，拄着桌子立在那儿。

“莎莎，你十八了，以后有什么打算？”

“去北京、上海、广东之类的地方。”

“嗯，我告诉你，你有一笔钱，还有两套房子，都在这儿了。”

何新军掏出箱子最底层的《百年孤独》，书的中间夹着一张律师开出的清单。

“我跟你说，我给你写了点东西，是咱家蓬灰拉面的诀窍，其他的没什么可以给你的。”

莎莎发完另一条短信，把手机塞进兜里。

“啥？老何你刚才说的啥？”女孩拿过律师函，大段法律术语烦琐难懂。

“我说你。我说拉面……我……你……”下一秒，何新军的头与墙相撞，一声闷响后，身体滑落。嘴角咧着，笑出两行口水。

在他最后一幕的视野里，除了莎莎没有别人，莎莎把电视机上的光都吸到自己身上。少女刚洗完澡，头发未干，长发及腰。

芳龄十八，亭亭玉立，面孔清秀，像是来自另外的维度。

二〇一五年年末，王斌下了飞机，从兰州中川机场包了专车，一路来到张掖路。这是元旦，街边灯笼打造一副春意盎然。

气温低寒，黄河水宁静之至。

他走的时候只留了一个面馆前台电话，如今十数年光景过去，一切都换了新模样。面馆已不存在了，这十字路口的黄金地带上，高楼耸立，影院、星巴克、写真馆、美发沙龙，一个个门面美观别致，比从前老何面馆的门头漂亮多了。

王斌吩咐秘书，二人分头寻找："我往北边，你往东，名字叫何新军，我师父你放心，除了面馆他干不了别的。"

整个午后，两辆奔驰寻遍大半个兰州，都不曾找到何新军这个人。

夜里，躺在旅馆，王斌悻悻作罢。隔日的机票已经订好——公司正在筹备上市，他根本清闲不得。躺着躺着，他突然想起一件事，也许何新军已然不干拉面了，但他带出来的徒弟必是有干拉面的。找到徒弟，就能找到老何，兴许还能见见莎莎。

往日，何新军立下的多种规矩里，有一条是这样的：客人点选了拉面的种类，后厨拉面师傅必须把客人的声音乘以十倍，高喊一嗓子，作为一种热情的回应。

这也是二十世纪七十年代本地面馆里常有的情景，来客哪怕小声说一句"大碗，二细"，就只听后厨扯开嗓子呐喊一声："大碗的！二细哟！"这个"哟"拉得老长，绕梁多时。

现代的面馆，几乎寻不见这声音了。这声音有个屁用，现在都用机打发票，传票为据。

当年王斌也这么喊过一段时间，起初还抹不开面子，不知道师父一早晨乱喊乱叫有什么用。何新军就说了，干一行爱一行，做一天拉面就得喊一天。一是让客人觉着，他要的这碗面粗细程度你听清楚了；二是让客人觉着，后厨干劲十足，诚意也够劲儿，不会偷工减料、乱加东西。

你看其他馆子的伙计，做面，屁都不吭一声，整日愁眉苦脸，跟客人欠他五条人命似的。

第二天清早，王斌退了机票独自开车寻找。每路过一家面馆，他就撩开门帘，试探性地喊一嗓子："大碗，二细的！"

这一嗓子吓得店里吃面的陌生人一阵哆嗦，几个卤蛋似的头颅抬起来，香菜挂在嘴皮子上，瞪王斌。又换一家，他站门口一喊："大碗！二细的哟喂！"

女收银员不乐意了，朝他招手，说："喂！喊什么？来这儿开票。"

车开得疲倦，一上一下地来回折腾了十八次，王斌已然疲倦，他用手拄在门框子上，闷头喊了一声。紧接着，面馆深处，墙的另一头，传来一股银铃般、唱词般的声响。

"大碗，二细哟！"是个女孩的声音。

王斌吓得连忙退后三步，仰头一扫，"何莎莎蓬灰拉面"。

往里面走，面馆很大，客人满座，装修别致。枫木雕花栏栅，仿汝瓷质感的落地瓶子，名人字画挂于高处。这是滨河路上，紧靠白塔山旅游区的一处宝地。

远处忙碌着的一群男人中，有一个戴着白袖套，捏着白毛巾，脸颊通红，汗如雨下的面孔。一点点焦躁写在脸上，皱着细腻可人的眉头，夺过伙计手里的面头，说了几句话。

挺直了胸膛，双手离散，拉出一缕白。

> 兰州，总是在清晨里出走
> 兰州，夜晚温暖的醉酒
> 兰州，淌不完的黄河水向东流
> 兰州，梦的尽头，是海的入口
>
> ——低苦艾乐队《兰州兰州》

采花大盗与
末日蔷薇

谁会为了一束玫瑰告警察呢?

1

阿梁坐在一场脚臭弥漫的招聘会上。

前一天晚上，祖国另一个角落上，丁大和弟弟丁二刚刚被老爹踹出村口儿，并附上一句:“俩大小伙子，整日下地种苞米，上炕睡大觉，没前途！滚出去！大城市混上一混！”

裹着祖传的破烂皮氅，这兄弟俩走下一辆屎黄色的大巴，眼前是一排锅盔、烤饼店，一栋小白楼夹在中间，正是江城的人才市场，真是方便。一人交了五块钱，进门转悠半日，看到一身西装的阿梁坐在角落里，桌子上摆着一块塑料牌子。

只见此人头发烫得乱卷，脸蛋子瘦得让人心寒，嘴唇干涩，嘴里正咬着一杆英雄牌钢笔。

塑料牌子上写着“招聘精英”。

“找工作?”

"是，我俩找工作。"

"有没有学历？"

"哎，没有，哎。"

阿梁一扫困倦，抬起眼跳起来如获至宝，上前走两步，左右分别握着丁大和丁二的手，说了一句："妈的！"

丁大丁二咽了一口唾液，说不出话来。

阿梁捧着卫生纸咳了十下，声音都咳沙哑，把纸对折又擤了鼻涕，继续说："终于等到你，老子在这坐了大半天，黑压压一片全他妈大学生！"

丁大连忙放下背包，拉链一扯，掏出一整条五星牌香烟往阿梁怀里塞。

"大哥，我俩都不是啥文化人儿，但是粗活累活都干得起，不怕吃苦，您看给我俩安排个工地，还是什么厂子的。最好安排到一起去，我们是弟兄俩，相互能有个照应。"

阿梁把这条五星烟往背后一扔，从兜里掏出另两包烟发给二人各一包。三个人把火点上，三股浊气互喷脸颊。

阿梁说："跟着我走，以后抽这个。"

丁大丁二异口同声："操！中华！"

这一声惹得会场足足静了两秒。

"俺们村竞标承包鱼池子！死狗村长收黑礼！才抽得上这……"

阿梁捂住丁大的嘴。

"低调低调别这么大声，来，包背上，走。"

2

一张塑料图纸，哗啦啦铺开在珞喻巷子北边广场的水泥地上，阿梁用它来详述今后工作。

图纸上，一个箭头把四样儿铅笔素描依次串联起来：捧花女人，海绵保鲜箱，高速路标识，花店。

“懂了没？”阿梁问道。

丁二从小就留着光头，脑门倍儿亮堂，摇起头来好似一颗旋转的卤蛋。

阿梁把头扭向丁大。

丁大指着图纸上的钢笔字就问了：“大哥，你这个‘采花大盗’是个啥子活儿啊？”

阿梁无奈，盯着路上蹦跶而过的“摩的”，拿舌头把前门牙舔了一圈儿。

他拍拍二人的脊梁骨，深深感到智商之差距，于是又是一拍。

“来，上车！”

时值傍晚，摩托车上跨三人，车轮压得发瘪。老丁家传下来的两件大皮氅子随风晃动，发动机粗劣地吼叫。

虎泉路是一条酒吧街，阿梁车头一扭拐进去，放慢了速度，拿眼睛扫视着稀松的行人。

许久，在他们正前方一百米处，出现一个手捧玫瑰花束、面色里洋溢欢愉的女人，侧耳讲着电话。亮粉色的包臀裙下两条长腿，丁二伸长了脖子说：“我的天！好一双大白条子！”

摩托车邻近大白条子的时候，阿梁一伸手，将女人捧着的玫瑰花束一把扯进怀里。

随即油门一拧，引擎里的小兽轰隆隆巨响，车尾冒出一阵浓烟，地砖上擦出一条橡胶黑印子。

丁大丁二两个人张大了嘴，一齐向后扭头半圈儿，看见时髦女子尖叫一声，手机掉在地上，整个人吓得发抖，大白条子明显也是软了。

那女人顾不上衣装，瘫在地上吱哇乱叫。

酒吧里冲出两个穿着尖头皮鞋的男人，其中之一大叫：“宝贝儿！你怎么了？”

女人的兰花指朝污气之后的摩托指过去，俩男人看见了玫瑰，撒腿朝摩托车跑去，一个啤酒瓶子飞过去。却只眼睁睁看着丁二肩膀上扛着的“卤蛋”反着路灯的光，一脸童真与无辜，愈来愈远……

摩托拐过七八个街区，停在一间花店前面。

阿梁熟练地拆开花束。

包装纸、束带、点缀用的满天星、寄语卡片这些通通丢进垃圾桶。

丁二捡起飘在地上的卡片，小声念起来：“如果没有你，赢了全世界又如何！”

阿梁掀开摩托车尾巴上的铁栏子，里面装一个泡沫箱。箱子里玫瑰挤得满堂，久绿牌营养液的袋子挤在角落里，化学药水儿的气味冒了出来。

他端起这箱子，拿膝盖顶开玻璃门，风铃叮叮当地晃。

等他再出来的时候，箱子轻得能飘起来，而他手上拿着一叠粉色纸币。

3

丁大谨慎地环顾四周，眉头紧皱，盯着阿梁，偷偷摸摸讲了一句：“大哥……你这是摆明了搞抢劫啊？”

阿梁不说话，示意二人再次上车。

摩托车在便民大排档停下，大牡蛎上了整两盆，三道秘汁淋透的蚌壳吃得丁二欲仙欲死。

阿梁把嘴上的辣油一抹，抿一口啤酒问丁大："知道男人为什么给女人送花不？"

丁大嘴里的虾皮都不带吐，连壳带肉嚼碎了咽下去，他吧嗒着嘴皮子，听起来恶心。没办法，太香了。他嗫嗫着："送花？就是让自己媳妇开心嘛。"

阿梁说："对，一束花能让女人开心，开心了吧？咱们把花抢回来，低价倒卖到花店里头，这意味着什么啊？"

丁大一脸茫然，他搞不清阿梁脑子里装着什么细活儿。

阿梁捏捏鼻子，低头倒酒，感到智商之差距。

突然，丁二放下饭碗，筷子一甩，扭头对着他哥的大腿就是一拍，大喝一声："抢回来！卖回去！花店老板再卖出去！一束花能让另一个娘们儿再开心一回！"

阿梁举起酒杯来和丁二碰上一个。

又对丁大说："女人开心完了，花摆到家里，枯了，萎了，扔了？啊？"

丁大点头。

阿梁继续说："那么，一份资源，二次利用，我们是不是在搞公益事业？啊？动动你的脑子！抢个屁的劫。"

丁二附和上一句："咱这活儿安全得很！谁会为了一束玫瑰告警察呢？"

酒足饭饱，阿梁指着远处的洗浴中心说："走，先洗澡。"

两三个钟头后，三人出了门，丁二闭眼回味着方才拿脚踩在自己身上的女人，骨头酥麻，半天走不出直线来。

破摩托车又拐三条街，阿梁指着地摊小巷子说："来，换一身行头，搞公益要有搞公益的样子。”

大腿洗白的大号牛仔裤，两条。背上印有骷髅、手枪、蔷薇花的皮夹克，两件。绒面皮里的棕色短靴子，两双。一共花了四百五十块。

阿梁像挂衣服一样，往丁家二人的脖子上挂项链，给丁大挂了一条十字架，丁二挂一个鱼骨头。老板娘笑了，老板娘五岁的女儿指着丁二的脑瓜说，萌萌哒。

丁二问丁大什么是蒙蒙的，丁大一无所知。趁老板娘在一旁招客，丁二跺脚吓唬着小女儿，反咬一口，小屁崽子！你才蒙蒙的！

“大哥，这皮氅子是我爹祖传的，保暖得很，丢不得。”

阿梁不予回复，抓着两件大皮氅，塞进摩托座子下面。

一切就绪，他把胳膊肘子伸得老远，手机自拍相框里，三人面无表情。

“咔嚓”一声，阿梁说：“妈的，不上相了。”

画面里，是油腻的头发、杂乱的胡茬、浑浊的眼睛，以及反光的脑门和三口白亮的牙。

相片自动生成了当时的日期：2009/11/09。

最后，三人来到一处地下停车场，拐了几个墙角。那里停着两辆崭新的改装摩托。

4

伟大的事业向来跋山涉水。阿梁没想到丁大丁二天生是块料。

三人顺着长江走，武汉、黄冈、鄂州、黄石，武穴、九江、湖口、彭泽，安庆、池州、铜陵、芜湖，南京、镇江、常州、上海。

被无数个陌生女人用无数种当地方言骂，听得耳朵发麻。五十六个民族，语言文化自然精深博大，丁二后来挂在嘴边、记忆犹新的有三：赤佬马、狗炮车、小鸡篮子——文字难以描述得美满。

以致每抢一束，丁二竟心怀期待，期待着崭新的方言。

三人就这样，打一炮换个地方，以免引起人群注意。

丁家兄弟手速绝伦，那是山区里筛苞米茬子抖搂出来的肌肉，抓起花束来如捋鸡毛。一晚上能抢四十来束，将近八百来朵八成新的玫瑰，意味二十来张红钞票。丁二劝他哥："你个莫雪雪（江苏方言，说一个人傻，做事不动脑子），每到一个地方，要先去网吧查地图！"

二人专挑带"会所""会馆""公馆""西餐馆"的地方跑，在那附近的街道上，十对情侣里至少三捧玫瑰。

到嘉兴时正值二月十四情人节，满街的花抢得三人手软，花儿太多，买了十八个低温箱才扛得下。连夜上沪昆高速，卖给上海的花店。

三个来月，抢遍大半个长江，到了这会儿，崭新的皮夹克和牛仔裤才穿出点儿滋味来：破洞、机油渍、灰土乱抹，颜色参差；烟臭味、洗发水香味、风尘味，百味聚齐。

上海夜灯旖旎，三人一起趴在黄浦江边的围栏上观景，都戴着墨镜，黑镜片里反射着东方明珠的轮廓。

丁大问阿梁："梁哥，咱们这也存了不少钱，找个地儿安个窝吧。"

阿梁盒饭吃到一半，捂着头感到头晕，勉强发力说着："不行的，经常在一处搞太容易火，搞出同行来就不好了，抢生意。"

“那梁哥，咱这都到了海边儿了，接下来往哪儿走？”

阿梁搂上日夜陪伴身边的丁家二兄弟，掏出手机来。自拍相框里，高速路日夜的风赐三人粗糙脸颊，丁大丁二咧开嘴笑着，阿梁的眸子里游走血丝，瞳仁好似一颗爆炸中的褐色恒星。

时间定格：2010/2/14。

“那就顺着海走。”

5

宁波、温州、福州、泉州，辗转至厦门。

厦门晚风甜腻、满眼翠绿，叶浪翻滚连同草地。

绿水亭台看得人麻木之至，终见海浪，顿觉开阔。于是停下，锁了摩托车四处转悠，几个月来，阿梁的身体更瘦弱许多，立夏之日也戴着两层口罩。走三步，五个咳嗽，走十步，一次战栗。他说慢性咽炎并无大碍，两个丁家肌肉男左右尾随其后，这机车服黑手套大皮靴的排场，引得路人啧啧不绝。

花钱喝酒，蛤蜊煎里面沸腾的油水加两口马提尼，半口食用陈醋，丁二再次欲仙欲死。

八二年的马提尼四十八一杯，结账都是阿梁结，并推开丁大的手，如此告诫二人：“寄钱归家，给老爹寄些衣裳去，以及切勿淫乱，留钱回村里找正经姑娘，成婚生子。”

三人酩酊在每个黄昏以及夜里，狂风巨浪拍散了游人，海滩于是空旷，聆听那无所谓有无的汽笛。

来时干了一票，临走前决定再干一票，此地太美，阿梁说要多干一次。

凌晨时分，众多男女从酒吧、会所、影院中勾肩而出，三辆摩托冲刷着醉醺醺的人群，剥夺他们手中的玫瑰，风卷残云般的争夺留下一地花瓣。

熙春巷尾，环岛路边，夜半徒留礁石与细浪亲昵的响儿。

丁大指着远处："大哥，那儿还有一笔。"

那是一个落单的女人，靠着一辆粉色小蜜蜂摩托，《罗马假日》同款。她手捧一大束玫瑰，抽烟，甩头发，耳机里叠满噪音，十几步远就听得见。

丁二擅长总结经验，远远儿的就知道是蓝色妖姬，蔷薇亚纲中的极品，荷兰人工制造，由白玫瑰在生长期染色而成。一束九十九朵结扎，虽是贱卖，仍能上千。

"哥，她这不走路，原地杵着，怎么动手啊？"

丁大说："抽根烟，急什么，最后一票了，蓝色妖姬吧？弄完上路。"

阿梁趴在车把上，他的脑子里炸开一窝蜜蜂，头痛欲裂。热蜂蜜、热花浆、热牛奶似的东西通通炸开，把脑浆搅得发烫炘热。一切光线都离开，一切荣辱都退化，像唱片失音时刺耳的鸣，"叮"——

"哎他妈的，等不了了，磨叽死，大半夜停这儿看风景？梁哥，我先去了？"

丁大说："你急个篮子，咱仨向来只留背影，你破什么戒啊，你……"

丁二不管，只戴上手套，掏出车钥匙"叮当"地响。

阿梁抬头，视网膜里一片混沌。混沌之中，是那女人。

一身红裙子，白色丝袜脱离了这个时代。捧着一束蓝花，头戴一副黑色的耳机。把一根烟轻佻地投下崖壁。

花朵放在脚下。随后单腿迈过绿色的公路护栏，停滞了一刻。

阿梁耳膜里灌满了争吵声，一切嗡嗡作响。

“嘿！回来！”

他把钥匙一掌拍进孔洞，车把险些拧断。前轮腾空，后轮压扁，阿梁像一支瘦弱的离弦箭。

摩托擦着地飞出去，狠狠撞在护栏边上。阿梁的腿脚不听使唤，跌跌撞撞腿脚并用，隔着护栏抱住那女人，像是抱住一束红光。

丁大丁二傻了眼，只见梁哥的手死死缠住她的腿，头发顶在女人的屁股上。胸口起伏，大口喘着气。

女人用花砸阿梁的头顶，蓝色妖姬散落一地。

“你他妈有病！滚！滚啊！”

他抬头的时候，满脸泪痕，他看见她的眼睛，好似打碎的多棱镜。她也看见他的眼睛，好似将灭未灭的酥油灯。

厦门的海风吹开这个男人油腻的刘海，扑鼻而来的净是机油味与往日烟尘。

她想：这男人瘦得要命，像是被瘟疫毒害着。这身机车服不能陈旧得更夸张，这面容不能更憔悴，再也没有比这更简陋的生命了。

可是这简陋的生命死死抱着自己，大概以为自己要跳崖自杀。他打死也不放手，像是抱住星球末日里最后一个女人一样。

6

四辆摩托停在居酒屋门口，三黑一粉，其中一辆车身凄惨，摔得掉漆。

“我叫沈蔷薇，你们是干什么的，怎么不讲话？

“喂，有病吧？把我扯回来然后又不跟我讲话？混账。

“后备厢里摆那么多玫瑰干什么？就你们这样的，能追到谁？

“天哪，那你们谁是大哥？”

丁二指了指埋头痛哭的阿梁，说：“你看，我们大哥为了救你，都吓坏了。”

丁大讲不出话来，他眼前的女人大概是他见过的最漂亮的女人。一点点胸脯都没有，一点点绯红晕开在脸蛋子上，眼睛里藏两片水乡。竟然赛过了曾经叱咤村中的柳家姑娘。

“噗！他这么弱不禁风，还当你们大哥？！天哪，你俩也真行！

“你们以为我要死？我自杀做什么？

“那你们是干吗的，搞摇滚的？黑社会的？”

丁二从怀里掏出一张塑料图纸，那是去年阿梁所描绘的杰作。他把纸铺开在木桌上给这女人看。

她也聪明，扫了一眼便了解个中滋味。

“可以啊！”她说，“这买卖是你们发明的？我也是异常地难以置信哪。”

阿梁抬起头来，眼睛哭得红肿，说起话来哽哽咽咽：“你他妈没事干翻护栏干什么？”

女人并不理睬他，只不停地抿着杯中的酒，以及酒里的苦滋味。

“赶紧回家吧。”阿梁说，“神经病大半夜抱着玫瑰。”

沈蔷薇说：“你才神经病！我想给下面的浪花儿拍张照片，不跨过去怎么拍？

“对了，要不，我跟着你们干吧？你们这行挺有创意。”

丁大突然开口：“可以啊！”

阿梁一巴掌拍在丁大后脖子上："可以个屁！"

又指着女人的脑壳说："你赶紧回家！走吧！别给这添乱！"

女人笑了片刻，摸摸阿梁的头发，又摸摸丁二的光头。纤手破新橙，吃罢了这一颗橙子，掀开门帘就走。

"好吧，那…… 我走喽！"

她跨上了丁大的黑摩托，裙摆险些撕扯破，高跟鞋提在手里，赤脚踩油门，开得飞快。回头一阵笑声，引得三个男人疯跑出店。

卤蛋丁二，弓着脊梁，骑着女人的"小蜜蜂"落在最后。

晨风好像新鲜薄荷。

7

丁大手长，举着女人的相机对向四人。照片里：阿梁依旧孱弱，只是眼睛里多了几分亮色。卤蛋依旧是卤蛋，丁大干脆蓄起了胡子，回归原始。而三个男人之前，是一朵蔷薇，嘟嘴做鬼脸。

沈蔷薇说她是自由摄影师，想要用影像记录阿梁三人的生活。

汕头、汕尾，惠州、广州。

阿梁开始肆无忌惮地哭泣，只要他看到沈蔷薇的眼睛，他就要哭一鼻子，哭湿了无数片口罩，哭得地动山摇，完全不像个男人。

丁大问："大妹子，你拍的照片，不会发成新闻吧？我们坐牢了怎么办？"

"可爱死了坐个屁啊？艺术品怎么会卖给报社！"

蔷薇是江西姑娘，做起江西菜来简直一绝。樟树清汤腌粉虎皮鸭，银鱼藕米豆腐饺子粑。

江西有一道名吃叫作茄子干，茄皮需要蒸后配佐料晒干。四人始终在途中，丁二就提议了：把这茄子干拿钉子钉在木板上。

蔷薇说："聪明！"

摩托车载着木板，穿过阳光烂漫的山野与平原。

到下一站时，茄子干已大功告成，包裹糯米、蒜蓉、酒曲、辣椒干与鲜鱼肉，送到阿梁嘴里。

当时四个人正坐在海边眺望远处夜灯璀璨的香港岛，阿梁闭眼。

他闻到了蔷薇手上淡淡的烟草味道，囫囵吞咽一只茄子干饭团。嚼了一口，酒汁米汁肉汁"扑哧"一声炸开，顺着喉咙流下去。他眼皮止不住地颤，缓缓说了一句："我操他大爷，羽化登仙，无欲无求。"

蔷薇笑得厉害，举起照相机，照片里，三个破衣乱发的男人，闭着眼睛，嘴巴里胀得饱满。

沈蔷薇在日记里写道：

> 日子循环往复。我告诉阿梁，过了这桥，就是海南，海南尽头，就是天涯海角。他说他不想过去，不想抵达天涯海角，他说他怕返程，他怕到时候不知去向。
>
> 和他们生活在一起，在影像里，在眼光里。你可以真切地感受到风一样的自由，他们随地大小便，像小狗留痕迹一样，在中国各处的高速路边撒尿。他们一包接一包地抽烟，仿佛尼古丁比氧气还要重要百倍。他们抢劫抢得心都麻木，不感到心悸与愧疚。他们住

最贵的酒店和最廉价的招待所，他们用一次性包装的洗发水，吃一盒盒的快餐，他们像是砍断了双脚的鸟，在风中休息，在风中前进，唯独不能停下来。

你看哪，自由，它也是让阿梁无数次蒙在被窝里痛哭的东西，丁大丁二睡得死，但是我听得真，那么真。

后来，四人在高速路边吃快餐，沈蔷薇搂住阿梁，举起手来说："大家先别吃了，我有一个提议。"

8

二〇一四年，熙春巷已然从到处晾晒着裤衩内衣的居民巷，变身为鲜花店一条街。市政府拨款数十万元，修建熙春公园，来配合这条香软的、情侣密布四处、被游人合影留念的民国老巷子。

丁大丁二西装革履，打理着花店的日常工作。丁二的老婆又怀孕了，他还跟对门的伙计打赌一餐黄焖鸡米饭，就赌这一回绝对是男孩。

而丁老爹呢，住不惯城里的高楼，每日坐电梯都要捂着心口紧闭眼睛。

丁大告诉记者："熙春的意思是温暖之春，怎么能晾裤衩、打麻将、卖猪肉呢？"

记者微笑点头。

丁二抱着女儿说："这熙春巷巷尾的一家花店就是俺们开的。卖得便宜，情人节、七夕节，玫瑰花通通白送给情侣们。每年，我们还开着一辆大巴车，叫作'熙春一号'，沿着海、沿着长江的城市送给情侣们免费的花朵。这就攒下了人气，生意就火爆。弄得大家都来开花店，这不，成了花店一条街了。”

记者疑惑：“白送？分毫不赚吗？最初怎么想到了这种方式？”

丁二摸摸光头，害羞得红了脸：“哈哈，白送肯定是分毫不赚的，至于为什么……实在是无可奉告，哈哈！”

阿梁去哪里了？阿梁找不到了。

沈蔷薇从木屋里漫步而出，去寻他。她穿着红色的裙子。

她端一杯温凉的蜂蜜水，走进田野，走进新鲜的、黝黑的泥地。走进杂虫、蚯蚓、蝴蝶、根茎的国。走进牛粪与溪渠，泥土味的雨花儿拍打脸颊。

她越过小山坡，又是小山坡。

一千三百亩，赤红色花海尽在眼前。

粪便与新雨的结合，意味着养料的扩散，意味着新叶的饱满，意味着花蕊的细密。

男人弓着背，俯身除杂草。整日劳作，肌肉悄悄孕育，他用白毛巾擦汗，大喊大叫：“蔷薇！快来！新品种长出芽儿来了！应该是成功了！”

天哪，曾经他想做风一样的人。高速路、摩托车、啤酒罐、“老子今天不做工”，只有这些东西才是他全部的梦想啊！

直到他亲手耕犁起平凡的土壤，并亲眼看到土壤如何将花叶孕育。

那是风与自由办不到的事情。

文机器猫的人

人啊，总是会轻易相信大多数人都相信的东西，别人都争着抢着做的事，我不做，那我不就吃了亏了？

我很早就见过他，其实他就是那个搬水工人。在我大一的时候，他常坐在一顶十二色大阳伞后面，眯着眼睛抽十块钱的泰山烟，接收学生们的水票和空桶，把库房钥匙扔给男生们。女生可搬不动，普遍会多给他两块钱，他往右肩膀挂上一块白毛巾，帮女生搬上宿舍楼。多年下来，出入女寝如入无人之境。

其实那个送外卖的也是他，同一个人，没错，只是我现在才想起来而已。大众脸有个特性：只要换身衣服，就像换了个人一样，你根本想不起来他是谁，甚至都不觉得面熟。

送外卖，骑一辆二手摩托，型号是小蜜蜂，几乎和《罗马假日》里同款，别扭的搭配行色匆匆，在傍晚的饭点上，身后驮着一盒盒鱼香肉丝盖饭、土豆牛腩盖饭。他站在我们寝室楼下，穿黑色蓝条纹的制服，提着外卖和送货单，胸口上有准备好的签单笔，头上冒汗，脸颊发红。那眼神的意味是：他妈的取个饭这么久下不来，狗娘养的。

再一步深想，其实大排档里那个痞子也是他。我之前怎么就没把这三个人串联在一起呢？归根结底还是大众脸的功劳，正好的鼻子，正好的眼睛，无关丑帅，中庸得像一只考拉。四十多岁的样子，五天洗一次澡的样子。夜里，他脱去外卖员工服，蹬拖鞋，挂个大佛牌子，呼朋引伴。不知道他哪儿来那么多混子样的朋友，一群人在学校后门一家蒸虾摊子上吃。小龙虾太贵，他们从不吃，只点廉价量多的肉串和啤酒，很招老板白眼。

但这一桌永远最闹腾，给店铺涨人气。拖鞋提溜在脚上，武汉方言原汁原味，比那夏季松柏上滴出的油汁还纯粹。

饭后公然赌博，不玩钱，桌子上摆满了一根根烟，那是他们的筹码。

"妈的老子一根泰山不顶你三根黄山？"

我和同学在那里聚餐时，常听坐在外面的他吼出这一句来。

也正是这声音，成为一连串回想的线索，通过这小众声音，我才能确定这些角色都是他。涩、沉、深度沙哑，标准的死金摇滚嗓。若他学着收拾收拾，把那武汉男人标准的干练小平头续成长发，站在地下酒吧镁光灯前吼上一首，估计Jesden都要流两行眼泪跪下膜拜。

我原来一直以为学校北门的一面，是我第一次见他。

我头一回见他那样取钱的人，穿着学校食堂保洁员的白色制服，站在ATM机和我之间，像个生根发芽的人。每次取上限两千块，连着取，机器里纸币翻滚的声音绵绵没有尽头。武汉最热的七月里，他显得焦急，像是尿急，后颈上冒汗。钱还没出来，就把手张开悬在那里等着抓。右手攥着一个红色塑料袋，把钱往里塞。

取了十次，两万块，我心想大限已到，终于完事儿了，便向前挪了一步。他扭头盯着我，眼里全是红血丝。

“你干什么？！”

“啊？我以为你用完了。”

他不睬我，转身，伸手摸兜，又掏出一张卡插进去。

那个午后我死都忘不了，取款机房间里没有空调，大玻璃门一关，就像汗蒸房。我陪一个男人取了二十分钟的钱，无聊到只能以观察他手臂上那个未完成的文身取乐。我也是第一次见他这样文身的人，图案还未完成呢，就敢上街了……

是朵蔷薇花，只文了个粗浅的轮廓和一片花瓣。

当他终于取完钱，我插入我的卡。

“尊敬的用户：当前终端库存不足，敬请谅解。”

我转身，真想冲出门去踹他一脚！妈的取个四五万不能去银行柜台？可我发现，他比我跑得还快，冲向一辆即将启动的788公共汽车，拿手肘狂砍车屁股，嘴上呼喊着等他一下。武汉公车司机以生猛著称，不是开太快，只是飞太低，不是耍脾气，单纯不讲理，怎可能等他一下？

气得他在原地愤慨不已，对着车牌号方向咒骂，让我实在怨不起来了。

再见，已是大半年以后的事了。

我升大三，偶然得到一笔不菲的稿费，想奢侈一把，带女朋友买身好衣服。在ZARA门店里，竟然站着他。远远地，单凭那声音和手臂上的文身，我就认出他来，心理反刍，我感应到当日ATM机前的极度闷热。他穿衣还是土气，拎着几个纯黑亮泽的购物袋，里面明显是女款的高档衣裙。墨镜倒着戴，正跟导购员讲话。

那朵蔷薇完成了，但是怎么看都觉得不对劲，歪歪扭扭的，不像是正经文身师的作品。

女友问我："你盯着一个男的看什么看？"

我说："这人不是个诈骗犯，就是个喜欢体验生活的土豪，他之前还是咱们学校的保洁员呢。"

大三的暑假，车票难求，我想先做一个月兼职再回家也无妨。在学校公办的招聘会上，竟然又看见他，我足足愣了两分钟，是他没错，从远处就看得到，他手臂上多了几个文身，乱乱的，看不出章法，图案一个比一个丑，让人震撼的是，他留了光头，后脑勺上文了半只机器猫……机器猫下面，有日语的"哆啦""A梦"两个字还未完成。

此人每次文一半就出来显摆，是哪门子潮流吗？

他捏着几张招聘海报当扇子，靠在沙发上几乎要睡着。右边坐着个年轻人，替他审核前来应聘的人。

我靠过去，问："你这里招人？"

他被我的询问惊醒，从头到尾打量了我，显然不曾记得我的脸。他说："是啊，招人，你做不做？"

"具体是什么工作？"

"一句两句说不清楚，跟着做两天就会了。"

学校公办招聘会，能通过审核的公司都没什么猫腻，我填了张单子，他说让我等电话。

电话发来一个地址，我找到那个写字楼。在顶层，青绿色的地砖，大面积的白纱帘，装修漫不经心。一大排二三十岁的人，人手一个笔记本，围坐在一面长桌周围，四周烟雾弥漫，泰山烟的烟盒摆在桌子最尽头的位置，后面坐着一个叼着笔的光头。是他。

搞传销的。

这还用问么，肯定是搞传销的啊。

只要你推开门看见那一幕，你也会做出这样的判定。一，地点隐秘；二，电脑、电话、传真机这些办公必备品，压根儿就没有；三，搞个人崇拜，一群男男女女围着个文机器猫的骗子虚度时光。

我上前一步，坐下去，想听听他是怎么给这些人洗脑的。这完全是出于好奇，而且，我对我的思想坚固程度非常有自信。同时也想看看这曾经的食堂保洁员是怎样通过一张嘴，站在金字塔顶层的位置，发展下线，榨干这些无知的傻子们的存款。我要写一篇报道，标题我都想好了，就叫“无间道之传销总部”。

我坐了一会儿，看他们人手一个笔记本，也故作虔诚，掏出书包里的笔记本来。

文机器猫的光头仍是不知所云地讲着，似乎并不在意我的突然闯入。

“人啊，总是会轻易相信大多数人都相信的东西，别人都争着抢着做的事，我不做，那我不就吃了亏了？对不对，人们就是这么想事情的。这就是我们做事的核心，我们要抓住这个核心。”

他说话的空当，就嘬一口烟，抠两下脖子，烟从鼻孔里分两行出来。我简直不知他所云。

“下午这一票，相对容易，去库房，换点西装之类的就行，好了，开工吧。”

“喂！新来的？你跟着他们就行，大学生吧？工资一月两千，我们现在很缺人，你拉一个同学过来，给你提成两百。”

说罢，一行人起身，收起笔记本，冲向另一个房间。我靠过去打探情况，那是个更衣间，有成堆的西装、休闲装。在一张桌子上，整齐摆放着领带、墨镜、鸭舌帽、各式皮包之类，简直像个时装秀场的后台。

一个少妇模样的女人拍了拍我的肩膀，说：“今天下午这场子，不太适合你，你长相太年轻。就不用换衣服啦，跟着我们，看看就行。”

一行人更衣完毕，之前短裤短袖的邋遢男女，瞬时提升了三个身份档次，个个像职业精英一般，就连走路也挂上了演技。二十来号人，电梯分两拨下楼，一齐挤上一辆公交车，这场面对比很鲜明……惹得司机勾着头往后望了许久，听见后面喇叭响才想起来启动。

下了车，文机器猫的男人走在前面，在他后脑勺上，哆啦A梦又多了两只手和一只脚，总体来讲，还是丑，线条歪歪扭扭，构图左胖右窄。我算是服了，文身文成这屁水平还敢开业。

到了惜春路的路口，众人如演习好的一般，各自分散，瞬间不见了人影。

我只得跟着光头，他走进步行街上一家新开业的珠宝店，似乎和老板早就相识，用沙哑的嗓音谈笑几番。又看看手表，掏出手机发了条短信。这珠宝店里空荡荡的，电视广告里也见过，现实中实在没什么人气，随时都要倒闭的样子。门口也挂上了“周年店庆，重磅献礼”这样堂而皇之的标语，估计这样冷清的店，天天都是周年店庆吧！

光头的手机响了，是短信发送成功的铃音。接着，那些我所熟悉的“职业精英”从不同的地方向珠宝店走来，十来人在店里，和导购员聊天，十来人在店外，排起了队伍。

让人讶异的是，不出十分钟，就有一些非我们内部人员的陌生人开始加入队伍，我站在旁边，竟听见有一个女人，在打电话催促。

“哎哟！你快来！你都没见多少人在这儿抢，你赶紧的，全场都八折！过会儿啥都没了！”

还有人说：“爸，你带个小椅子来帮我排队啊！你闲着也是闲着。我公司下午有事，你快来，我还占着位置呢！”

我真想大喊一声，你们这帮傻子。

从下午两点，到傍晚七点，这相同的二十来个同事轮番地排着队，偶尔在店铺后门车棚子里，互换衣服和领带，交叉穿着不同的裤子鞋子，添个眼镜、卸个帽子什么的，再绕出来，俨然成了另一个人。

这队伍始终保持着冗长的样子，在喧嚷的步行街上非常显眼。根本就没有人质疑这队伍的重复性，因为，从三点钟开始，光头公司大部分员工都成了长长人龙的替补，早已不再是队伍的主体了，只需要偶尔补上去，保证队伍的长度即可。

后来，文机器猫的男人告诉我，那个下午，珠宝店所有款式都出售得一干二净。设计精美的，小众的，设计简约的，大众的，统统售尽，像被洗劫了一样。而我们公司获得了销售额百分之十的分成。

我问他，那周年店庆？打折？

打个屁折？啊？这世上就没有打折这一回事。

在我暑假兼职的这一个月里，我和他们排起过无数个队伍，弄得几个火锅店、川菜馆、澳门豆捞之类的新开业店铺红得发紫，食材紧张，老板员工忙得团团转。免费的晚餐吃得我每日油光满面，胖了十斤。

还让一个自行车店，把三年前的库存货拿出来当新品，招架那疯了一样的中老年购买者……

印象深刻的还有另外两幕。

一个是某品牌旗舰手机销售初日，光头司令发了钱，要我们买些帐篷，并放下一句："你们懂我的意思吧？"凌晨五点，我们的帐篷便摆满了手机旗舰店的门口，文机器猫的男人再次掏出泰山烟抽起来，看朝阳升得差不多了，就翻了翻电话簿，我拿眼一瞧，许多报社记者的名头赫然其上。

第二天就上了头条："某手机销售现场火爆异常，发烧粉带帐篷连夜露宿排队……"这张新闻图片里，全是我所熟悉的面孔，在微博上被转发了几万次。庆功会上，这个电子集团的武汉方面销售经理和光头握手点头致意数次，并在荧屏上放出一张PPT。与前几款旗舰机发布相比，这一款机子，在武汉前三日销售量是之前两款的总额之和。

我们还捧红了一个模特，几个公司前辈经过商讨，豁了出去。在车展上，扛着租来的单反相机，穿着满身是兜的导演服，放下友谊，抬起拳头，打了一架，提前准备好的血包在拳头的挤压下爆裂，场面异常惨烈。和一家私人诊所联系好的救护车呼啸而来，担架抬着，输液瓶里葡萄糖输着，弄得那个同事血糖太高，三天里总想尿尿。

新闻里是这样描写的："车展女模芮云魔鬼身材，摄影师为争角度大打出手。"后来这个模特的身价涨了十倍不止，拍广告，上了杂志封面。又改了名字，摇身一变成了二线明星。在火遍大江南北的古装戏里，她分到个女配角。光头打开电视，面无表情。

暑期的这一个月里，光头司令一共雇用了二十来名大学生，并在我们离开时，要求签署保密协议，还安排了另外一次活动。

那一天，我们走上汉正街，这是武汉人流量最大的商业街之一，他架好了摄像机站在远处。我站在购物或是闲逛的人群中，抬头看着天，大喊一声“哇噻”，其实那天空里，除了厚重的灰云，屁都没有。接着，我眼角的余光里，公司二十来个佯装路人的同事纷纷仰头，做着同样惊诧和欢欣的表情，面朝与我相同的方向紧紧盯着。这个过程足足持续了十分钟。

夜里，临别前的聚餐上，光头把录像U盘插入电视机。可以清楚看到：渐渐地，有人开始效仿我们的动作，他们看看天，看看我们，又看看天。积少成多，某种气氛像瘟疫似的四散开来，以点画圆，扩散的速度超乎想象。到了最后，摄影机背景音里，嘈杂声变小了，整条步行街都安静了七成。

有的人僵持在那里，表情疑惑，生怕错过什么精彩的风景。也有赶时间的，三步一抬头，步子被拖得迟缓。更有人干脆停止一切活动，雕塑似的定在那里。

我们在电视机前大笑，笑他们傻。傻到都不相信自己的眼睛了。

光头脸上却无表情，他一瓶接一瓶喝着啤酒，根本不看电视机一眼。酒后，不再说普通话，我所熟悉的大排档上的沙哑武汉方言再次响起。

“别笑别人傻！世人都是这样蠢的。你看看，最近不是流行什么炒股？一看别人都炒股，一些个愣头青也一头扎进去，别人都赚钱了，我何必跟钱过不去？好嘛，你了解股市吗？你买那公司的股票，你连别人大老板，什么‘塞意欧’的，姓甚名谁都不晓得，最后赔光了还要搞跳楼！”

他显得气愤，酒精烧出一脸红，甚至还熏红了眼眶，他是快哭了？我没看错吧？

“别人都做的事，你为什么也要做？啊？你告诉我，你为什么？！”

他忽地从沙发上跳起来，推开一个同事，来到电视机前，仰头猛灌一口酒，指着屏幕。

“你看看，你看看这些个人。你们望着半根毛都没有的天空，他们为什么三步一回头？因为怕吃亏啊，你们能看见的风景，为什么我不能？他怀疑自己啊，怀疑自己眼睛出了问题。他们为什么不会怀疑你们脑子有病呢！嗯？

“因为你们他妈的是大多数人啊！

“大多数啊！”

眼泪彻底流了下来，整个房间没人再讲话，只看着他大笑大闹着把自己灌醉，趴在沙发上，脱了鞋子一动不动。我打量他这微微发福的身子，心想你好端端哭什么啊？利用盲目从众心理赚钱，又不犯法，又没人会抓你。在他后颈上，机器猫终于完成了，客观地讲，非常非常丑。哆啦A梦的口袋本是个扇形，就连这个简单的扇形，都被那毫无职业水准的文身师画成了椭圆。

夜里，一个同事，光头的侄子，说他一个人抬不动光头，要我配合他，把光头抬到家里去。

我们驱车回家，原来他就住在学校附近的莲花小区里。居民楼老旧，掩蔽在老龄的梧桐树之间，楼板之间有强烈的霉土味，裤衩子、看不出颜色的被单、乱七八糟的花盆，都悬在阳台上。

推开他家的门，一切焕然一新。他赚的钱，都用来装饰他的窝了吧！

不过，这风格，为什么是少女的感觉？公主房的标配，奶白中透着粉亮的壁纸，地上纯羊毛的毯子，让人很难有勇气步入。我杵在原地，连着咽了三次口水，他的侄子告诉我："你快啊，我快支撑不了了！把他扶上床去！"

我踩进去，都觉得折煞了这玲珑娇软的装潢。有一些熟悉的亮黑色购物袋，整齐摆放在优质木料的衣柜一旁，透着柜门缝隙，我看到一排高档女装，品牌货，在里面暗自闪光，似乎试图争抢主人的宠幸。仔细一想，也正常，估计是发了财了，找了个青春靓丽、花钱如流水的女人。

他被我们抬到床上的时候，侧屋的门突然"咔嚓"打开了。一个头发散乱、扑满粉底、涂满夸张眼妆的女人吓得我向后退了三步，紧紧抓住他侄子的肩膀。

"没事，这是他女儿。"

那女人，二十来岁的模样，长得漂亮，却一脸疯癫，眼神懵懂里还泛着傻劲儿，穿着小黑裙。她左手举着一盒染料，右手握着一根文身刺针，甩了兔耳朵的拖鞋，一下就跳上了床。

"爸爸爸爸！今天我给你文Hello Kitty吧！我新学哒！"

光头烂醉如泥，没有回话，他侄子拉住女人的胳膊，要她乖，先去睡觉。

他告诉我，光头的女儿从前是业界有名的文身师，她的文身作品摄影，曾集结成册出版。

那是大半年前的样子，女儿忙，要光头去预约一家整容医院，点掉她脸上愈发扩散的一颗黑痣。做个激光小手术就可以，能美观一些。光头上街，看见一家新开业的医学美容中心，横幅上写着“执行美国标准，美国特聘医师，开业当日，前一百单五折”，他一股脑扎向队伍的末尾，如愿以偿，替女儿抢到了五折的机会。

“操作不规范，颅腔内发炎，发烧多日，又瞒报家属，处理不及时。你看我堂姐，二十来岁，这么漂亮，就落下了个半痴呆的毛病。

“那医院半个月就被查封了，三个创始人在美国根本就没有执照。

“我叔那会儿把家里几张银行卡上的钱取了个干净，要去美国做恢复治疗，但远远不够。现在还在攒钱呢。”

他侄子说着话，手上帮光头脱去衣服、鞋袜。光头趴着睡，没一会儿就打起鼾来。他裸露的脊梁两侧，就像是女儿的画板，一些天真的、卡通的、扭曲的笔调尽布其上，有新鲜的针刺，挂着血痕。路飞、幽灵公主、小桃心、棒棒糖……

那女人，眼神空洞，盘腿坐在那里，不知所以地望着醉酒的父亲。

咬着下嘴唇，看看光头的侄子，看看我。

又看看窗外一只小蛾，争抢着冲向扑满蛾子的路灯。

愁容骑士

愁容骑士，是堂吉诃德的别称。堂吉诃德是一位总把自己想象成骑士的疯子，在骑士精神早已消亡的时代，非要到处行侠仗义，被世人看作一个笑话。

沈清那时候十七岁，在西樵高中读高二。

六月傍晚，沈清到办公室和伏至扬探讨师生恋传闻的事。她搬个椅子摆在桌前，坐上去说："伏至扬，外面已经传得不行了，狗血得不得了！竟然说咱俩在搞恋爱！"

伏至扬问："他们传的是我追的你，还是你追的我？"

沈清气得牙痒痒，真想夺过他手里的报纸，卷成卷，给他头上来一棒。

伏至扬又说："沈清，你到底是学习不学习？"

沈清说："学，不过这件事需要酝酿，我跟我爸说了，让他给我弄到高一去，我得从高一开始，重新学，现在早就跟不上了！基础的东西都不懂，怎么学？"

伏至扬大惊失色，撇下报纸，手上剥开一个软塌塌的橘子，都快要放坏了，眼睛一直盯着面前的女生。伏至扬说："沈清，没想到你做得这么绝，我以为你要留级呢，没想到干脆要降级。”

沈清笑开了花说：“伏至扬，像你说的嘛，这是一场革命，革命就要革彻底！”说完就站起身来，把椅子放归原位，走出门去。扶着门框，沈清咬了一口抢下来的半牙橘子，酸得紧闭眼睛，牙齿颤了好一阵。接下来她朝办公室里面看了一忽儿。

这是她最后一次看到伏至扬。

伏至扬三十五岁的时候，被调入西樵高中任教。当初，贺兰三中的教导主任听闻这个消息，气得眼睫毛都分了岔，把烟都点反了。搁谁谁都生气，几乎所有认识伏至扬的同事都患上哀怨的心病，都说伏至扬不是祖坟上冒青烟了，就是踩到一泡品相极好的狗屎。要说转调到好学校，论资排辈也轮不到伏至扬。即使把门卫老张头调过去看门，都更能让人接受。

伏至扬是什么东西，伏至扬三十五岁的时候，未婚，处男，头发像马鬃，骑一辆随时可能散架报废的摩托车，脸上挂一副随时有可能想不开去跳楼的表情。前些日子，省里举办在职教师的音乐器乐比赛，省内公办的中学、大专院校，都得派音乐教师参加，两个名额，至少得去一个。贺兰县第三中学的教导主任说，小伏，麻雀再小也是个鸟，滥竽也可以充充数，你就当凑热闹嘛，又不掉你一块肉。伏至扬胡乱扒了一阵钢琴，弹的是肖邦还是巴赫，记不清了，只记得其间弹跑偏了，将错就错，串了一段卡梅洛的爵士乐。后来被通知得了金奖，把奖状塞在车筐里。路上尿急，夹着双腿踩油门，咬紧牙关往家奔，发现奖状飘飞了，索性不捡了。

伏至扬被调入西樵高中，幕后推手是陈校长。此人秉性刚烈，把“好马配好鞍，好猪配好圈”立为人生信条，极其喜欢挖人。浓眉大眼国字脸，背着手、横行在国旗台上的样子，让人想起螃蟹味的关云长。他立志于把省里最好的资源都挖到西樵来。西樵高中，因此变成了传奇教师的大观园。大家心知肚明，陈校长底子硬，教育局里有不少人，这就好比挖墙脚用的是金铲子，轻车熟路，轻而易举。

他挖人挖上了瘾，像是收集癖一样，其实他办公室里挂的那幅画就很能说明情况，临摹版的徐悲鸿作品——《愚公移山》，全靠挖。带过物理竞赛一等奖、作文大赛一等奖之类的教师，都不必多提。就连见义勇为、跟歹徒干仗干赢了、上了城市晚报的小区保安，也被他弄来当学校门卫。效果是有的，状元出了不少，位子坐得很稳。

可是当伏至扬来校长室报到，站在画作之下时，陈校长整个人都蒙了，下意识咽了一口口水。

“你就是伏至扬？不可能吧？”

“咋不可能？”

“你会弹钢琴？不会吧？”

“咋不会？”

“你明天把头发剪了去，我们学校男生统一要理圆寸，女生统一短发，男教师也普遍都是平头。”

“那可不能剪。”

“咋就不能？这是学校规定！”

“报告校长！我家里规定：但凡有儿孙胆敢剪发削毛，就逐出家门，断绝亲缘关系。”

伏至扬瞎编乱造的家规把校长噎得够呛，张口三四次，也没蹦出一个字来。站起来疯狂咽茶，嘴皮子沾了茶叶，恼羞不已，花了吃奶的劲把茶叶片子吐进垃圾桶。

“那你扎起来去！你家里让不让把头发扎起来？！”

“行，我跟我妈请示一下。”

沈清十七岁的时候，父亲北上办酒厂，举家北迁。沈清和西樵高中放在一起，同样让人笑掉大牙。中考二百来分，能进西樵高中，原因连鬼都知道。在二十一世纪，有一个使用率异常高的词语组合，叫“家里有钱”，估计能变成下个世纪的成语。

沈清只有一米五五，走起路来像一只小鹿，笑的时候有两个酒窝，湖南女孩的脸形。因为不求上进，不学习不看书不做卷子，“24K纯混”，眼睛的利用率奇低，导致她竟然不近视不戴眼镜，眸子像湖水，风一吹，险些吹出涟漪。这样一双眼睛，放在尖子班的人群里，感觉非常蹩脚。

伏至扬头一回在西樵高中上课。那一天，沈清折腾完了偷装的唇彩和眉笔，抬头看见一位长发的，右肩膀扛着一架电子琴，像搬家一样的伏至扬走进教室来。沈清先是被他身上的西装恶心到了，灰褐色，麻布料，村支书标配。估计家里没女人，里面的衬衣也没人给熨，泛黄，皱皱巴巴的。三七分的长头发，是标准的自以为是的“艺术家发型”。

伏至扬把讲桌上的粉笔盒子和黑板擦都移开，把琴“哐当”一下扔上去，然后坐在凳子上，抖着腿，用与抖腿相同的频率，来回舔着上嘴唇。高二（3）班后墙挂着一幅标语，红底白字：“敌人在拼杀！你在干什么？”伏至扬就盯着那玩意儿发呆。

上课铃响，物理老师兼班主任走进来，他一进来，学生们就知道，这节音乐课可算是泡了大汤。大家都上了十来年的学了，一个比一个锤炼得懂事。什么音乐课、生理卫生课、体育课，这些课被“正课”占，那是理所当然的嘛。就像裹脚的小媳妇一样，不被欺负才叫奇怪呢。早就死了心了。

张老师头一回看见伏至扬真人，伸手要握手。伏至扬站起来，手心蹭蹭大腿。握完了手，竟然没有要走的意思！还一本正经地坐了回去，大腿里安了个发动机似的，又抖上了。张老师朝伏至扬使了个眼色，意思是出门说话。可伏至扬竟然也没有看懂，像看猴戏一样的，盯着张老师拨浪鼓似的头，连带眼神一起，往门外甩。

张老师尴尬片刻，索性在讲台上说：“伏老师，这不上周刚月考嘛，这节课我赶紧讲一下卷子，不然时间太紧，对付不过来。你的课后延一下吧？”搁着往常，张老师是不必费这么多麻烦事的，还握手？还阐明情况？都不，他只需要走进来微笑一下，音乐老师便心领神会地还以微笑，提着录音机潇洒离去啦。

伏至扬脸色突变，从故作友好的那种和善表情，变到匪夷所思的惊恐，只用了半秒钟。他两片眉毛都扭在了一起，说：“又讲卷子？啊？我的课不是课，上次徐老师就占我的课，我看她是女的不计较，这回你还来闹？”

张老师向后退了一步，估计是被伏至扬公牛一样的直勾勾、不懂事的眼神吓得不行。“伏老师，我说是后延，是后延嘛，不是不让你上课。”

“后延后延，上次就后延，这次还后延，确实，我也觉得你挺厚颜！厚——颜——无——耻！”

此话一出，学生们哗然抬头，炸成一锅粥。纷纷从成堆的辅导书里钻出来，像一大窝鼹鼠同时冒了泡。沈清个子小，因为不学习，才被安排到最后一排。沈清的书桌上比脸还干净，她正梗着脖子往前看闹剧，嘴上咧开一轮月牙。

“伏老师，你这话就非常过分了吧？有什么不满，你可以去问问陈校长！”

“我自己的课，我上不上还要向校长请示？！我有病，还是你有病？！”

张老师摇摇头撇撇嘴：“月考后的卷子，一定要及时处理！及时帮大家找到问题，这关乎教学方法！我三天以后再处理这卷子，大家对题目都不熟悉了！”他环顾四周，提高了声音，问学生们，“是不是啊？”

学生们虽然鸦雀无声，但细细一看，不少人的桌上，白花花的卷子早就摊开了。

这次小小的民意调查使张老师信心大涨，连忙决定扩大战果。

“伏老师，或者我们直接问问他们。

“同学们啊，有谁现在想上音乐课的？”

伏至扬把刀锋似的眼光从张老师额头上拔出来，横扫讲台下的光景。只见，小鼹鼠们通通缩回书砌的窝里去，不吭声。

在伏至扬三十五岁生日这一天，他头一回扛着电子琴在西樵高中高二（3）班上课。之前在贺兰县中学里，他的课可没人抢，非常受欢迎，每次进到班级里，同学们欢天喜地像是打了激素。可在这一天，他和一位张姓老师吵破了脸。这一天，他环顾四周，看见班里最后一排，有个身高不高，脸白白的，小鹿似的女孩，把手扬得高高的，手腕上有银色的环环，相互碰撞叮叮当当响。

伏至扬二话不说，大踏步离开教室，在教室门外，他又朝里面喊了一句。只闻其声，不见其人。

“我这就去问问陈校长！我没来之前，你可不要开讲！这可是我的课！”

待那身影抹过班级前后两扇窗，张老师在讲台上晃了两圈，看看手表，大讲特讲起来。

“最近咱们班里某些人，刚进步一点，尾巴就翘起来了，我告诉你们……沈清？！你干什么去？”

“报告老师！我肚子疼得要岔气了，上厕所！”

小跑两步，沈清看见了伏至扬，他走路的姿势，摇摇晃晃，外八字。沈清知道校长室的方位，便和伏至扬分道扬镳，选了不一样的路径。踩着点儿，刚好，校长室的门开了又关上之后，她也到了位。

在门口，耳朵贴着铁门，沈清听见，三十五岁的伏至扬说话却像个小孩子似的！张口第一句：“校长！张老师抢我的课！”

沈清看不见二人表情如何，只听校长放下茶杯时“咯噔”的声音，然后说：“伏至扬，上次让你把头发绑起来，你当耳旁风？你瞧瞧你，上次开会你就打瞌睡，我给你新老师个面子没点你，现在黑眼圈还是这么重，你晚上都干吗去了？！”

“校长，张老师现在就抢我课着呢，就是现在。你给个说法！很急很关键。”

“高二（3）班那个张老师？教物理的吧？哎呀，伏至扬！你又不是不知道，上周刚月考，这周音乐课体育课肯定都上不了啊！讲卷子呢！不然你让张老师抽什么时间去讲？”

“我管他抽什么时间去讲？！这不关我的事！”

“伏至扬啊，来来来，你先坐下，别整天搞得跟衙门告状似的。我想你应该清楚，能来西樵高中上班，对你的职业生涯也是不小的一次提升吧？再说了，音乐课，一周就一节，你就教三个班，上课少，拿的钱可不少！你还成天抱怨别人？

“你站在张老师的角度想想！人家图个什么？占你的课讲卷子，又不多给他发工资，人家还不是为了学生！”

沈清的这次凑热闹之旅没白来，听相声似的，捂着嘴笑，气流从指缝里呼哧呼哧喷出来，在铁门上喷出三条蒸汽做的细线。她听见，伏至扬坐下后又连忙站起来，把椅子弹得刺刺响。

“你说什么？张老师上课是为了学生，意思我上课是为了我自己好玩？！陈校长，早知道抢课在你这儿是合法的，我就不来了！在贺兰三中的时候，我的课从来就没被抢过！到你这儿了，光天化日之下你也不管！”

“伏至扬，你瞧瞧你自己说的话，这不就说到点子上来了？这就是问题所在！你们那个第三中学，是个三流学校。你也别嫌我说话难听，教学成绩一对比，西樵高中就是一流学校，差距从哪儿来？就是因为我们的老师惜时如金！”

“好呀陈校长！惜时如金！原来在你们伟大的西樵高中，上个音乐课是浪费时间！”

“你也不要冷嘲热讽，我们都是成年人，摆事实讲道理是不是？哎？我看你是没有一点规矩！说走就走？你回来！你……”

伏至扬话听一半，扭身大踏步走出来，因为大步流星，弄得沈清猝不及防，他一搡门，发现有点异常的阻力，出门就看见了手上戴银镯的矮小丫头，仰头捂着鼻子，眼睛里渗出眼泪，手心下面流出血来。沈清恨不得能披上哈利·波特的隐身衣，掩饰自己被门撞得流鼻血的样子，但是她不能。只得拿泪眼和他的眼神撞上，马鬃似的黑硬头发，横眉冷对于她，她心想：我又没惹你！

“这位同学，你流鼻血也要找校长？”

鼻骨里本来就钻心地疼，听了这句话，险些踹伏至扬一脚。

沈清仰着脖子，跟在伏至扬后面，伏至扬从兜里掏出半包卫生纸，边走边说："你哪个鼻孔流血？右边流血就把左胳膊抬起来，左边流血，就把右胳膊抬起来，保证马上好。"

沈清接过卫生纸，把戴银手镯的手抬得老高，这样走路的样子颇为滑稽。弄得伏至扬停下来看了好一会儿，幸灾乐祸的表情简直不像是三十五岁的人，他说："你是刚才举手的女生？你找校长，还是找我？你找我也没有用，陈校长的老脸已经磨出茧了，他觉得音乐课是浪费时间，我得赶紧跟上他的步伐，买点不锈钢锅刷子，把我的脸也磨一磨。"

血止住了，沈清放下手臂，掏出小镜子一照，鼻梁上被铁门撞青了一块。她问伏至扬，这节课什么时候上。伏至扬说，你没听懂我的意思？泡汤了已经。

"那可不行，我交了学费，你的工资里有我学费的一部分，我现在要按课表上音乐课，你总不能拒绝吧？"

"讲道理的话，你说得没错。不过，你不能……"

沈清听到这里，三步并作两步跳下楼梯："讲道理就对了！没有不过！伏至扬，你去拿琴吧，我在楼顶空教室等你！"

伏至扬无论如何也不敢相信，在他三十五岁的时候，他大摇大摆走进别人的教室，招呼也不打，抱上琴就走，把门一摔，脸上面无表情，俨然闹市里一介痞子。他不敢相信，自己抱着这琴，跑到了教学楼顶层的空教室里，上了他在西樵高中的第一节课，而学生只有一个人！

空教室一派死相，打开门，门框一震，灰尘落个满怀。沈清刚刚擦完讲台，走下去坐在第三排的位置。伏至扬给琴插上电，他说："我可从来没有单独给一个人上过课，真不知怎么上。"

"没事儿！你就当下面坐满了不就完了？你就当我只是其中

一个！其他人也在，只不过你眼睛有毛病，看不见了而已！”

伏至扬的大脑经过一系列运转，把沈清说的话模拟了一遍，点点头，说：“嗯，那我就全凭想象了，你不要笑就是。”

他站起身来：“上课！同学们好！”

沈清也站起来，把声音拖得老长：“老——师——好！”

伏至扬见状，脸上绷不住，笑得唾沫星子乱飞，前俯后仰了一会儿，见沈清一脸严肃地看过来，便决定继续往下演。

“好，坐下。”

沈清坐下。

“同学们，今天是什么日子啊？有没有人知道？”

沈清没有举手，其他人也没有，伏至扬摇摇头，坐下来开始弹琴。教室空旷，琴声回荡出一种饱和的形态，是慢板的古典钢琴曲目。在这样的旋律中，沈清扶着右边脸颊，仿佛就要睡着。她看见，秋天到了，风一吹，黄叶子像一阵溪水，流窜在居民楼间的地砖巷子上。她看见，和伏至扬的手指一样粗糙的树干，随同这股风晃动着，好似在弹着空气里的琴弦。

眼皮子上挂了秤砣一样，拼命想要睡着。心里却涌出一股欢喜泉，拼命往上奔窜。这两股力量在人中的穴位上碰撞，相互中和，化解，产物是一种特殊感觉，是痛，是痒，是甜，是酸，沈清始终都不能分辨。

突然，钢琴声断了，一切戛然而止。

伏至扬站起来说了一些话，他不光盯着沈清说，也盯着空座位上方的空气说，仿佛那里确实有人一样！沈清心想，伏至扬真是一个抽象派人物，她只是随便说说，而他的遐想，还真的挺到位！

“同学们！音乐和诗歌、戏剧，以及一切形式的艺术一样，都具有记载历史气味以及创作者人格能量的功能，比如我弹的这个c小调第二乐章里的片段。那时，贝多芬已写过《海利根施塔特遗书》，他的耳聋已完全失去治愈的希望。他热恋的情人朱丽叶塔·齐亚蒂伯爵小姐也因为门第原因离他而去，成了加伦堡伯爵夫人。一连串的精神打击使贝多芬处于死亡的边缘，说白了吧，搁着我，我早就自杀了。但是，贝多芬并没有因此而选择死亡。他在一封信里写道：假使我什么都没有创作就离开这世界，这是不可想象的。

“所以，同学们，也许在我弹琴时，你们面前堆叠的无数理综卷子，能让你们获得很多解决物理化学问题的方法。但是，音乐，以及它所记载的人格历程，也许能让你们获得一些面对人生困苦的方法。这两种方法，哪种更难掌握呢？

“同学们，今天是贝多芬诞辰二百四十周年的日子。

“和贝多芬同时代的音乐评论家曾这样说过：站在他的墓碑前，我们可以一本正经不假思索地说道，这个人，完成了伟大的事业。同学们，我们的一生应该如何度过？或者换句话说，当后人站在你冰冷冷的墓碑之前，他们是否会感到热血沸腾？

“好了，这节课就到这里，我们下课！”

说罢，他小鞠一躬，脸上神情轻松自信，似是得到极大的满足。伏至扬扛起电子琴大步迈出教室，俨然忘记了这是仅有一人聆听的课堂。沈清愣神了好一会儿，出门趴在栏杆上往下看。

只见，穿得土里土气的伏至扬，在一大群放学归家的蓝校服之间，非常扎眼。他把电子琴用胳膊夹住，找摩托车钥匙，死活找不见，左摸摸，右摸摸，电子琴的琴身就跟着他的腰身来回旋转。整个场面，让人有一种“拔剑四顾心茫然”的错觉。

伏至扬终归是在学生满座的教室里上成了课，只不过，当沈清第二次听他讲课的时候，他已经不带电子琴了。他绑起了头发，换上了随意却干净的T恤，提着一架老式录音机——西樵高中工会发给教师使用的那种，和英语老师同款。录音机里放出《二泉映月》，伏至扬读着课本上的话。中规中矩，把时间把控得很好。当他发现台下的学生大部分都在做卷子，默背单词，看课外名著积累作文素材时……他用食指叩了叩鼻梁，把腿抖起来，脸上看不出任何波澜。后排的沈清，则从头到尾皱着眉毛，撅着嘴，手里头的橡皮，一节课下来，掰成了碎渣渣。伏至扬则故意不看她。

半个来月后，周一午间，沈清提着一袋柑橘，到办公室找伏至扬。

“伏至扬，这是我奶奶带来的，湖南的橘子，你尝尝。”

“这不好吧？”

“我只让你尝尝！尝尝知道不？谁说要把一袋子都送给你了？”

伏至扬挠挠头无法反驳。他打心眼儿里佩服起沈清来，剥开一个橘子囫囵吞咽了一大半，沈清坐在远处的椅子上，旁边有一盆吊兰，一个圆形鱼缸，鱼都让伏至扬养死了。

“你为什么不好好上课？”

“我怎么没好好上课？”

“你少装蒜！你自己心里清楚！”沈清气得站起来，胸板挺得直，两个小拳头捏在一起。手里扔过来一个东西，伏至扬猝不及防。

伏至扬万万不能相信，在他三十五岁的时候，这眼前发生的一切。如果沈清不在，他绝对要扇自己两巴掌，再拿烟头烫烫手心，看自己是不是在梦境之中。

“你还说陈校长脸皮厚呢，我看你也差不到哪儿去！”

“我记仇！谁让他们当天不举手的？！”

“好啊，伏至扬，原来你把我当个死人？我不是举手了吗？只要教室里有一个举了手的，就是你的支持者，你就得好好上课！不要在那里磨洋工！”

伏至扬提高了声响，说：“每个人有每个人的革命！从这周开始，我正式霸占了校园广播站，我已经给校长说了，我被占的课，都要从那里找回来，他不同意都不行。

“反倒是你呢？你就没有磨洋工？我找你们班主任看了你的成绩了，最后一名呀小姑娘！要是我，我早都钻到土里去了。你还在我这儿叫嚣乎东西？我好好上课的时候，说的话，你不是也当耳旁风了？那我何必要好好上课！”

沈清站在原地，眼神忽然暗下去，气呼呼地跑走了。跑出去才发现，门外堆了一些同年级的男生，向她投来某种发着臭水沟子味道的眼神。伏至扬桌上多了一袋橘子。

一到傍晚，伏至扬就在广播站开始了他喜欢的工作。广播站是一间很小的隔间，不过五脏俱全，麦克风、调音台、控制台、电脑、工作桌、沙发、靠垫、书柜，都有。傍晚的时候，常常有风吹进来，把那个蓝色的纱帘吹得鼓起一个包。

也许留心的学生会听到，有那么一段时间，西樵高中的播音风格变了样，一个中年男人的音色，午夜啤酒和吸烟弹钢琴后留下的沙哑，混在里面。他常常在一段琴声之后，讲很长的一段话。播音技巧实在是三流水准，喉咙里像是含了个橡皮糖，一不注意，就听不清说的是什么。

“同学们，今天是二〇〇五年，三月二十一日。三百年前的今天，塞巴斯蒂安·巴赫出生于爱森纳赫，那是德国的一座小城镇……”

“同学们，今天是二〇〇五年，四月一日……”

“同学们，所以，我有一点希望你们去思考。文化艺术和自然科学，二者之间难道真的毫无联系吗？”

有一天，他一边说话，一边把麦克风的播音滑钮拉下来。

“同学们，我个人认为，抛弃了音乐戏剧、诗歌文学的教育，是一种丧失美感的教育，是一种骨瘦如柴的、激素式的速成教育，是一种塑料泡沫工厂式的骨架教育……”

当天下午，伏至扬把写好的五千字辞职报告递给陈校长。这五千字，是陈校长逼迫他写的，陈校长记仇，伏至扬在西樵高中工作的半年，总是跟他犟嘴，会场上打瞌睡，走路上见面了也不打招呼。想走可没那么容易！“你不写个五千字，讲讲你为什么辞职，你的档案就别想带走！”伏至扬只好认怂。

六月的傍晚，伏至扬在电脑上敲打完了五千字的报告，在办公室里抽着烟看报纸，他刚被数学老师占了一节课，逃兵似的窜回来。这时候沈清来找他，和他讨论师生恋传闻的问题。对于伏至扬来说，恋爱是一件遥不可及的事，都三十五岁了，他连异性的嘴都没亲过。他性格上的孤僻和漏洞，几乎全部体现在异性交往这一块。可是和面前这个有着革命友谊的女生，他的脑壳像是打开了闸门，什么话都可以说。于是，伏至扬腆着脸问：“他们传的，是我追的你，还是你追的我？”

五年以后。

沈清在社交软件“你可能认识的人”模块里，看见了一个头像，心想，老伏可真自恋，拿自己那惨不忍睹的自拍做头像！沈清连忙点击添加好友的按钮。伏至扬的网名是“愁容骑士”，这个她知道，大学里，世界文学史课上讲过。愁容骑士，是堂吉诃德的别称。堂吉诃德是什么东西，堂吉诃德是一位总把自己想象成骑士的疯子，在骑士精神早已消亡的时代，非要到处行侠仗义，被世人看作一个笑话。

她坐在宿舍里上网，心想，二〇一〇年，省里有关部门正式取缔了高中音乐课。老伏当年说自己是短暂借调到西樵高中的，要调回原学校了，之后一走了之。可是他现在在干什么呢？点开相册，沈清发现，伏至扬那身衣服，放在山区简陋的教室中，竟体现出一丝高雅！照片里，几个手指发黑的小孩，淌着清鼻涕，围在电子琴旁边。伏至扬鼻孔朝上，牙齿皓白，仰头大笑，从没见他那样开心过。沈清不知怎么的，在寝室里哭得稀里哗啦，她想起了高中时代的一场革命，以及并肩作战的战友。

在沈清上大学二年级这一年，陈校长功成身退，宣布卸任。他收拾办公室时，发现当年伏至扬的辞职书，还从来没有看过呢。

他最后一次躺在办公椅上，摊开那稿纸看了一遍。

校长，写到这儿，五千字也快完了。这五千字，几乎都记载了一些杂事小事，我有一个体会——凑字数，简直比吃屎还要困难一些！接下来，陈校长，我要承认一些事实，这些事实会得出一个结论，你看过这个结论，就肯定要把我轰出西樵高中了，几乎都不用我自己辞职！

我承认了这一点，就相当于把自己归结为一个染上罪恶的人。当天，沈清同学在我的办公室，把一片橘子皮扔到我胸口上，像是来自天堂的一次点拨式的攻击。她还对我说了一句话，她说，你少给我装蒜！那一刻，我发现我非常喜欢她，这种喜欢，已然超出了我前文提到的革命友谊的范畴——这就使我丧失了一个教师的基本职业修养。所以，陈校长，我决定回原来的学校。

望您批复！

北方来信，轻吻可拆

七月
公园

那摇曳在大雪里，却没法驱散饥饿的风铃
就像爱你
绵薄无力，我无能为力

1

珞喻路那所重点大学，学校后门北侧密林下，有一条导航软件上寻不见的街，叫七月。

它本无名字，七月也是口口相传。毕业聚会都在这儿，七月里，它最热闹。

“散伙饭去哪儿吃？”

“还能去哪儿？七月街吧，近，熟，便宜。”

街面当中死过人后，生意渐渐冷清下来，从事发地点开始辐射，商家接连倒闭，整条街遂被拆迁。

被校方改作一隅狭长的公园。

公园也无名，只有学美术的少年在围墙上涂鸦，彩色喷漆喷出街头风字体：七月公园。

这本无妨碍，不过后来熟悉那一夜事故的好事小人，将

“园”涂抹，改为“墓”，远远望去，触目惊心。烂名字传得比好名字快，于是鲜有人到此散步游乐。三年五载，草木杂芜，乱虫横生，乌鸦在夜里偶尔惊鸣。

七月街曾经美丽，但是接近残败，悲哀和孤郁糅合其中，像一位在夜半时分掩胸俯身钻进黑色奔驰的大三女生。

柏油路年久失修，裂痕中蕴藏毕加索的逻辑。倒入花池的餐饮废料让土壤营养过剩，榆树于是生得疯狂，张牙舞爪，挺拔得像要吃人。每逢秋季，黄色落叶密如雨点，被风一吹，就在路上流窜成金黄溪水。卖西瓜冰的推车老人，就在这样的河流中伫立，悲叹西瓜冰季节的逝去，改卖热豆花。

事发时正是七月的一夜，忽然雷雨，榆树树冠噼啪作响，夜宵的学生们纷拥室内。人忙活罢了，雨便静下来。红底白字的“成人用品”灯箱变得形单影只。

故事，则要从这座灯箱说起。

当时，路灯慈悲地赠予它半片影子，孤独的轮廓，黑影子的周围，是一地虾皮、烟蒂、揉成团的卫生纸，插进砖缝的烧烤竹签，以及被骤雨毁灭的聚会气氛。

落雨七月街，孑然的灯箱，随时有短路的危险，底部一根白色的编织电源线，连同插座板母线，通向成人用品店里的烟花烫中年妇女。女人织毛衣织成了酣睡与美梦，这美梦马上就要爆裂。

因为半分钟后，灯箱的孤独，将以一种夸张的方式彻底终结。而这个女人被惊醒后，也将双腿一软向后倒去，撞翻货架，一地狼藉。

是徐良的身体结束了漫长又短暂的飞翔，把灯箱砸得粉碎，钢管塞进肋骨间隙。

灯泡玻璃碴子刺破一身燕尾西服，广告纸与躯体贴合紧密，凌空折断的树枝乱叶铺成简易的葬礼。他是从西八栋教学楼顶飞下来的，当场就死了，手里捏着一张朗诵稿纸。

不久，张志明终于找到了七月街隐匿的路口，关了蜂鸣器，从红蓝相间的警车光彩中走下。他举一把黑伞，拨开沉默的人群，为尸体遮雨。又俯身下去，搬过老教授的手臂，把他手里的纸用镊子夹进档案袋。

纸上是一篇中文系学生的毕业作品。一首现代诗，署名“辛蔚”。

两个月后，辛蔚合上雨伞，裹一件素色薄羽绒，坐在公安局问询室桌前，那是她第五次被传唤。之前张志明讲话尖锐、刻薄逼人的执法语气，把女孩弄得不敢与之对视——毕竟雨夜冲刷了现场所有的指纹痕迹，刑侦科组长不能提前将案情定性。

辛蔚整日焦虑，眼眶发乌，少女神采折损殆尽。这一回，张志明说话忽然软和下来。

“来，先喝茶，让我想想该怎么和你说。”

辛蔚接过冒热气的茶杯，半个钟头过去，张志明早已喝完，可整件事情的诸多隐情堵成一团，难以组织语言。见辛蔚心里憋得难受，忽然哭起来，他不得不开口了。

“先讲讲那首诗吧，你的毕业作品。据我们了解，教授他很讨厌爱情题材？”

“是的。但是，也不能这样说。”

2

七月的那个夜晚，毕业颁奖晚会开始前，中文系教授徐良从更衣间出来，穿一身黑色燕尾服在舞台幕布后吸烟，右手上那团橘色的火苗儿，在裤缝和唇边往返起伏。他不常吸烟，可当下心境实在如灼如焚。

巨幅的红幕之后，头顶上只亮着一盏昏黄的旧电灯，种种缝隙里传来整个文学院师生的嘈杂议论。留校教书三十年有余，徐良本人严肃、理性、直戳现实的悲悯文风，在现代诗歌界也有不俗名气。他教中国近现代文学，教学细心严苛，面面俱到，曾在讲台上，因题材问题大发雷霆。

把黑板擦一拍，扬起尘霾一片。

“我告诉你们，我徐良才疏学浅，但得到压轴出场的资格，朗诵学校的冠军作品也有十几年了。在这些篇章里，没有一篇不涉及民生、理想、家国、历史，没有一篇不把视角放在人文、伦理、善恶，以及乡愁上的。请把你们的触角伸向现实，伸向社会，伸向所有普通人的朴质情感去，你们有太多可写的了！

“非要写同班女同学的红色高跟鞋？还什么‘欲语还收的锁骨’？‘光，落在你发梢的恒河上’，还说那是你‘渺渺红尘中的唯一方向’？

“李志林你也不要笑！你写的那玩意儿更丑陋，什么‘千里之行始于臭皮鞋拔子’，这种小机灵你以为很精妙？我都不愿意提！”

二〇〇九级学生毕业前夕，他还发过一次火。

“我说过多少次，请不要把你们浅薄的爱情观写进诗歌里去！

“你们才多大？张口闭口相濡以沫，抬笔落笔你侬我侬。小狗之恋，嘤嘤之语，让人看了只觉得甜腻异常，恨不能雇用私人医生谨防蛀牙！”

这样个男人，自然不乐意佩戴化妆组提供的粉色领结。他一把将之摘去，又一次与浪漫主义划清界限。

在学校，大家心里都门儿清，若是想得此人赏识，在毕业作品决选上拿到好成绩，让简历更有厚度，就对爱情题材绕道而行得了。而正如他所说，十几年来，毕业晚会上，气氛最凝重的莫过于徐良朗诵冠军作品的环节。每每都用激昂、厚重、忧愤的语气，换来满堂凝泪，掌声难息。

可是这一年的幕后，徐良腿上灌铅，挪不动步子。当他翻开文件，细细默读了要朗诵的诗篇，就明白今年舞台上的十分钟，必定是煎熬而难以启齿的。

作者的名字犹在眼前，“辛蔚”—— 自己手下的得意门生，她留有及腰的黑发，额眉细腻，眼睛像是两汪笼罩在同一场烟雨下的湖泊。辅修音乐，时常背着乌黑的大提琴包，从礼堂门口步履轻盈地穿过。

徐良相信几个评委的审美 —— 那都是多年同事，老伙计了。也因手中纸上璀璨的字句而汗流浃背。他明白，今天以后，他前日斩钉截铁的定论便失了准：爱情题材，他再也没办法拒绝评价。更严重的事情是，诗歌从脑子里过了一遍，心眼儿里有些东西突然明朗，一些血淋淋的事实蠢蠢欲动，像春日里山坡上、润土下的竹笋，拼命想要暴露。

正在思绪凝滞时，主持人报幕结束，幕布缓缓从东侧拉开一角。他扔下手中的烟蒂，用鞋底狠狠碾灭，在学校里威严的名气，使得他身影渐露之时，台下的嘈杂便减去七分。皮鞋在地板上铿锵之后，再减三分。

镁光灯柱下，黑色燕尾托出优雅的倒影，虽然年月不饶凡人 —— 老教授已是微微驼背了。他摊开纸，伸手把话筒调整在布满胡茬的嘴边，弄得一阵电流声。大屏幕上接连弹出这样几行字——

金奖作品朗诵环节。朗诵者：徐良。

来自辛蔚同学的诗集摘选。

《太阳海星：致初恋》第3–7章节。

见此作品名，台下霎时一片哗然。

徐良清嗓，待全场安静，他盯着纸张开口。

一字一滴汗，一字一颤抖。

辛蔚当夜并不在台下。在徐良上场之前，她正被乐队指挥老师骂过，在幕后抱头痛哭，只隐约听见，在徐良开口前，台下曾忽然爆发出纷繁的议论声。

辛蔚说："他并不是厌恶爱情题材，可能只是担心我们没法写得不落俗套。难道因为我的作品打破了他多年来的精准预测，于是他就选择结束生命了？"

张志明苦笑着摇头，"不不不，年逾古稀的人，心理素质还没这么差。"

辛蔚咬着下嘴唇直到失去血色。"那我还是不明白。"

张志明说："是因为内容，你诗的内容，尤其是第七章节的内容，你的诗篇不是分了章节吗？"

"是的，因为写得很长，所以分了二十多个章节。"

"对，我们这边刑侦科已经确定了，你本人确实和徐良坠楼案毫无关联，完全可以排除嫌疑。是你的第七章节，才是他畸形心理自我唤醒的最终缘由，并且这种唤醒，与以往畸形心理之间巨大的落差，才是他自杀的实际原因。"

辛蔚长吁一口气，又立即回归疑惑。

“什么意思？自我唤醒？畸形心理？什么落差？”

当张志明追问她写诗的灵感和缘由时，女生陷入惘然，像是突然咽了一口槟榔的汁液，说不出一句话来。她故作镇定，反复把头发往耳后揽。张志明见她不好开口，便准备直奔主题阐明情况，刚刚翻开文件夹，只听辛蔚细声地说话。

“是写给一个追我很久的男生，他叫木海，李木海。大三暑假过后，刚开学不久的一天晚上，他在琴房门口堵着我，要送我一把大提琴。因为大提琴均价两万多，很贵，我不可能收的，就拒绝了他。”

警官张志明挠挠头：“哦？两万多的礼物。是家境殷实的男孩子？”

“我不知道，大概不是。”

3

多年前的南浔，一个离旅游业很远、离山水人居很近的水乡。

幼年，李木海常年剃光头，坐在父亲的摩托后面，从市里出发，在乡野田间、山路泥丸中颠簸数小时，于新年夜赶到小船密集的港口。他珍惜坐船的机会，把脚丫搭在水里，惹得父亲必须坐在他背后的另一端，以保持平衡。

那些年，视线里遍是尖顶青瓦的房屋，雨后单薄的雾水像乡间的棉被，其间的涓流尚未受到重工业的污染，李木海把脚从水里抽出来的时候，不会觉得瘙痒，也没沾上乌黑的粉尘。

二十岁暑假，他长得比父亲高了一头，留一头松软长发。再次到这水镇上找爷爷，他坐旅游大巴来，快捷方便。下车后，便夹在旅游团人群的缝隙里，一群小红帽跟着最前面的导游旗子，对流水和垂柳无暇顾及，在主题园区门口排起人龙，生怕跟丢。木海穿过被改造成购物中心的儿时的大弄堂，看见导游在角落中与商户分红。

这回木海随身的书包里塞着几张制造图纸，是他从某提琴制造厂网站上下载后打印出来的。

踏进家门是在傍晚，晚灯悠悠，爷爷手里的动作投着长长的黑影，直直伸到自己脚下。

七十多岁的老人，体力不支，不再做衣柜、床头、灶台，只能叼着烟斗，在慵懒的灯光下，把玩着一些小的物件，信了佛，便做了成堆的木鱼捐给不远处的寺庙，却得到了“开光要收费，不必捐赠”的答复。

“爷，你这在做什么？”

“这叫并蒂莲花拐，拐杖的并蒂莲头，缺根长棍。”

木海把背包里的图纸放在灯下，老人挪开几步路，从屉子里翻出磨得锃亮的眼镜框，把纸贴在眼上看了许久。

“这是啥，大提琴？嘿！你爷爷我可做不来。到哪儿找这么大的料啊。”

木海脸上泛起愧色，扭头笑笑，露出半颗虎牙。“是想做给一个女孩子。”

第二天一早，李木海被隐约的锯条声吵醒，透窗看去，爷爷正弓着脊梁，拆解着家里那对儿老檀木床头柜子，上面的龙凤雕纹被逐渐撕裂，往八点钟澄澈的光线里喷着细碎的锯末。老人腰上系着皮尺，后脑架着镜框，不时戴上，拿着图纸凝视半天，找数据，记尺寸。

见木海醒来，他招呼着：“孩子啊，这图纸上写的材料是槭木和云杉啊，这可没法找，不过这檀木，也算是极品啦。”

木海看见爷爷捏笔的手比自己学画多年的手还要稳当，走线精准，弧度自然，在拆下的檀木板子上，勾勒出大提琴的模样。他闭上眼，全是初见之时，辛蔚在白色光柱下，黑色木椅上，闭眼拉琴的样子。偶有不羁黑发，从耳后蹦出，散落在琴弦之间。

“爷爷，打光上油这些活儿你得教我来做，我得做点什么才行。”

“去，你先去镇上，照我写的这单子买东西回来，钢锥要半厘米的，板钉要三厘米的。琴弦的枕木不好弄，去琴行问问有没有现成的。”

木海随即疯跑出去，活像开弓的飞箭。老人想起自己几十年前把这柜子打好时，也是面挂笑意，赶着黄牛拉到老岳父家里，心里欢喜急切，手上皮鞭不停抽向牛的屁股。

暑假结束，木海扛着沉重的箱子从校车上挤下来，老檀木初初破开，会生出奇香，浓郁至极，透过纸箱子的缝隙染得到处都是。

他拨响了辛蔚的电话，这个号码是他向班里女生要来的。十分钟后，二人在礼堂门口相见。

女生并没害羞到低头不语，相反的，木海却离自己构想以及演练多遍的翩翩公子形象相差甚远——他挠头发、扶眼镜、整理衣服，用指尖滑过鼻梁抹去汗滴，调整纸箱子的密封口，在辛蔚身前一米处慌慌张张，匆匆忙忙。

“这是大提琴，你生日在暑假里，就当补上礼物了。”

木海始终不敢望向辛蔚的眼睛。她倒不刺眼，只是吸魂魄。

辛蔚尴尬地笑了，眼光寻找着纸箱上的商标，从小到大的经历，让她太熟悉追求者们的手段。多年练琴，也让她熟悉生产提琴的各路厂家。高中时候，年级里有个家境极其富裕的男孩曾把一款意大利原厂Laruane的定制琴摆在她面前，金色的铭牌和标价均未撕去，那男孩在箱子后面得意地笑，辛蔚拉着朋友一句话也没说便离开。不过这一回，她没有找到任何的标志。

辛蔚当然不能接受这礼物。被婉转拒绝后，木海勉强决定把它送给学校的演出集体，他心想反正这么重的提琴，太容易损伤，不如交给学校管理，主要原因还是，辛蔚是主力提琴手，它必将有很多机会在她怀中作响。

4

“那把琴是他自己做的。”

辛蔚说出这句话时，泪花忽然滚落，张志明把手纸递给她的时候，问了句：“怎么可能？”

“肯定是他自制的。那把琴不合格，琴头像中国的阮似的，竟然是并蒂莲花的模样。我的导师说它过重，漏音，轴线偏移，很难拉出正确的音来，绝对是非专业人士做出来的。它更像一个装饰物，摆放在那里，是琴房里最美的一把。上面有精致的雕花。”

张志明起了好奇心，把文件里需要告知辛蔚的分析报告忘得一干二净。

“那后来呢？他就放弃了？”

“不知道，但是他总是离我很近。”

大提琴被放进学校琴房角落之后的整整一年里，李木海陷入郁郁寡欢的心境。他从未恋爱过，面子比纸还薄，不知道穷追不舍的逻辑，不了解死皮赖脸的恋爱法则，只整日沉迷于画室与油画理论书卷。

他时常借周末时间做一次短途旅行，大巴车站里，乌烟瘴气，人声鼎沸。他背着登山包，站在几十公里、上百公里之外的二三线城市里，在天桥上盯着霓虹发呆；睡在青年旅社，在陌生的菜市场买鸡蛋灌饼；在大小不一、繁败不定的步行街上被人流冲刷。耳机里面循环着一首歌曲，是辛蔚整日排练的提琴曲目《天鹅》。

偶尔在街边做一些免费的人像素描。对着好奇心满满的中年妇女，免费为之画画像。却只抬头看了对方一次，自顾自笑起来画得出神。

妇女坐在李木海对面，感到无趣，起了疑心，起身绕到李木海身后去看。素色的铅笔画面里，竟和自己没半点关系，而是一位陌生的女学生。长发，眼睛紧闭，鼻梁与镁光灯柱对峙，纤手拨弦，笔调之间似有回音。

妇女随即气哼哼地走掉。

他时常在凌晨空旷的火车硬座间里抱紧自己的包，也在漆黑中胆怯，在列车靠站的震动中惊醒，脸上木讷的表情像时空旅人，不知自己又在哪个年代苏醒。木海只是不知道怎样走进辛蔚的生活，即使他可以大摇大摆地，像个征地的将军，闯进这么多陌生的地方。

辛蔚偶尔排练到天色已晚后，几个主力琴手依旧要留下来继续磨炼默契度。在艺术团团长接近愤怒的指挥和纠错下，在五把提琴合奏而成的《天鹅》旋律里，辛蔚常常抬头，在空旷看台的深处，发现一个嘻哈风格的大帽子，那帽子完全遮住了下面的人脸。某个身影坐在那儿，浅浅地、均匀地起伏，似乎在沉睡。

直到舞台熄灯之前，那人才被铃响惊醒，拎包离开。

乐队老师指着那人调侃一番："看见没，人家是想来听着现场琴音睡个高级觉的，你们再拉这么烂，别人以后都不来了！"

接近一年的时间，一百多次那样的离开中，仅有一次，帽子偶然滑落，辛蔚瞥见了略微熟悉的面孔。

徐良的课堂，也是李木海常去的地方。

秋天那会儿，教学楼一楼的落地窗外面，黄叶覆满了草坪，徐良对着这番光景，不说话，注视了几秒，说他有些想念大海了。然后便是有关海洋的诗句，通过耳麦的信号，从音箱里携带沙沙声共鸣。

从雪莱到普希金，从坎尔姆到罗德莱斯，徐良的感性在他眼眶中蒸起红粉，而他的理性，让右手在黑板上写下了一个命题，"致海洋"。

李木海当时在阶梯教室最后的位置埋头发呆，被命题之后的嘈杂议论拉回现实里。他看看黑板上三个字，第一个想起的，并非那无垠的潮汐，而是之前的盛夏，辛蔚踏上的火车车厢上，箭头右边那个身处内陆的城市：乌鲁木齐。

"见过大海吗？"

他从没有这么快地把短信发出去。此时看看聊天记录，还是一年前的那一句："你好，我是李木海，经常看你排练的李木海。我有一件礼物送给你，我会在礼堂门口等你。"

按了发送键的三秒之后，木海抬头盯着前排某个座位。辛蔚把笔放在一边，掏出手机按了一会儿。于是手机再次在他手中振动，伴着自己咸湿的汗液。

"我没见过海。"

于是下个瞬间，徐良抬起手臂，指着教室后方张牙舞爪拍着桌子的李木海，说："你谁啊？怎么从来没见过你？站起来！来蹭课的吧，嗯？小子。"

满堂回眸。

"这是课堂，你以为是菜市场吗？"

哄堂笑声中，辛蔚也回头，于是她再次和嘻哈风格的十字架挂坠偶遇，和那件有着巨大帽子的外套偶遇，和那团松乱的头发偶遇。

镜框之下的男生的眼，丝毫没有被教训的挫败。

周末，木海买了往返厦门的火车票。出发那天，公交拥堵在闹市中，他跳下车坐了一辆非法的私人摩托，那摩托没有牌照，在缝隙中横冲直闯。木海扶着陌生男子的肩膀，紧盯着不时闪过的卡车，汗流浃背。

在车厢关门的最后时刻，木海还是赶到了。他坐在硬座上戴上耳机，车票在手中完全湿透。耳中响起很多句子，可体能透支，过于疲惫，他分不清是汗是泪。

没见过大海的人面对"致大海"这个命题怎会有灵感？他坐在海边，以各种角度，素描了十二三幅画面，连同一个鱼缸，挑了高价的货运公司，连夜寄往武汉。

"那个秋天我们学校的北区进行拆迁，很多邮件都被遗忘在无人看管的门房里了。直到年后返校，毕业前夕，室友才告诉我施工方竣工时在废墟的角落里发现了一些未发的邮件，让我去取。"

至此，辛蔚眼睛早已干涩了："那缸水很臭，泛滥着腐烂的颜色，隐约可见海星尸体的轮廓，水草生了又死……"

"生了又死……也是，那可是整整两个季节啊。"警官站起来在房间里踱步。

包装中夹了木海的纸条："你家在新疆，大概没见过大海，这鱼缸里就是大海啊。一直想和你多联系，喜欢的话可以写进诗里吗？我能看到。P.S.海星名为太阳海星。"

后来某日木海闲逛在校园凉亭周围，在报刊橱窗里看到了文学系同学的作品选展，辛蔚的《致大海》，就在与目光平行的位置。

也想随浪起舞，如无名精灵，三岁顽童
也想目睹，夕阳的红，因海平面而不再空洞
更想在沙滩，以地为席，凝视黑云聚拢
如破碎的梦
可我从未做过，即使有公路铁路，天通地通！

家乡里焦热干涩的戈壁
葡萄与蜜瓜上，露珠的璀璨处，就是海
母亲缝衣服，针刺手痛，没忍住的泪，也是海
大海啊！那就别见面吧，别见面
美的代价是
此期不会

"你这篇《致大海》里，丝毫没有对那份礼物作回应是吧？男孩一定以为你为了拒绝，故意不写太阳海星的。"

辛蔚点头。至此，警官把一张原始手稿摊开在桌面上，纸张的褶皱之间是辛蔚骨感的钢笔笔迹，这是案发现场的材料，《太阳海星》诗集的第七章。

“和木海的一切发生后，便有了这首诗是吗？”

“是的。”

“好了，来说说徐良教授。他给你们讲过自己的妻子吗？”

5

徐良教授步入年迈，整日沉迷于诗海书海，生活里却是早早孑然。据他讲述，自己的老伴多年以前因癌症而去世。他说他老伴年轻时很美，自己费了千万心力才得以留她在身边。

时常有学生问起来，他眼里会蔓延笑意。

“她是个很贤惠的人，做饭很好吃，爱清洁，很爱清洁，家里总是很干净。”他说她走得太早了，那场血癌之后，自己再也不必早早归家，课后大多时间会在校园里走走。倔傲的脾性让他对拐杖嗤之以鼻，即使腰椎劳损的职业病已将他折磨得痛不欲生。

手下令他欣赏欣慰的学生，随年月疾走，已经越来越少。偶尔只能带着辛蔚这样爱好写作的学生们在枫叶下浅谈一会儿。某日他提到爱情观，说他一生钟爱“柒”这个字。

柒，水木柔和，不被整除，这是至真爱情的终极奥义。也是徐良已故的同姓爱人，徐柒的名字。

辛蔚想了数分钟，回忆往昔老人在生前的喃喃，她笃定地说：“那是一个漂亮贤惠的女人，他时常提起。”

张志明脸色大变，眼中顿时升起悲悯的闪光：“孩子，实际情况是，你的教授，徐良，他一生未婚，他从来没有过任何一位妻子，也没有与任何女人同居过。”

“什么？怎么可能？”听到这里，辛蔚起身站立，顿觉四下里凉气袭人。

“是的，我们多方取证，铁证如山，这是真正的事实。”

警方踏入徐良教授家中之时，发现室内极度干净清洁，心理专家提到，深度的妄想症患者，常常伴有严重洁癖，强迫级别的洁癖症。这是意料之内的。

徐良家中挂满了一位年轻女子的照片，以偷拍的作品为主。其中混有那女子的毕业照，除了一张娟秀面容以外，其他人脸都被涂黑。

多方论证的结果是：几十年来，徐良教授始终臆想着自己与年轻时暗恋的女生完成婚姻，共同生活着。妄想症牢固在脑中以后，使得大脑中所创造出的幻觉更加鲜活而清晰。后来他虚构出爱人因癌症去世的剧情，这剧情使他一个人生活的事实得以自圆其说。

面对女孩惊讶的面容，张志明做了最后的总结：“辛同学，是你的诗句，与他内心某种长久以来压抑的情感相吻合。于是有那么一个瞬间，在他念诗的时候，他想通了，原来自己什么都不曾拥有过。”

辛蔚聪明，逐渐领会：“于是产生了巨大的落差，使得他没法承受？”

“是的，当晚他买了高烈度的白酒，在楼顶天台上饮用，想用一时的迷醉拉自己回到那个梦里去，因为现实对他来说，真实得刺眼又刺骨。可手中始终握着你的诗篇，让他痛苦难耐。”

女孩皱起眉头，心领神会那份痛觉：“那可是他爱了很久很久的幻象啊，他突然就看不到她了。”

毕业晚会上，辛蔚的演奏严重失误，因为她怀中的琴极其沉重，檀木布满了青苔，音色失准，就像咿呀学语的孩童。她毁掉了那首《天鹅》。乐章的末尾，干脆不再弹奏，抱着那把提琴失声痛哭。幕后传来团长的咒骂，可是那时候，她什么也听不见。

毕业晚会那天，李木海叫兄弟出去喝酒："没事，别安慰我了。没追到手也不错。得不到的，永远不会失去。"木海剪去了长发，短发不到一寸，明朗的额头反射大学里最后的夕阳。

友人搂着他的肩，杯光里，二人都说毕业后要常联系。

柒

我曾备好笺墨
只等灵感来袭时，为你写些什么
那或许是，夕阳辗转进卧
窗檐风吹花落，抑或……
大雪偶然轻抚我
可是灵感这物，正如你如暗恋
那么近，却从未存在过
经不起准备、酝酿，和时间的颠簸

爱你就像
给喜爱提琴的人一把异国古琴
给时常歌唱的人一副大象嗓音
给沿街乞讨的人一件黄金风铃
那因陌生而失准的琴音
那勉强而卑微的歌
那摇曳在大雪里，却没法驱散饥饿的风铃
就像爱你
绵薄无力，我无能为力

辛蔚从警察局走出来，忽然想起七月的雨夜。教授在天台捧着诗句痛哭，收起扁瓶装的威士忌，朝自己扑过来。嘴上念叨着："你和她太像了！我求求你！"

她不得不使出全部的力气，朝教授胸膛推去。

再次经过七月公园时，茂密的榆树叶正在成群坠落，像迁徙中的黄金凤蝶。

向北而逝，不着痕迹。

贺兰山下

你不玩命跑一次，永远不知道自己活得多压抑。

牵着黄姗发凉的手，走了许久，才走进南梁的田地里。我们已达成共识，准备互破初吻。就像下军棋时，两方军长见面后欣然互怼了一样。

五月，天蓝得像上帝拿油漆拖过。油漆味道可没有，雨后地上清新干净。贺兰山顶还在下雪，戴着白色的帽子，傻得让人心疼。玉米才刚长到黄姗的肩膀上，离抽穗花还远。我捧住这一对肩膀，左右打探了一会儿，突然发现：这玉米蘖，根本是什么也挡不住！我们站在这地里，做一些脸红的事情，倒还不如直接站在马路中央来得直接。

一种掩耳盗铃、此地无银的感觉油然而生，这弄得我恼羞非常。

我就说："黄姗啊，为什么我们一定要到田里来搞？"

这显然是一个颇为深刻的哲学命题。就像我父亲，他每次上农械部办事，一定是先往烟酒超市跑。我叔叔每次谈包鱼塘的事情，一定是先拿着鱼竿、兜网，凌然西行，要陪主任的老父亲钓鱼。南梁的空气里，有一场隐形的瘟疫，病症就是：当人要做一件事时，总会联想到去做另一件事。我悲伤地发现，我也是病患之一！

黄姗皱了皱眉头，她说："春生，你这叫什么话？你不害臊，我害臊！"

我憋得难受，蹲下掏出烟来抽。十分钟前，她一听说我要亲嘴，就想到草垛、玉米地和树林，而我竟然在第一时间表示赞同，脚上不受控制，拉着她往隐蔽处走。世上一切不受人控制的事，都和自由相违背，都非常龌龊。原本浪漫的好事情，被她扣上了"害臊"的帽子，再加上刻意地走了这么远的路，我感觉活得就像一个程序！

我才十九岁，灵魂俨然一块柴房里待烧的木头。

就是因为这个念头，我和黄姗的初吻泡了大汤。我牵着她往外走，顺脚踢弯了一根玉米秆，这家伙今年算是倒了血霉。不过，和它的灭顶之灾相比，我的倒霉，就没这么干脆利落了：我将要和这样一个女人共度一生。她总叫我穿戴整齐，别给她黄家丢人。总叫我吃饭时坐姿端正，"省得让我妈再点你脑壳"。还让我尽快学会开收割机，"你看看你，整天窝在床上写闲书。老人都说术业有专攻，作家的儿子才写书，农民的儿子就该忙庄稼事。"

那他妈的第一个作家是谁的儿子呢？

可惜，她是我老婆，我是她丈夫，这没得跑。

与黄姗"亲嘴一定不能在有人的地方"这僵硬理论相似的，是我和黄姗的关系。我们的关系得益于两家父亲的关系，他们是要好的酒友、赌友和炮友。我们两家有共同的营生，就是游走于各大农场之间，为婚嫁仪式敲锣打鼓，放炮仗。父亲在左，黄父在右，两炮一打，场面上百倍喜庆。为此，两家还出巨资共同置备了一套锣鼓、打炮筒，以及红车大马。三四年的存款几乎都搭进去了，这就需要个铁打的关系做保障。刚好，我成了案板上现成的五花肉，拿我开刀，把我弄成女婿，最合适不过。

我和黄姗从小一个院子里长大，从开裆裤到棉裤，都在一起玩。我始终把她当作兄弟，或是战友。我和她勾肩搭背时，并没有想太多，刚发育那会儿，无意间，我的手肘碰到了她软软的胸，我都没感觉，她还要脸红。直到半个月前，我父亲说，该准备你和黄姗的婚事了。这个噩耗把我吓成了一个陀螺，绕着院里的水缸踱步到天亮。

亲嘴计划，还是我兄弟胖东的提议。他说，春生，你一咬牙一跺脚，一闭眼一憋气，亲上她一口，把生米煮成熟饭，也就不会焦虑啦！你看你，整天睡不好，黑眼圈和驴有得一拼！

要怪只能怪玉米喽！它让我发现了人类的瘟疫。

半个月后，我和胖东一起，把贺兰山石缝里抓的紫尾蝎子卖给药酒先生，得了七十块钱。拿上钱，我去镇上书店里大杀特杀，并且偶得旧书《惠特曼诗集》，狂喜。回到家里，见父亲又在跟他几个上门做客的老朋友胡说八道，在院里黄砖之上，葡萄藤之下，三壶烧酒，滋润得很。按照这每天三五访客登门道喜的架势来看，他已然把我的婚事散播了出去。我脚也不洗，躺在床上，太阳当即射了我一脸。相比于时刻燃烧自己的太阳来说，我简直是太惭愧了。我明明知道，这可是我生命中最好的年头。可我只能像羊圈里的羊一样，吃了睡，睡了吃，被下春药催上情，和母羊强行交配，羊粪蛋子到处飞。

正枕着胳膊要睡着，母亲推门进来。“春生，你没长眼睛？几个叔叔你招呼也不打，这让你爹面子往哪儿放。”她手上还端着一盆挂水珠的葡萄，“来，把这盆端过去，顺便问个好。这样人家就不多想了，会以为你进来端水果来的。”

当我端着葡萄，站在自己家门框上的时候，刚好起了风，贺兰山上有雪，对着河套平原吹凉气。我看到云舒云卷，电线杆上有麻雀舞会，燕子追着金光飞，生而为人，我却早早定了形状，取消了变数，活像契诃夫笔下傻当官的，像迅哥儿笔下的孔乙己！我陷入前所未有的愤怒。那果盆被我“咣当”一声拍在了圆桌上，葡萄粒撒了那叔叔满腿。父亲已经醉了，抬手要打。我就跑，从前我是绕着水缸跑，这回，我一改常态，一脚踹开了雕虎纹的大门，朝外面跑。

母亲机敏，到隔壁拉上黄姗，从半路杀出来，让她叫我回去。母亲把黄姗往我的方向推搡，表情得意，就像使出一副炸牌似的自信。她显然是想多了，我怎可能怕一个黄姗？我跑进一片经济果林里，已经没人追我了，但我还是跑。血液流得越来越快，心脏越来越肿胀，脊梁上的汗像一场夏天的暴雨。

你不玩命跑一次，永远不知道自己活得多压抑。

又是一片玉米地，一看见玉米，我就来气。我知道，这片地的尽头，就是西塘水渠，黑润的泥巴做底，有草鱼和芦苇的清澈水渠，小时候，母亲还带我来这里游泳。于是我边跑边脱衣服，白褂，扔到玉米蘖上，裤带，解开随手扔，脱了裤子，单脚蹦跳着甩掉两只鞋子。又想，该不该脱裤衩？

我还想个屁！《瓦尔登湖》里男主人公可是裸泳的！

到渠道边上的时候，我刚好脱成了精光。三步加速，纵身一跃，身体划成弧线获得了短暂飞翔的能力。

在空中，我大叫一声：“啊！”张牙舞爪了半天！却再也收不回去了……

水塘里，有两个赤身裸体的女人。

不，说两个女人有点牵强，其中一个显然只算个女孩儿，胸脯上平坦得像桌板，桌板上摆两颗红豆。小红豆率先叫唤出来，“呀”的尖叫声简直要把耳膜震破。一眨眼的工夫，她就扳弯一丛芦苇，横在自己身前，转身，抓衣服，撒腿就跑。另一个，扑腾出水花封我的眼，做蛙泳的动作，扎进水里，背对着我离我远去，叫人没法不往她那圆润的屁股上看。

我发誓我没多看。我看着天空呢，傍晚，太阳在天边上烧柴起灶，把白色的云朵片儿当鸡蛋煎，煎得红彤彤的。我捂着自己发烫的脸，双脚吓得忘了踩水，慢慢往泥巴里陷。

那个女人，从水的另一端钻出来，长头发，湿得透亮，脸颊和火烧云一个颜色。睫毛上担着几滴清水，清水经过鼻梁，往嘴唇上流落。她就这样盯着我，不说一句话。那眼神，和画像里的关公有得一拼，恨不得发射出刀片来把我弄死。这死寂的场面弄得我难受，便先说了话。

“你……你在这里干什么？”

不说还好，我一开口，她伸手扳了一节芦苇秆，朝我砸过来。

“我把你砸死！这还是我们妨碍你了？！”

我心想，凡事分个先来后到，确实理亏。就说：“我蒙上眼睛，你赶紧穿衣服走吧。”

“你现在蒙个狗屁，该看的全看光了！知道蒙眼睛了？你不知道西塘是女人的水渠？

“再说了，我还没赶你走，你倒先赶起我来了！真是岂有此理啊！你还不穿上衣服滚蛋！”

“不是，你不清楚，我的衣服那个什么！我的衣服啊，它们没放在一起，一时半会儿还找不齐全，你不懂，我……”这是我离死亡最近的一次，一来，她的眼睛生得漂亮，沾了水花又朦胧几分，让人只顾盯着。二来忙于解释，我脚上一动没动。直到呛了水，才知道双脚已被那乌黑的渠泥禁锢得死死的，根本动弹不得，还在不断往下沉。心里一慌，又连喝了七八口水。

我把半辈子的水都提前喝上了。肚子里传来胀痛，才知道把嘴闭上，用手胡乱扑腾。

脑子里，很大的声音嗡嗡响，因为耳膜灌水，心脏咚咚咚的声音变得清晰。那时候我就在想，我的天娘老大爷，你有本事，你就让我彻底死去算了。如果我活过来了，我今后肯定要按自己的想法活。我要踩在房顶上读书，躺在草垛上看星星，我非要爬到农场那闲人免进的水塔里看上一圈不可！我要拿打火机，一把火烧掉秋收后的玉米秸秆地，我要骑在公羊身上去撞另一头公羊。我要摘田里的西红柿，绝不让黄姗洗，洗个球呢，我要直接吃。我早就说过了，西红柿一洗，就会把它身上的晨露味儿、秋霜味儿、花虫野蜂经过的脚印味儿全洗光，她死活不依。

最绝望的时候，我放弃了挣扎，就站在泥巴里，感到脚底传来热量。还有一只手在乱摸，睁大了眼去看，发现水已浑浊得不像话，是她在我脚上刨泥巴！我的双腿慢慢松动了，就一顿乱蹬蹬上了水面，其间，似乎还蹬到了她的肩膀，还是脑袋……

我活过来了。

我抓住芦苇秆踩了两步，一头栽到土堆上不省人事。昏厥之前的记忆里，只有巴掌大的视野——我的嘴巴像喷泉一样冒出水柱，水花飞翔起来，飞向白云。

再醒来的时候，天色全黑了。有几只蛐蛐儿，声音拉得长远，此起彼伏地搞声乐比赛。一些柴火里水分炸裂的声音也来凑热闹，带着暖和的红光，就在我腿边上，我伸手一摸，左边的腿毛都燎得不剩几根了。我身上有衣服，却总感觉裤裆空荡，伸手再一摸，竟然没有内裤。这他妈是谁给我穿的衣服，我非要跟他打一架不可。

我挺起身来，发现那女人就在旁边的草甸上盘腿坐着，盯着我看，严肃而惊恐，就像看见诈尸。橙色火光映着她的脸，长长的头发，估计是丢了头绳，没有绑起来，顺着肩膀散落下来，像两条深邃的河流。

在看到这一幕以前，我还以为我一辈子只能爱黄姗一个人呢！

“你游泳就游泳，把衣服乱扔到玉米田里干什么？你害我找了半天！裤头我没找见。”

“我！我没想乱扔……那个时候，脑子有点乱。”

“行吧！你活过来了，我走了。”

我伸手试图从风中拿捏她的背影，可她说走就走。唉，电影里就不是这么演的，在电影里，女主角会吵会闹，会哭会嚷嚷，可就是不会走！

我和阿莼的故事由此为始，拜她所赐，我的初吻最终报废在一个之前从未想过的地方，比大马路正中央还震撼。亲嘴这事情不能商量着来，它得有一个扭扭捏捏、心惊肉跳的过程。当然了，那都是我被轰出家门之后发生的事了。

那是一个下过阵雨的晚秋傍晚，太阳留有余温，地上的水蒸腾起来。我们就在这样的水汽中，跑了很久很远，来到一座水塔前。水塔很高，站在下面，仰着脖子也看不到顶头。水塔里凉爽，孤独的、咕嘟嘟的水声潺潺不绝，楼梯呢，呈现一个螺旋的样式，我们就一圈一圈爬到上面。里面没窗户，跑得久了，自己也不知道到没到顶层，更不知道何时才能到顶，心里一没底，手上就握她更紧。

跑了约莫五分钟，突然有一个铁窗框横刀立马。

唉！估计上面还没修好呢，这次登高望远的计划算是完蛋了。正准备拉着阿莼往下走，只见她小喝一声，飞出一脚！踹倒了那铁框子。“我靠……”地上扬起一阵尘土来，她朝我怀里钻，揪着衣服捂住鼻子。待尘埃落定，我们又踩了几节楼梯，一切突然开阔……和玉米地这种猥琐至极的接吻场地相比，这里正大光明，明明白白。

我被轰出家门，这是必然事件。在我溺水重生的夜晚，我凌晨才回家，天色险些就要亮了，那种蓝色，能让文人感受到某种自卑，恐怕连莫奈也调不出。我一路吹着口哨，踮着脚尖，扭着屁股走路，心里欢喜，身体上就得意忘形。也突然想起一首诗来，以前我每次读到这首诗，都发毒誓要早起看日出，但从没实现过。

凌晨了，爱人
东方的婴儿，烧起身姿来
谁能拽回，奔向黎明的夜色？
月亮蠕动着西沉，舌下含着，失去星辰的苦糖
身体却要被吞没，包围于暮霭与晨霞
如烟的金光

走到家门口，竟看见父亲鞋跟踩在门框上抽烟。他看上去是一夜没睡，额头上油腻，见了我，又拧出一个川字。“爹？你咋不睡觉。”他起身，烟头一甩，正手一个嘴巴子，反手一个嘴巴子，扇得我脑浆旋转，扶着墙站了好久才缓过神来。视网膜上，诞生了一群金色的小飞虫，再看天的时候，就显得非常奇幻。

“你！你——这——个——孽——子！”

这句话惊呆了我，搁着往常，他是不会这样骂我的。他骂我时的用词，无非分两类：一是动物类，譬如猪脑子、狗蹄子、驴粪蛋、王八羔子；二是工具类，譬如锤子、勺子、粪叉子。而这个“孽子”，是他二十年来最富有腔调的一次语言攻击。这大概与前些天农场里来的戏班子有极大关系。那是个由皮影戏先生和评书先生组成的班子，我爹去听了几场，估计是听到了《杨家将》还是《李元霸别传》什么的，耳濡目染了一嘴文言！

他捏着我的耳朵，我听到血丝绷断的声音。把我提溜到家门口对面的墙根下，谨慎相言。

“你和杜家的人是怎么搞上的？！你唐叔说，看见你和那闺女光膀子在河里游泳？真是一丁点儿脸都不要！

“我告诉你，杜家祖传克夫！你问谁谁不清楚？爷父两辈的男人都他妈被克死了。你还敢跟那小狐狸乱来？

“那闺女也真是没羞没臊！一会儿回去，好好编一个谎，你娘她们都悬着心，都没睡！”

母亲和黄姗果然没睡，她们在床上坐着，我进门，就仿佛跌进了我约定俗成的婚姻，跌进我异常之健康的作息以及相妻教子的完美生涯。她们二人甩来两个刀片似的眼神，穿过空气时，都“嗖嗖”地响。我把毛巾往水里扔，再往脸上扑，擦干净后，大大方方地说出了我心上人的名字。

后来七八天，我被关在家里，像个囚徒。黄父大怒，不肯迈入我家门半步。我母亲整日以泪洗面，骂我父亲教子无方。院子里塞满登门造访的亲戚，父亲仍在将他新学的“孽子”大肆使用，亲戚们的嘀咕声，像刚刚泛黄的秋叶一样窸窸窣窣。我这才意识到秋天到了，爱上一个人，就变得爱联想，一想到“秋”这个字，我立马就想到“杜秋莼”三个字。姑姑姨姨叔叔伯伯都来一探究竟，拍拍我肩，摸摸我头，时而踹我一脚，让我懂事。世间存在这样一个词汇，叫作“懂事”，它具有化干戈为玉帛的能力，也偶尔能把一个人逼成一个傻 ×。似乎唯有和黄姗搞在一起，才能平息这场动乱罢！

在一次双方父母到场的，所谓“和解饭局”上，父亲将吃净米饭后的空碗扣在我的头上，酱牛肉的汁子顺流而下到我唇上，我一舔，发现了人间美味：酱牛肉汁混人血。他问我：“春生啊，我和你黄叔说好了，那咱们就定下了。八月十五这个日子行不行？”我说：“和黄姗结婚，还不如和胖东结婚呢，胖东还能做苦力！”——胖东和黄姗一样，也是我发小，壮实，有力，县食堂干屠夫的大男人。而二十分钟前，在菜都摆齐了人还没来的时候，父亲当着母亲的面，对我说：“这事，已经说了大半年了，现在，你结也得结，不结也得结。”

我抿着自己额头上流下来的血，感到非常香甜，世事如风，轮流回转的感觉扑面而来，像那个未完成的初吻一样：一切不受人控制的事情，都非常龌龊。我可不要龌龊。风不龌龊，雨不龌龊，雷鸣闪电不龌龊，江河湖海不龌龊，甚至一树梨花、一杆芦苇都不龌龊。

我头上流着血，再次撒腿就跑。我到一片苹果树附近找寻阿莼，她正在院子里筛着一盘黄豆。见我来了，擦手相迎，我说：“看哪，革命的鲜血。”她眼里，从惊恐，到怜惜，再到怀疑，只用去半秒的时间。

“你来干什么，谁让你来了？”

“我来找你啊，我一时半会儿是回不了家了。”

她大惊失色：“你来找我干什么？你我非亲非故，这像什么话？”

“那可是我第一次被女人看了个精光！你现在说非亲非故啊我的天！”

“你又放狗屁，说得好像我是第二次被看一样？！”

当天她的最后一句话就是：“张春生，你，如果不能将我杜秋莼明媒正娶，现在就不要招惹我。你不要嬉皮笑脸的，我可没跟你闹着玩。”

说着，还匆匆地去了又回，扔给我一个塑料袋，“咣当”一声关住了她家的院门。我打开塑料袋，有一块毛巾、一个创可贴、一个肉夹馍、一枚红苹果和一把钥匙。那是她家果园附近伙房的钥匙。我躺在里面干硬的床板上睡觉，嘴里嚼着甘甜的苹果，透过天窗，看见无家可归的星星，眨着可爱的眼睛。

阿莼家里做豆腐生意，天蒙蒙亮，就听见院子里锅碗瓢盆参差奏鸣。我蹬脚起身，见她和弟弟二人，以及双眼失明的母亲在院子里添柴生火，蒸煮豆子，便想上去帮忙。从院墙上跳下来，推开院门才发现，院子里还有个小女孩！我打招呼：“啊哈！红豆！是你啊！”她见了我，就像看见野鬼，连忙尖叫着往院子里跑。出于水渠事件，我也能理解她错愕的表情。

阿莼问：“你管我妹妹叫红豆干什么？”

“哦！没什么！”

阿姨站起身，左手四处摸了一会儿，终于寻见了阿莼的肩膀，捏住，开口问："闺女，这是谁来了？"我刚要开口，就被她热乎乎、湿漉漉的豆子味清香的手把嘴捂上。"妈，这是我朋友，我叫来帮忙的！"

豆浆水煮好了，阿莼低头，挽住下垂的头发，用勺子尝一口。她微微闭眼，点头数次，表示满意。右手里，水瓶一捏，卤水顺着针扎的孔滴答洒进去。豆腐块就这样诞生，在水中缓缓凝结。阿莼撸起袖子，将豆腐上板，用刀切出阡陌的痕迹。太阳刚好爬上来，金光一洒，十几根金条排列整齐。

"发财了！"

我一笑，她也笑，眸子里倒映朝霞："你怎么像傻子一样啊，没见过卤水点豆腐？"我这才发现她的笑是冷笑！或许是常年被蒸汽缭绕的缘故，她的脸蛋异常白皙透嫩，仿佛用舌头一压就要破损。

日子过到此处，轻快异常，就好像加上了时光发动机，燃料大概是阿莼的汗水与热的豆汁。我也时常想念父母，就趁一个黑夜，摸回家去，偷吃几口菜。父亲给我拿一条好烟，并说："待你黄叔消了气，你就回来。""你不要记仇！我要是不把你轰走，这事就他妈的说不过去了！"这下可好，短暂的私奔，有了正当的理由，这种小罪大赦的感觉让人窃喜……

我和阿莼，白天四处卖豆腐，傍晚就顺着梯子，双双蹲在房顶上翻书玩。她不识字，但是非常爱听故事。在我读到《简·爱》的时候，她每天都要说上二十遍的"这个男的真不是个东西"，以及三五遍的"这个男的有时候还挺好的"。在我读《百年孤独》的时候，她每天都说："唉！别读这个，这些人的名字又臭又长，我一个都记不清！"却在我扔掉书的时候，把它捡回来，说：“嘿嘿，但是，后来怎么样了？”在秋天的尾巴上，总觉困乏，读书读得倦了，她指了指远处的水塔，说：“春生，想不想上去看看？”

我也趴在房顶上东写西写，我写东西喜欢念叨，通过念叨的方式，模拟人物的对话，找语感。念叨得口渴了，阿莼便会听出我愈发钝涩的喉音，三步并作两步跳下去，钻进树林摘下新熟的苹果，洗也不洗，拿袖子一抹了事。我接住飞来的果实，看见她娇小的身影朝房顶跑来，突然觉得爱她入骨，想吮吸她的骨髓，舔舐她的灵魂。我也突然想起，当天捧着葡萄站在自家门框的瞬间。

我站起身，环视周围的一切，屏住呼吸，时间之水，定格此刻。近处葱葱郁郁，远处苍苍茫茫。晒枸杞的夫妇把马路两侧染成一片殷红。

贺兰山下，黄河水旁。一切刚刚开始。

听 *Reality* 的女人

现在我相信了，真的，即便是这个时空，我也会爱上你……即便是提前遇见了，我竟然也会爱上你。

事情要从一个情人节说起。

我提前完成了一个项目策划，获准下班。从民族大道光谷广场地下通道里走出去，给交通卡充值了五十元钱，紧接着，走进地铁。

我着急回家，我家里没有情人，只有一只未来得及起名字的猫。早晨走得匆忙，只倒一袋牛奶给它，不知喝是没喝。如果没喝，它就已经饿了一天了。

夏天，外面热，地下冷，冷热交替，周身刮起过堂的风。

她。一个女人，朝我跑过来，正对着我，朝我跑来。

是一身基调偏棕色的碎花裙子，棕色里，有闪光的亮红。是一双不应该用来奔跑的短跟黑色皮鞋。是一头卷曲的，染过的棕色头发。

第一个念头是扭身躲过这一个匆忙的她。可自从老远的地方，她的那一双眼睛就死死盯着我，满脸都是恐惧和急迫。

她双手拄着膝盖，喘气的时候我看到了她分明的锁骨。

开门见山，第一句话就滑稽之至，她说她来自……未来。

“我来自未来。”

我扭头看看四周的行人以及一整排自动售票机，以确认我没有活在电影场景中。我笑。

她毫不客气，夺过我手里的咖啡，大口喝下去，似是解了那份长途时光旅行的渴。

“你听我说，我们十个月前，结婚了。

“哦不不不！对于你来说，是五年后，我们结婚了。”

她说着这话，把咖啡杯扔进一旁的垃圾桶里。踮起脚尖，双手捧着我的脸，摆正，逼迫我直视她的眼睛。

“你看着我，看着我。这件事很紧迫，你仔细听好了。后来我们结婚了，在上海，我们生了一个女儿。昨天家里没人，不不不，是五年后的今天的昨天，宝宝一个人在家，楼下一家韩式烧烤店起了火，浓烟熏进咱家，宝宝被活生生地闷死了。所以我现在是来这里告诉你，五年以后，一定不要把房子买在这里。”

她的裙子没有口袋，却从胸罩里掏出一张纸条，六个钢笔字被汗水打湿。

上面写着：别买圣海美居。

我退后了两步，准备二话不说地离开。

周围的人行色匆忙，这数千万人口的拥挤江城里，人人都有他们紧凑的时间安排，而我当然也没有时间和她在这里瞎扯。

她额头上有汗珠，眼里尽是真诚，真诚到让人想给她一巴掌，毁灭她不务正业匪夷所思的演技。

我往二号线入口走了两步，却不甘心被人当一个白痴一样欺骗，我要当场瓦解她幼稚的骗局。这又用不了多久，我想。

我转身，盯着她的眼睛笑起来。

“这位小姐，抱歉，你这精心编纂的老套剧情，并不适用于我。首先，我不可能去上海的，我在这儿活了二十五年，我热爱这遭外来人口诟病的故乡。不瞒你说，大学毕业第一份工作正巧在上海，我做了一年，却想念江城里的每一景，就辞职回来了。

“其次，我与现在的企业签订了十年的劳务合同，这就从侧面否定了我去上海的可能。所以……呵……”

她揪起一把头发，愤愤地跺脚，自己嘟囔了几句“我就知道会是这样”。

“你现在这样想，是因为你还没有爱上我，对不对？你没有爱上我，你觉得目前稳定的生活、规矩既定的人生并不值得被改写。而未来，我最终选择你，正是因为你不顾一切的执着，你以为我为什么嫁给你这样生活里不细心的男人！”

她的眼睛是那样尖锐，微微低下头去，替我扣上了衬衣袖口第二颗扣子。像个小姑娘一样，愤愤地整理我满是褶皱的衣领。

这一小段时间，我一边倒退，一边摇头摆手，苦笑着闭上眼睛，想起清晨时的匆忙，一手扣扣子，一手倒牛奶，能扣上一个就不错了！

“你觉得我漂亮吗？嗯？你试想一下，如果你是在一次出差上海的途中，遇见我这样的姑娘，你会心动吗？”

我仔细打量她，怎么会不漂亮，这样一双眼睛，睫毛忽闪忽闪。但我又想到“穿梭时光”这四个字，连忙甩甩头，把乱七八糟的幻觉都擦除。

开什么玩笑，二〇一〇年，人类甚至无法彻底驾驭一个月球探测器！

我说："小姐，不好意思。你运气不太好，我曾经是工程大学的理科生，大学里也辅修过宏观宇宙学。我深知以人类的理论储备，以及以人类飞行器所能达到的极限速度来看，人是几乎完全无望接近光速了，更别提逆转时间脚步。也许…… 你应该找一个文科生，告诉他你如何能耐，穿梭了时空。"

"好好好，你别说话。"她拽着我的胳膊，我们从过道中央来到一面红色发光的广告牌下面。她想了片刻，说："我问你来回答：你第一款手机是什么？"

"诺基亚。"

"几个按键？"

"常规的数字、符号、功能键，加起来大概十五六个，怎么了？"

"你买来那款当年最新的诺基亚，感到很崇拜吧！天哪！移动通信设备可以如此小巧精致，人与人的音频通话竟然可以如此便利！ OK，你想象一下，如果有人在那一刻，在你刚刚学会使用超级无敌的诺基亚那一刻，夺过你的诺基亚。他告诉你，他来自未来，在未来，普天之下的手机都是一个个超薄的、轻盈的、发光的、可用手指触控的小面板，根本没有按键这回事，甚至可以上锁，再用指纹轻触解锁。你会相信不？"

看着她急不可耐的样子，我竟然无言以对。

"你大概会捧着诺基亚，骂对方是疯子吧！"

她紧跟着说："第一批猴子绝不相信他们的后代会下树吃肉直立行走，第一批直立行走的人不相信他们的后代会钻木取火吃熟肉。发明火车的人根本不信世上会有飞机这种东西，他们坐在车厢里，感叹蒸汽机的伟大，并一定觉得这是人类交通工具的极限速度了。

“发明鼠标的人从未想过平板电脑的出现将使鼠标变成笨拙的累赘。你现在难以信任的时空旅行，在五年后，其实只是一个基于物理公式的简易行为。五年后，量子物理和宏观物理终于得到了完美统一，而穿梭时光只是这项伟大统一带来的千万种便利之一。

“所以，你现在的种种不信任，我完全可以理解，因为科技的发展总是伴随着无数的跃进。跃进，就注定不是平滑的，注定是难以预想的。科技的发展不像树木，一朝一夕一枝一叶慢得要死。科技往往是疯狂的、奇妙的、质变的。”

我的脸色越来越难看。她讲话时，嘴唇飞速地翕动，字与字之间有短促的呼吸。用着一种急切的、焦躁的心情，却要为我强行压榨出一份耐心。

“小姐，你等等。我可以给你证明自己的机会。现在，你身上……有没有什么未来的，我所不敢想象的东西？拿来我看看。”

她的双手在身上摸了一遍，似乎什么也没能找到。

“我承认，没有把属于我时空的东西带来，是我最严重的失误！”

她皱起眉头，显得不高兴了，咬着下嘴唇不再注视我。过了一会儿，又咬字清晰地说：“你仔细想一下，如果我是骗你的，我能得到什么？对吧，我只是给了你一张纸条，让你不要购买那套房子，仅仅如此吧？

“无论你相信与否，无论你觉得我是真诚的，或是荒诞的。这张纸条也影响不了你的工作、家庭、生活，它也不能为我带来什么好处。我不可能因为送给别人一张纸条一夜发家致富吧？”

她就在离我一步的位置，她的裙摆上有数不清的褶皱，膝盖上有一块淡淡的疤痕，似是童年留下的。这个她显得无懈可击。是，一张纸条能如何？信与不信，今天过后，我的手里只会多了一张无力的、建议性的纸条。

“小姐……你等一下，让我缓一缓。”我的腿是真的发软，顺势蹲下去。

她点头，向远处走了几步，伸手触摸着广告牌，默默念着上面的文字——默默地，念着这个时代的广告语。还偶尔笑出声音来。她盯着进站口打开又闭合的闸门，盯着吵闹不休的小女孩，嚼着软糖走过。盯着行李扫描机的皮带上，滚过一个个样式迥异的包。她的眼光显得悲伤，她后颈凸起的骨头，反射着广告牌的蓝光，像一轮缓缓升起的冰蓝色的太阳。

这让我想起几个月前我开车经过自己小学校园大门的情景。

她双手背在后面，悠闲地走回来，蹲下，在我面前。

“你缓好了吗？待会儿我会给你一片短时失忆药片，因为……”

我连忙打断她，刚刚建立的一点幻想瞬间崩碎。

“药片？什么药片？我肯定不会吃你给我的任何东西。小姐，这样吧，纸片我拿着，我要走了，我……”

她向上翻白眼，吐着舌头做鬼脸，捂住我慌张的嘴巴。

“你听着，因为因果论与蝴蝶效应的存在，我的这次造访很可能改变未来事件的进程，如果你对今天的交谈有记忆，对今天的我有记忆，后果会很严重。未来，在你遇见我的时候，你会觉得很别扭，甚至不可能再对我发起恋爱的攻势……更不可能死皮赖脸地在我家楼下淋雨。如果你存留着今天的记忆，我就完蛋了，我的婚姻也就完蛋了。可能我回去的时候会看见一个完全不同的老公躺在床上等我，还叫我老婆。那我就完蛋了。你懂我说的吗？

“这样吧，说得直白些，如果你觉得药片会有问题，我可以和你一起吃。如果，你觉得我吃的和你吃的不一样，那我们就把一片药切开，一人一半。如果你觉得这分割而成的两片都不一样，那我们就把它磨成粉，我去买咖啡，我们把粉末倒进去，我先喝一半，你喝后来的一半。

“这种方案，总没有什么漏洞了吧？”她用食指抹平了我皱起的眉毛。

“那你也一起失忆了？”

“我失忆又没关系，我又不属于这里。”

她也随我一起蹲着，从我手里拿过手机，对着它哼着一段旋律，仿佛手机能做出什么回应似的。

“天哪，好吧，习惯真可怕。”

我帮她解开密码锁，她点入一款音乐播放器，一边对我说“后来这家网络公司倒闭了”，一边输入一串英文，“Reality”。

我们一起听了一首歌，我的目光呆滞，我扭头看她，她也正看着我，她的身上有来自未来的香气。一点点奶油的甜腻，伴随柑橘皮的尾味。

她的眼睛，在强光的广告牌下，像打碎的多棱镜，总有奇光异彩流出来。

“未来的手机，你对它哼哼旋律，它就会自动播放歌曲吗？”

“是。而且乔布斯死后，你知道的，这款手机越做越丑，技术生长曲线也趋于乏力，最终沦为三线品牌了。”

我没有喝酒，却醉醺醺了。

我问她：“未来的手机是什么样？”

她双眼打量着短暂停滞又疾驰而去的列车，喃喃地说：“量子物理的解放真的带动了很多产业，无线脉冲供电，手机不再需要夹一块笨拙的电池。远程集成公用CPU——也就是一个巨大的地面建筑，那是方圆几百公里所有手机共用的CPU，它们之间也是通过引力波连接，进行数据交换。程序内部也脱离了缓慢的二进制束缚。手机也不再需要自带芯片。这样一来，就腾出了更多的空间放置其他类型的芯片，用于与人进行各种传感交互。”

我感觉她这橘子味的声线来自梦幻国度，一句都听不懂。

她也察觉到我显而易见的迷惘，撩动我的头发，说：“哈哈，你傻啦？恰好你老婆未来是从事通讯产业的。

“你能想象吗？未来，手机根本不是流水线生产的一个个复制品。厂商们接受定制，屏幕大小取决于手型。超薄是必然的，你想啊，既不需要电池，也不需要运算芯片，所有应用程序都集成在云端，随时调用就行。会有很多新技术，人眼瞳仁识别，用眼睛操控它。脑波记录芯片，以方便意识传送。打字说话会变成最笨拙的行为，打字只是意识交换的最原始方法。而直接传递脑波讯息，会让对方切实知道你最想表达的想法。你知道……文字和语言只是人类的一种妥协……很多事情文字无法阐述得清白，对吧。如果我们能选择用灵魂沟通，肯定会选择后者的。”

这一切来得突然。我观望人群，又看看这女孩，我左顾右盼，是因为心底狂涌的奇妙感触。像是来自未来的调教、启迪，以及对人类智慧的敬畏。

她从自己身上，找到一根散落的头发。那根头发，被她用双手捏住两端。

“数百年前，人们对磁感线完全无知。人类第一次看到磁铁，而且用它们吸起小金属的时候，那种震撼所有大脑细胞的场景，肯定都以为是神力呢……其实，对于不可控制、不甚了解的事物，我们才会报以敬畏。一旦拥有，立刻开始揉捏、把玩、运用。时间也一样，在相对论和量子物理的框架完美融合后，它也像是一根线。它也可以扭曲，可以反转，可以对折。

“比如，这根头发代表了五年时间。”

她仔细地，在我面前将头发对折。

“现在你听到的，我的声音，其实发生于这根头发的末尾。而你所在的地方，是这头发的起始。当头发对折的时候，我们就在一起了，你就能听到我了，而无须再经过漫长的这五年。”

她见我缄默，突然拉我站起来，说：“不能耽误了，听我说，现在你看到的我，和你现在所经历的宇宙并非处于同一个次元的时空。我只是一种外来的可见反物质，我身上的每个微观粒子都有和你完全相反的自旋方向。我会在不久以后泯灭于这个时空中，彻底消失。也许是三分钟，也许是十分钟，时间真的很紧迫。

“来，时间真的不多了，你摸摸我吧，哈哈。”

我所触摸的，是她的鼻梁。勾着食指，从眉间开始，一直滑下去。她闭着眼睛微笑。

指尖的触感是一点点温热，却总能感到刺骨头的小力道，像逆向的时光之树，生出莹白的倒刺。

于是我的手不由自主地颤抖，这个细节惹得她捂嘴笑起来。

时间紧迫极了。她说需要一个无人的角落。

“当然不能让人看见呀。你想，一会儿我瞬间消失了，被人看见，会引起不必要的麻烦，会顷刻间毁掉陌生人的世界观的。况且，来之前，我心烦气躁地接受了三个月的培训，课程里尽是一些严谨的条款。要知道，穿梭时间的第一准则就是对因果论的敬畏，坚决不能打扰这个次元的事件体系。”

“是。”

我拉着她的手肘，和她二十分钟前一样，飞跑起来。我先天心脏不好，那是我多年以来最剧烈的运动，我感到胸腔里血液的炸鸣，感到恐惧和一点点欣喜。

感到五味杂陈——当你，牵着一个，即将消失的，未来的五年后的，爱人，奔跑在巨硕城市的地下，耳机还播放着五年前的冠军金曲……

最终来到一个消防专用隔间里，一切被黑暗包围，只有淡淡的光投进来。

她手心里一直攥着的瓶子里，有几枚淡蓝色的药片。

“请原谅我的时代，生物神经学和药理学依然没有很好地结合，这药片并不高效，成年人的剂量是三片。”

我接过这三枚淡蓝色药片。

“那个……就要忘记了吧？”

她摘下我的眼镜，抚摸我的眼角，说：“是暂时忘记……”

“最后想问问你，叫什么名字？”

“哈哈你真可爱，问了也会忘记呀。这些问题，以及全部的我，留给未来吧。”

我掏出皮包里的半瓶矿泉水，把手伸向嘴边的时候，她突然捏住我的手腕。

“我感受到了，我即将消失的征兆，我的脑袋都要炸开了。”

她的眼睛传来一些慌张的信号。她把我捏着药片的手拉向自己，按在她的左胸。那里是富有节奏的律动，是直线骤升的心跳。

“在我的时代，有一位经验老到的科学家，也是诗人。他的诗句里写道，爱是时空之间的连线，这根线，能战胜平行宇宙之间的扭力。现在我相信了，真的，即便是这个时空，我也会爱上你……即便是提前遇见了，我竟然也会爱上你。”

她说最后一句话的时候，*Reality* 正巧播放完毕，四下里寂静无声。

所以这一句我记得清楚，她说：“如果你也相信那个诗人的话，你也相信爱。我们下个时空一定会再见！”

她松开我手的时候，我看到她脸上流了泪，也感受到自己脸上，早就被泪浸满。

药片随水流下肚，最后一幕的光景里，是她捏着裙角，大口深呼吸的样子……

“先生，我们在地铁消防间发现你。你血液里检测出超剂量的三唑仑成分。”

再次醒来，我在医院。全身酸麻，只有手指可以动弹。

我狂按手上的按钮，走进门来的，两个护士，一个医生，以及一个身穿制服的警察。

回忆摸得到，就在我脑海里，脑海里啊，回忆丝毫未减少。奔跑的样子，大口呼吸的样子，喝掉我抹茶拿铁的样子，以及裙摆的碎花、膝盖、鼻梁、雀斑、眼里的碎玻璃。

回忆都还在，于是也不需要他们的解释。

“超量的三唑仑会让你迅速呕吐、麻痹、晕厥。我们怀疑这是一起恶意抢劫案件，请问你身上有财物缺失吗，先生？”

财物？两千多块现金，泰国菜代金券，一部iPhone。整个皮包都没了。脖子里没有冰凉凉的触感，那块翡翠也没了，手腕上的表没了。尾戒、眼镜，全都没有。

我拔了针管，对着我右手腕衬衣袖口盯了许久。她帮我系过的扣子呢？

于是我说：“没关系，只少了一颗扣子。”

从医院出来，我不得不幻想着这样一幕。心思缜密的女罪犯拿走了我的全部，形色慌张地离开消防隔间。提着我的包，紧握着我的手机，奔跑了数十步。忽然转身，凝望背后的远处。捏着裙摆思考。

又跑回来，急匆匆地，从瘫软的我的身上，揪掉一枚扣子。

当作未来时空的口信。

每次。我洗脸的时候，我把这段往事投入水里，那水就冒着烟烧得沸腾了。海边篝火时，我把它扔进那篝火里，火里面就“哗啦啦”地冒出冰碴子。

我把它锁进箱子，它受不了那一份静，震得箱子直响。放进提琴的琴箱中，它就捂着耳朵，又埋怨着琴弦的噪音。

像放风筝一样，我连上一根线，让它被围在那股，类似于当晚地铁过堂的热风里。

一切终于，如鱼得水。

其实。无论重来几百万次，只要那眼睛还是那双眼睛，那裙摆仍是那裙摆，我恐怕仍是会相信她。仍会被，那橘子味的暧昧冲昏头脑。没人能阐明心动的原理，正如当年当日的我。

愚蠢到，竟然想不起来问她一句：“既然你是我未来老婆，你有本事告诉我，我叫什么名字，啊？你他妈说啊！”

我不恨这个陌生人，相反的，那些交谈历历在耳。这几百万次的，愚蠢及信任，才是时空与爱的秘密。

Dreams are my reality
The only kind of real fantasy
Illusions are a common thing
I try to live in dreams
It seems as it's meant to be …

Dreams are my reality
A different kind of reality …

I dream of loving in the night
And loving seems alright
Although it's only fantasy

小森林

我天生瘙痒，必须亲身投入战斗，保护拥有的一切不被人夺走，保护温水湾里我爱的一切。

我在睡觉的时候，隐约听见门口有人，门锁被拨弄着，叮叮作响。这是晚秋一早，天蒙蒙亮，晨雨又没憋住，在窗框上“吧嗒吧嗒”，像是一个吃饭咂巴嘴的人，在耳边上“吧唧吧唧”地嚼。我受够了，眼睛闭着，手上乱扒乱掀着，找我床头上那条鸡毛掸子。

一个闪念儿也不到，我的门被一脚踹开，冷气不由分说往里灌，随同而来的还有一位少女，她俯下腰身，对着我的嘴唇就是一口。她一定刚刷过牙，唇齿凉凉的，满是薄荷味道，等我唇上的血渗出来以后，味道就更加奇妙了。

惺忪的眼睛视力不好，整个景色都糊了，越过她的金豆豆红手链不看，远山上，红叶子一片一片坠落，雨水持续娇惯着小河的脾气，它暴躁奔驰，遇一个石头就甩一个白浪以示威严。院子里的水缸吃雨吃满了，流着酒足饭饱的口水，地上早已泥泞。她的脸上白净如初，颜面焦急又有点愤怒，一件一件褪去她的衣服，掀开被子钻进来。咬我的脖子、胸口、肚脐。舌尖一路向下飞驰。我个人认为，这是最好的初冬。

我个人又认为，王长林——王队长，他骗了我。去年夏天的时候，队长把烟随手扔去，用肥手狂扳方向盘，车头一扭窜上山坡，他指着这片土地告诉我们："温水河湾上的女人，也是随了地名，一个个衣群漫飞，温柔如水。"我吞咽自己的血液，抓着床单，掀开被子和她野猫似张狂的眼神对峙，再次确信队长这句话纯属扯淡。

那时候我们刚到温水湾，随行的还有往事里的另一个女人：宣传队员杨若兰。她是刚毕业的大学生，林业局领导的三女儿，脖子上绑着象牙制造的小饰件。她第一个跳下越野车，张开怀抱，揽着细腻的山风说："队长！这里比我想象的美好多了！这个场面，让人想起顾城。啊，草在结它的种子，风在摇它的叶子，我们站着，不说话，就十分美好。"

队长牙倒了一片，狠命捂着下巴颏儿，并即兴创作了另一首诗："啊，杨若兰跑了出去，啊，她又顾城了。我们坐着，不喝醋，就十分酸爽！"

杨若兰站在那里，能轻而易举地想起《门前》，是因为她是新来的。她刚刚接触林业测绘这个行业，所以能把树看成树，能把景色看成景色。而在队长眼里，树并不是树，树是家具，是纸，是它可以成为的一切，唯独不是树。所以，某种意义上来说，杨若兰离顾城很近，王队长离顾城很远。那时候杨若兰气急败坏，二十岁的丫头片子，隔着车窗，指着王队长的鼻子就骂："你可以玷污我本人，但不可以玷污诗歌！我从没见过你这么土的人，还当队长呢，早该回炉深造！"

车后的我陷入茫然，我不知道自己与顾城的距离是多少。我隐约知道一点点，但绝不像王队长和杨若兰两人这样明确——这也是我现在动笔写这段岁月的原因。

队长刚要翻脸，架势都摆好了，却不知为何忍着了，像是被人拿玻璃头套套住，憋了一口老气，腮帮子红得像是用来刹过车。我和几个同事在这个时候收扑克、搬器材、下车，接二连三地问队长问题，给他铺了个金碧辉煌的台阶下。这些问题杨若兰也比较关心，便凑过来听。这是这孩子的好处，嘴尖，心眼儿圆润。

"队长，我们住哪里？"

队长事先探过场子，在温水湾住过三天半——其实单位里要他只待一天，探好了路，找好了队伍住处，就回来。不过我们都知道，他嫖娼，他是一个有原则的嫖娼者。他的原则是：睡一个女人只睡一次非常不尊重，至少三次，两个人的孽缘才能根除。我不知道这狗屁理论是他从哪里看来的，这么烧钱的理论，一定是瞎编的。他这个人重感情是真的，他重感情是因为缺感情，四十二了，没结婚。据一个已经跳了槽的前辈说，他很容易对妓女动感情。闹到最后，对方宁可放弃一笔生意，也要躲着他。

队长把车开到河边的时候，几个石头上搓衣服的女人齐齐朝这辆车看过来，嘴上笑着议论，似乎对这越野车非常熟悉——这个画面跟前辈的风凉话联系起来一考虑，让我笑出了声音。

"沈亦知！你最近是不是疯了？一句话不说，动不动突然在后面儿傻笑！"

最终，他指着一排平房说："就是这儿，你们挑吧。"

四个男同事，加上杨若兰，刚准备冲下车去一探究竟，就被队长拦住。“在车里挑在车里挑！这些房间质量有好有坏！离近了看，有些房子谁也不想住！你们又要拌嘴！所以，就在这儿挑，随缘，挑好了算运气，挑坏了也自己揣着。”

当时，我做出了温水湾工作历程中最伟大的一次思辨。

我觉得：挑房子这件事，和世间太多事物一样，外表光鲜的，往往败絮其中。倘若内质不凡，又何须在门面上浓墨歌颂？我就挑那外表最简陋的——掉了三个槛儿的篱笆，包着荒废许久的小田，枯萎的葡萄藤，做着性高潮一般的扭曲动作，胡乱扭捏在架子上，而房顶的烟囱，显然是精心修缮过的，水泥色浅，意味着刚刚砌上新砖没过多久。这个信号像一场春雨拍打着我的心和我的想法。

里面必然存在木床而不是大炕，有厚的棉被，细致的凉席，大镜子，大火炉。我抢先说道：“你们都别动，我已经看好了！就他妈那间，别跟我抢！”队长灵巧地挤挤右眼，嘴上咧出微笑，顺势朝我点头。聪明人总是惺惺相惜的。

我拎着包大跨步跑进去，跑进我盛夏里的蚊子王朝，跑进我下雨时的水帘洞，跑进我冬天里的广寒宫，跑进我美好的选择。

把“惨不忍睹”“惨绝人寰”这样的形容词装进炮筒，轰向那间房，也根本无法伤害它的皮毛体肤。那大炕，占据了二分之一的空间，那经典的三腿桌子，需要三本厚度极其吻合的书垫着才能保持平衡。描述到这里宣告结束，因为房间里没有其他的东西。

夏夜里，我透过屋顶看星星和月亮搞暧昧，光晕糜烂在星河上，弄得人头晕，不久便可以入睡。屋顶的缝隙里，时常有灰尘洒落，落在我的鼻孔上，勾引我打喷嚏，而后惊醒。我看见固定的缝隙里，换了几颗不一样的星。这证明星河在流动，也是岁月推进的直接痕迹。我看见，王队长的车深更半夜开了过来，他醉了，看上去非常疲惫，估计是连抽了三个大烟泡子。他对着明亮的月光，从兜里掏出一个东西。

那是晃眼的，粉红色的内裤。他把它举高，它借着月光，映红了他的脸。良久，他踮了踮脚尖，闭上眼睛，便更接近天空和真理。他用鼻子在粉红色上深吸一口气。只是站着，吸气，呼气，吸气，不说话，就十分美好。

隔天测绘院来信，我们围着王队长。他拆开牛皮纸袋子，拎出一幅地图，一张红头文件，以及一份日程表。地图上有一个大红圈子，那里就是今年规划测绘的地方。离上山还有三天，人人都趁机睡大觉。我睡醒之后，不愿意走出房门。全部同事，包括杨若兰在内，都站在我的院子里晒太阳。他们也有自己的院子，但是他们的院子里只能享受阳光，而我的院子，在享受阳光的同时，还赠送快乐。

"沈大哥，为了我们，您可真是舍得折腾自己呀！哈哈哈哈哈哈！"

我站在门框上，回望陋室内的一切，朝里面吐了一口痰。这个时候我离顾城非常远，甚至要比王队长还要远。

我决定花掉一部分存款购置一些家具，要买长桌、纯木的小椅，装一个镜子，买洗漱架子。听货车司机说这里距离集市只有十分钟的车程，翻过来时的小山，再过一条石子铺底的河就到了。我在新砳口遇见一位骑摩托车的瓦匠工人，伸手拦着他。他似乎心情不好，眼睛里随时要喷火。

"你有病？没看见我后座上放着瓦片？"

后来我说让他调转车头，把瓦片安在我那破房子上，好好修缮一番，再送我去集市，两全其美。他人还未到集市，瓦片就一销而净，还能赚上一笔施工款。他忽然笑了起来，眼睛比少女还可爱，搓了搓双手，要和我握手。我和他握手的时候，并不能专心致志。因为就在那时候，一辆白底蓝漆的小巴士正从瓦匠工的车后颤颤着驶过。

柴油发动机，噪音极大，黑烟极重，我被污浊淹没的同时，在最后一个窗子里，看见了一位真正的少女。她清凉干净，坐在那里没有表情，用鼻梁切割着窗子透进去的风，眼睛收纳了远山、村庄、麦田、黄牛、驮瓦的破摩托车，以及，两个手牵手的男人。她望向我时，面不改色。这个时候我又离顾城非常近，这说明我的心不稳定。我讨厌这样的心，讨厌它像狗尾巴草一样肆意摆动。

“啊！你捏我这么紧干什么？！”泥瓦匠将我的手甩开，拿另一只手在我眼前晃悠。他在我的房顶上工作的时候，我并不知道自己在想什么。我坐在门框上，阳光非常刺眼。杨若兰坐在墙角下面的石块上写写画画，几个同事在一旁公然赌博，喝着藏家山甜茶。王队长刚刚起床，他有极其严重的口臭，堵在我身旁说话的时候，阳光在他身上烤出一些腥味。他关怀我，问我最近到底怎么了——这是文雅的书面说法，话从他嘴里说出来，就是：“整天跟个破鞋小媳妇一样，愁眉苦脸的，阳痿了？”

队长这个人，像一个破败不堪的陈年老庙，里面杂乱无章，吞下人生故事无数，我把心事扔进去的时候，非常安心。我说：“队长，我这些天在路上，一直在想一个事儿。”

“什么事？你说！又要叨咕着涨工资？”

“不是的，我就在想啊……你说我们测绘队吧，一线工作者，虽然累，苦，工资还没坐办公室喝茶泡脚的拿得高……”

“看看看，我说什么来着，又要我写报告涨工资？”队长不由分说吼了我一顿，他从屁股兜里掏出一盒软包装的烟，连盒子带烟都已经压瘪了，就用手指挤一挤，挤圆乎了放在嘴里点燃。一夜睡眠精心压制出的烟塞进我嘴里的时候，带着一些屁的味道，我险些就要吐了。

“队长你听我说完啊。我说虽然苦，累，工资低，但是我们实际上是最有权力的人。”

“你逗我玩着呢？我们有权力，有权力还扛着器材走山逛水的，旅游来了？”

“不是，你想，我们在地图上，随手画一些线段，把这森林分布图上报林业局，林业局能干什么？他无非就是在这线段里画点圈圈，再盖个大章子，伐木厂的工人就坐卡车轰轰轰开进来，机器一开，树一片一片倒。然后这地方不就要泥石流了？要山体滑坡了？还有什么土壤沙石化，粮食都种不了了。决定伐哪里，不伐哪里，实际上是咱们决定的事儿啊。”

队长不说话，低头拿鞋底子磨蹭着地上的小石子。

我就说：“队长，我的意思是，我们可以谎报军情，故意把森林分布画少一点，画瘦一点……要求也不高，就是把人和房子避开。”

队长蹲下来，坐在我边上。他看上去非常生气，皱着眉头对我说了一些话。之后他也觉得自己语气过重，拍拍我的肩膀表示抱歉，转身进屋刷牙洗脸。

泥瓦匠完工的时候，我说让他先走，我不去集市了。我感觉四肢很重，也没有挑选家具的心情。森林里的蝉群开始嘶叫，这意味着晌午的暑气已达到火候。炊烟里有红烧肉的味道，拐弯抹角钻进我饥渴的胃里。

在湿润的泥巴上，粪土因雨水而融化，苍蝇散去，营养渗入花叶的根茎，一些花骨朵因此膨胀。有些开了，有些还憋着。大树相对来说更稳健，看不出什么情绪，密叶浓绿，枝条伸展，成群立在那里。树荫下是队长的房间，他对着镜子剃胡子拔鼻毛，他今天离顾城又远了几分，就像是骑着摩托车，背对着顾城，狂轰了十八脚油门。

因为刚才他对我说："你明明知道没有房子被泥石流埋了，就没有人死。没有人死，那些面相一个比一个凶的记者小姑娘们，就不会来采访灾民。不采访，就不会上报纸，不上报纸，上面就不会拨款治理。森林测绘项目的拨款能拨多少？撑破大天去到不了一百万，治理山体、抗洪抗涝的拨款是多少？最起码一千万起步。你明明知道是什么东西压在我的头上，还经常拐弯抹角地教我做人。

"你以为我是个蠢驴？大半辈子了，我不知道怎样砍树不会致灾？

"这样吧小沈，你要是想冒尖，想从局长脑门上拔刺，我给你个方法。明天你把九百万的差价，拍到咱局长桌子上，他一点头，我就把地图交给你，你拿上地图，爱怎么画就怎么画，画个自画像上去也没有人管你。我说真的。"

我把烟灭了，灭在自己的掌心里。不出三秒，全身都开始冒冷汗，肌肉止不住地颤动，血肉烧煳了，炙烤人肉的味道非常明确，非常恶心。

两天之后我们上山，下田，抬着经纬仪、水准仪、平板仪这样的沉重机器来回奔波，短假里贪吃吃出的脂肪全部融成汗汁。

中午，找一个有风掠过的阴凉地儿，席地而坐，就着烧开的水吃干饼子、肉干、榨菜。杨若兰牙口比我们金贵，吃的是集市上买来的鱼罐头，不过那东西很咸，经过我的提议，我们往鱼罐头里添入溪水，烧火，把它烧开。鱼汤相对好喝多了，不咸。她就着饼子喝了三碗汤，吃得满意。在很远的山头上，隐约传来切割机的嗡嗡声。

夏日黏热的气氛也阻隔不了它的传播。我们看见，视野里最高的树发生了倾斜，它异常巨大，以至于在身体全部触地的时候，惊飞了半片山峦的鸟群。它们叽叽喳喳，奉命离开，身体飞起来了，脑子里飞翔的目的却不明确，挤在湛蓝晴空下面不知所措。

在这个时候，杨若兰竟然再次想起顾城。

她眼里充满哀伤，对着那倒下的大树说话："睡吧，合上双眼，世界就与你无关。"这出自《生命幻想曲》。我非常羡慕她，能在世上大多数事件里发现美感，发现诗意，并沉醉其中。相对而言，我一时半会儿还是认不清自己的位置。这让人懊恼，让人发狂，让人有自残的冲动。我想像杨若兰一样自由快乐，也想像王队长一样心安理得，但是我那狗尾巴心，不听使唤，像坏了零件一样。

我很想把它从胸脯里挖出来，上点螺丝，修修正再安回去。

当晚，我去城里喝了酒，喝了吐，吐了喝，舌头麻了，二锅头一点味儿都没有，我感觉不到我的舌头和脸了。每隔一分钟，我都要伸手揪一揪我的舌头，并庆幸于它的存在，兀自大笑着庆祝。旁边桌子上有一个小女孩总是看我，我便用一个杀人犯的眼神望向她，她龇牙咧嘴地哭了起来，她父母不明所以。店子里打烊的时候，我被两个男服务员架着出了门，他们把我撂在汽车站坐台上。

夜里忽然很宁静，车迟迟不来，远处走过来一个少女，伫立灯光下，那双眼睛过目不忘。我冲上去对她说话的时候，她吓得惊声尖叫扭头就跑，我喊叫着说话，以便让她听见。

我说："唉！前几天中午！我和一个泥瓦匠！在他的摩托车前面握手！你坐车经过！"

她跑够了距离，看我跪在地上抱着电线杆淌鼻涕，就没再跑，而是转过身来，把提包捂在胸前。眼神里的恐惧，转向厌恶，再转向好奇，只用去一秒的时间。

"你肯定看见我了！你长得太美了！我好爱你啊！我只看了一眼！就一眼我的心就报废了！我想把我拥有的一切都给你！我想让你眼睛里的森林永远不会被毁灭！我不要这样！你过来啊！你看看我啊！是我啊！我爱你啊！"

她向前挪了挪步子。我哭得波涛汹涌，眼泪把她的身影勾勒得模糊。蓝色亚麻布的连衣裙，在黑色小皮鞋上，露出一些白色短袜以及蕾丝边。她靠近的时候，显然认出了我，温水湾当地男人普遍平头，像我这样长发中分的发型肯定绝无仅有。我抓住她手的时候，感受到一种抽离的力道，随后她依了我，我就捏得更紧了。她始终盯着我右手手心里圆形的伤口，那里被我乱抓乱爬地磨成了血窟窿。

我哭着叫唤："你叫什么名字啊！"

她紧张地回答："我叫沈念念。你为什么喝酒啊？你住在哪里？你怎么回去？你的手怎么了？"

以我当时的智商，四个问题一下子涌过来，我处理不了，一时间脑仁阵痛。我撒开手，抱住她的一双腿，太阳穴紧紧贴着她的膝盖。"念念！你的名字怎么也这么好听啊！"我哭得更凶了，完全没有人样，只听见她说：“你能站起来吗？我刚下班，要不然，你先睡在文具店里。”

第二天醒来的时候，我掀开香香的被子，盯着镜子里自己的眼睛，血丝拧成乱麻，十分钟之内没有想起来发生了什么。我的手上不知被谁绑上了纱布，像个拳击手套一样厚实，血液在上面渗成红花。我拖着步子掀开珠帘，迎接我的是三排货架，有笔记本、复写纸、钢笔、铅笔、毛笔，还有成卷的宣纸堆放在地上。透过一些缝隙，我看见了收银台，那里坐着我的一生所爱，晌午的太阳把她每一根头发都渲染上金色的边边，这让我根本不能再动弹一下。

那个时候，我确信我的脑子里响起了铿锵的鼓点，同一时间，有一万把小提琴在我的身后，撕扯缠绵。这是我一生中最美好的时刻，她就那么走过来了，端了一杯水，我并不希望她走过来，我希望她保持在半途之中，带着陌生的、羞涩的笑容，前脚刚刚落地，后腿微微折起，停在收银台和我之间。

坚固异常，不会被毁灭。

据沈念念讲，她家在温水湾，种一些忍冬花，也就是金银花，卖给药厂当原材料。雨下得猛，就种扁豆、番薯，以及玛雅豆。她说温水湾的土壤最好了，树多，把地上的泥狠狠抓着，洪水过了，土地和希望还在，想种什么种什么，远房一些受灾的亲戚都搬过来了。当年春天的时候，远房的叔父给她介绍了文具店的工作，她便来镇里上班。每天早晨，坐横滨到新岭的货车上班，再坐清水湾发车的小巴士下班回家。在店里，经常有年轻的男人来买信封信纸，趴在店门口的长桌子上写情书——因为温水湾的邮政信筒就在一旁——肚子里墨水不够的时候，就要请教她的叔父，叔父把经典的几句话撂出来送给这些人：

“佛说，前世五百次的回眸，才能换回今生的一次相守……”她亲眼看见了无数封情书的创作过程，于是打心眼儿里讨厌情书。收到的许多封情书根本没有拆开。她说，我是第一个对着她大喊大叫着表白的人，也是她的初恋。

我已经想好了，我家离温水湾路程不远，约莫一小时添十几分钟就能走到，我要在温水湾和杨家岭之间，寻找一处东面向阳的坡子，盖一间房，和沈念念住在一起。她可漂亮了，和她在一起的时候，我总担心这份容颜会因我而折损。听说吃榨菜会长雀斑，吃咸肉干要长青春痘，于是我总带她上饭馆吃饭，吃清淡的乌鸡汤，鲜甜的板子鱼。

我白天上山测绘，按红头文件上“科学严谨，客观有效”的方法规划森林分布线。晚上就接她下班，一起吃饭，走路到水库边上，我们亲嘴，我摸她的身体。不过在性爱这一方面，她似乎并没有开窍——她脑壳里那根粉红色的筋线还未搭上，什么都不清楚不了解——我抚摸她的胸脯的时候，她并没有什么感觉，只咬着下嘴唇，冷漠地看着我的手。兴许她认定：作为女人，给自己的男人摸，是一种义务，于是她耐心又安静地等我摸完，就继续跟我聊天。她那个“等我摸完”时的表情，异常之可爱。这种可爱剥离于肉欲的关系，是纯粹可爱，让人不忍再摸。后来也就不摸了，只聊天，牵手走路，一起看看星河了。

这一段时间，我变懒了，不再有心思思考“我与顾城的距离”之问题。人一旦变懒，变迟钝，就容易感受到快乐。不过，这些因沈念念而生的快乐，也被她亲手摧毁。毁灭之彻底，让人趴在地上连个残渣都找不见！

当天，温水湾西北区山谷测绘完毕，这里有一条国道，两条省级公路通过。我从温水湾汽车站上车去镇上，却被一只小巧的手拽下车来。是沈念念，她还说："今天康扎节，没人上集，都回家杀黑猪去了！我提前下班了，走，我带你去吃好吃的。"

一路上，我头上冒汗，手心喷泉，抓她不紧。她是非常调皮的女孩子，别看外表冻冰冰，实际上心里野。从家里捉了一条现割的五花肉，带上小砧板，水果刀，踩着她那红布头装饰的鞋子，疯疯癫癫跑到山坡上。这片草地被溪水割成两半，我们折了一些红柳的枝子，把叶子和表皮都剥干净，只剩下滑滑的嫩条。她切肉，我穿串儿，生起火堆一并烤了，张口就要吃。她说："等等，你饿了吗？你饿了你就先吃，我可是得去找点茴香。"

鲜茴香苗儿和集市上卖的干茴香粉区别可大了。她用两块溪里捡的鹅卵石头，把苗子碾出汁水，沾着这个汁子来烤肉。再从一旁的田野里偷着掰下几枚青辣椒，和烤肉一起吃。

她放弃了少女姿态，学我吃饭，总是一串肉都塞进嘴里，鼓了嘴，闭着眼，仰头咀嚼。咽下去之后就抱住我笑。"真的是太香啦沈先生。"她一直都叫我先生，也不知是为何。

沈念念在我测绘住处门前大骂我不是人的时候，正是当天下午。她非要到我住处看看，我向她介绍王队长的时候，她的脸色就不太对劲了。把我拉到院子里说，这个王队长，是不是就是砍森林的？

我说不是，我们就是搞测量的。

"你是搞测量的？那你之前怎么不说清楚？你说你在山上上班，我以为是那家酿酒厂。"

她说话的声音越来越低，越来越往心里去，她抓着我的手说话。"你真不是人，我从小就恨测绘队的，我爸告诉我，那些扛着器材上山下山的，没有一个好东西。他们经过的地方，到最后树都没有了。”说完，就松开我的手。走也不是，不走也不是。因为她非常爱我，所以她非常犹豫。她望着我的眼睛，这个眼神太陌生了，我想抓住她，但是她向后退了一步，这一步把我的生命都割碎了。

我连忙把王队长拉过来，当着王队长的面，把他的那一套理论搬出来救场。什么一百万一千万的，像背课文一样往外说。我试图帮着沈念念理清这里面的关系。这个时候我的嗓门儿非常高，同事们，包括杨若兰也来凑热闹。

沈念念听着听着，眉头渐渐舒展开了。当天天气很好，没有云彩，她身披万丈的阳光，踩上一个石块，想了想心事。

那一刻这个少女比我高一丈还多，她一动不动，显得天真赤诚。最终，她把我拉进屋里，锁上门，洗了一把脸，平静地对我说了一些话。

正是这些话，为我提供了一个站台。

这个站台的位置，距离顾城、王队长、杨若兰这三者的距离恰到好处，让我满意异常。她蹲在我面前，用我的毛巾把脸擦干说：“沈先生，那你既然清楚那么多内幕，你为什么不去战斗？”“你是我的男人，也是温水湾的男人。我觉得，贪官上头也有领导，领导上面还有领导，咱们这个国家，总不可能人人是贪官吧！”

她提到战斗的时候，我的心脏“咯噔”一声，像是嵌进最后一块零件。我觉得脸上烧，屁股烫，坐不住，在屋子里来回踱步。“人人是贪官，早就没这个国家了，所以……”

所以今年九月份，我从普洱市林业局辞职，买了去北京的车票。后来我火了，搬个凳子坐在某机关大院门前的背影照片，出现在许多份报纸上。这让我遇上了一位好人，他对我的故事非常感兴趣，对我们测绘队的现状也异常关心。他请我吃了北京烤鸭，然后告诉我，他是一位人大代表。

两个月之后我才回来，在这段旅程中，我非常想念沈念念，两个月没有见她，心里有小羽毛在挠痒痒。我记得临走前我还故意使坏，把推车摊子上买来的三级片碟片包在牛皮纸里送给她。

现在我非常明白自己与顾城之间的距离，这个位置我最舒服——正正站在王队长和杨若兰之间的中线上，与顾城保持着一定的距离，稳固不动。王队长代表了最精明的世故，而杨若兰代表了最敏感的诗意。沈念念则代表了一种战斗意志，一种革命气魄。而沈亦知则代表了沈念念。

首先我不能在远处抒情，在土地上红花盛开、人民笑逐颜开时，说一些玲珑剔透的句子。在土地上满目疮痍、人民颠沛流离的时候，写一些隐晦愤怒的哀伤。也不能像王队长一样，什么都太懂，什么都不管，并把这一切归为命运。这两个活法我都活不来，我天生瘙痒，必须亲身投入战斗，保护拥有的一切不被人夺走，保护温水湾里我爱的一切。

回普洱的时候，回到温水湾的时候，就是初冬了。我在夜里到达，手上捏着一份报纸，头版头条是林业局局长落马的消息，我把报纸放在桌子上，冲了一个凉水澡，倒头便睡着了。我想明天一大早就去镇上的文具店找沈念念。

半梦半醒间，听见门外有动静。紧接着，沈念念一脚踹开我的陋室，主动和我做爱。背景里的远山上，有一片小森林，正在细雨中睡眠。

另一把
羊角匕首

价值连城。和你一样。

1

我爷饭桌上两件事不耽搁，一是搅面，二是讲草原。

一碗羊肉臊子面，他嫌面条、肉料、酱醋三者不匀，就要搅和。待我们吃罢，收碗拾筷，他还在搅。

搅呀搅，搅成了糨糊。

他的故事大多年代久远，对我们隔辈人来说更是模糊之极。他讲他的父辈是何等富有，家里多少马多少羊圈，一个夏天喝几大缸的酒。

他讲他如何在甸子河里徒手抓鱼，当场剃鳞烤着吃，吃到一肚皮的鱼卵，有多香浓。

他讲他如何套牢了无数匹倔马的灵魂，也讲他年轻时遇到过的俊俏妹子。

这些往事循环往复，从小听到大，我与几个妹妹倍感无奈。

听腻了！

实在像是蜜糖拌奶油一样腻！

直到有一天，他的故事跳脱出虚渺的语言，竟有了一张配图——那是一个崭新的故事。

家有枫木老方桌一台，玻璃板下照片林立，妥善安放了全家成员的面孔。

去年冬至的晚饭桌上，他搅面五分钟后，望见窗外暴雪陨落，对着雪怔了一会儿。他暂停了饭局，挪开玻璃，从全家福照片后面取出另一张黑白三寸照来。

我妹妹当场惊声尖叫，这是她首次对爷爷的故事提起兴趣来："呀呀！爷爷！这是谁啊！你认识吗？好帅啊！好帅啊……"

我妹妹正处于过度迷恋韩国男星的年纪，她扔下碗筷跳起来夺过照片，险些亲上一口！

照片里，眉清目秀的青年，貌若潘安，秒杀所有一线男星素颜。中山装风格老气，也抹不去眸子里的神采。

照片下角标粗糙的印字，反映了二十世纪照片洗印工艺的拙劣。

"摄于一九七三，春。"

2

家国的动荡我爷爷是不清楚的，草原上新闻传得奇少，那二十几年里，我爷只知道日本人来了，又走了。

都说战事在内地，我爷偶尔把羊赶到高处，朝南边望一望，发现那里和脚下一样尽是草原。

只有草原。

二十世纪七十年代初，硝烟的污浊已成为大地的记忆。从南方赶来的三五知识青年到我爷爷的牧队支援科学建设，是江西人还是江苏人我爷爷也记不清白。

拎着马鞭、皮肤黝黑的蒙古族壮汉们跑出好远去迎，对这群身高相对秀小，初到内蒙古的南方书生充满好奇。

其中一个知青的容貌尤为娟秀，眉宇间净是烟雨，我爷说：“他那脸蛋子，应该是姑娘家的嘛。”

处久了，熟络极了，大家就管他叫小妹儿。他知道这是玩笑话，也并不懊恼。

事实上，我姑姑当年做真正的小妹儿的时候，整日上马下马，拉料饲犬，那胳膊肘子都比这“小妹儿”长得壮实。

小妹儿大名曲为忙，我说肯定是“曲微茫”！

我爷死活都不信。

直到后来我送他一幅汉字书法，“十分冷淡存知己，一曲微茫任平生”，他才勉强承认也许是自己记岔撇了。

曲知青当年来内蒙古时，随身带一把长剑。长剑秀巧，剑鞘乃雕花黑木制，每每拔出，摩挲声俊，冷光泠泠，寒气逼人。他每个晨间都操练着此剑，可谓闻鸡起舞，从不耽误。

我爷从前只见过草原上的家伙什儿：劈柴、剁骨的大刀阔斧，宰羊、射鹰的匕首弓箭，就是没见过南方的秀剑，更没见过太极剑的招式和步伐。

在粗犷的草原上舞剑，水袖御风、轻盈如画——就如同在苏州园林里提鞭放羊一样，驴唇不对马嘴，让人看了直想发笑。

我爷早晨起来撒尿，见曲知青在草坡上一笔一画舞着剑，就问他：“你这到底是什么套路？”

曲知青着一身白袍，那是每天清晨特别换上的，腰间还戴一块佩玉。

他不言语。

草原的早秋常常大雾弥漫，他练剑练出一种迷离的错觉。

一整套习弄完毕，他讲出“太极”两个字的时候，我爷正在帐篷前喂狗，左手端着一碗水，险些泼洒出来，大喝一声：“对！是太极，这慢吞吞的哟，连个柴都劈不开！更别提防身了嘛……”

曲知青望着我爷爷兽皮大坎肩之下的肌肉线条，憨憨笑着。

3

草原上的蚊子都成了精，叮起南方小嫩肉来更是狠毒！叮一个包巴掌大，三日不见消落。

我爷说：“让你喝酒你不喝！你的血太甜了嘛，要拿酒熏一熏，蚊子叮前就要三思！”

曲知青第一次喝酒，只一口下肚，整个人就丢了魂，眼神呆木，半张着口。他撩开帐帘外出撒尿，解开裤带走了两步，一闷头栽倒在草垛子上不省人事。

尿流了一裤裆，就那样披着星河睡了一晚上，一个蚊子也没光顾。

后来他爱上了酒，酒后舞剑更是舞出一分自在，舞出一种金蝉战栗之感。

原本一个内向婉和的人，有了酒，话匣子便炸了锅。

他主动提到，自己家里本是武行，家传太极剑法。后遇战事，随长兄三人应召入伍，学了文化课，当了个小政委。

此番被分配到内蒙古插队，草原辽阔，遍地牛羊，不掺凡世杂尘，正是静心静身的好地方。临行离别，父亲让他把太极剑装上，还说，别离了剑，剑能养性。

我爷对这曲知青说："是武术又不是舞蹈嘛！改日白月节上头，跟我们蒙古族小伙子切磋一番！"

蒙古语"查干萨日"，即汉语"白色的月"。

那是夏季哪，水波温煦，草芽子发了狂地猛长。牛和羊都是傻子，见了嫩草芽就知道吃，从日出吃到日暮，吃得壮实。四下景色里尽显自然的恩惠。

牧民拖家带口，长途跋涉至黄羊湾，把酒言欢，好不热闹。

我爷说，那一年我爹就是在这白月节上四处玩耍，靠一身套马的本领活儿俘获了一个美丽姑娘的心，这才有了我。

老爷子还一再强调说："是老子手把手训练出他这身本领的！"

我妹妹大叫："爷爷跑题了！"

我爷当着众人面，把曲知青推搡到摔跤比赛的人圈儿里去。

曲知青涨红了脸，却也没再推脱。他站定中央，摆好了太极起势的模样，似个冰冷的雕塑。外加样貌俊秀，鼻梁挺拔，实在可成一景儿。

结果可想而知哪！

蒙古人家的小伙子，一个健步冲上来，只把腿一扫，便把曲知青掀翻在地。蒙古摔跤，四肢是否着地论胜负。

壮汉宝音放声大笑，从人群中接过一碗马奶酒"咣当"喝下，敞开胸怀吆喝着："下一个！"

我爷觉得是曲知青过于谦让，便冲进人堆里去帮忙开脱："这是南方来的小知青，家传太极拳法、剑法，那是手上的巧活！来来来，再给他一次机会！"

又指着场地中央的壮汉说："宝音！不许用腿！把腿收一收！"

曲知青刚从地上爬起来，拍拍裤子上的灰，拾起眼镜在衣袖儿上磨蹭。一脸憨笑说："叔，你就饶了我吧！"

我爷不乐意，说："你跟着我家牧羊，练了大半年太极，露露身手嘛！"

第二回合，宝音与曲知青周旋了片刻，一拳打乱了江南人的架势，挑一个空当儿，紧握住他的双肩，只轻轻一抬，再一甩，曲知青整个人就腾了空，又摔了个人仰马翻。

众人捧腹大笑。面对这场身子骨实力悬殊的对决，无论是妇人、小孩儿，或是老者，都乐得岔了气。

我爷嘴里咬着一根蟋蟀草，摇摇头，也是乐得开怀！

他黝黑的颜面上尽是身为蒙古族的自豪感，把曲知青扶起来，拍拍他细软的脊梁说："我们蒙古族的小伙子，那是骑马长大的嘛！打不过正常！正常啊！"

4

我爷说我们家最稀贵的物件儿，就是祖传的两把羊角匕首。其中一把我是知道的，它正在我家客厅中堂悬着，我爹是家中长子，才有幸得到它。

另一把送给了曲知青。

我爷还说，羊角匕首成双成对，本不该擅自使之分离。他却无怨无悔。

羊角匕首哪，乃万千种匕首中至轻、至薄、至巧、至昂贵的一物。

上等古法青铜为刃，自然脱落、无恨无怨的羊角为柄。

这玩意儿最初发源于西域，流传于世代牧羊刀客腰间，传子不传女，传内不传外。

它在手中旋转起来时，似无重量，能带风舞动。刺入肉身时，似无声响，却也如大刀切豆腐般简易、猛烈。

“皮开肉绽、血脂横流”这八个字，在它面前，来得是那样轻而易举，顺理成章。

江南水乡一飘逸男子，他何以能得此物？

这要从曲知青另外一次练剑说起。

那是距今四十年前的冬日，我爷带队往马骡湾子上送货取货。一场酩酊狂醉过后，于第二天破晓里踏上归途。偏偏遇见大雪狂飙，刚行了小半日，远远儿的已不见景色，道路也隐没在雪中，可惜了，骑的马是家里一年多的幼马，不识路途。

马骡湾子上的大队长站在雪中看我爷原路返回，问我爷：“家里狗送去了？”

我爷心里一紧，说：“非要搞什么破防疫所！老子养的狗一辈子没咬过家里人，拉去检查什么狂犬病！”

5

当天曲微茫清早起来，听闻窗框子“呼啦啦”地震。看到窗外暴雪飘飞，草原变成了白色海洋，本打消了练剑的意图。

不过突然想起父亲常常念叨的一句“冬练三九，夏练三伏，此乃术业有专攻”，便仍是换上衣服，拎上长剑，站在雪中。

骨头瞬间冻了个酥麻，眼镜框子上冰片结起，索性摘去！剑与雪一起飞舞，他竟从中习得了一种美感，整个人开朗起来，不再发抖，反而活灵活现，与自然的禅意融为一体。

收剑之时，扭头却见羊圈里的羊群正紧缩成一团，而两头灰色毛发的走兽正无声撕咬着一头母羊的内脏，肠肠肚肚流落一地。

羊声是极低沉微弱的，加之风声过重，屋内人根本无法察觉。羊性，也是胆小温顺的，见同伴在面前被狼口分尸，血肉模糊，却也毫无抵抗之心，无论公母只一齐向角落涌去，集体小碎步跺脚。

曲知青两腿发软！准备寻求支援，声线出口，瞬间被风暴撕碎，眼看着帐篷像个无声的坟冢一般，毫无动静。

草原狼天性凶残，脑瓜又极度聪颖。它们甚至明白：吃得过多将无法跳出羊圈，落入牧民之手，于是只挑那羊的内脏下口，羊心还未停跳，就被牙口撕碎，羊肺更是肥软。吃罢了一只羊的内脏，扭头就咬下一只。

曲知青知道羊的存活对牧民意味着什么。一切耽误不得。他下意识地抽出腰间长剑，剑鞘甩在雪地中划出一条魅影，他十几步狂奔，跳入羊圈，脑中的剑法却早已忘了个精光。他妈的和狼比拼，从哪一个招式起手？

此番勇气，不知由何而起。

这是他平生首次与野生动物对峙，而偏偏初次便遇上这等残暴的物种……

脑中闪过一个念想，儿时跟着爹在水乡弄堂里听过的评书声声荡耳，书中勇武剑客之魂气突然如醍醐灌顶，他又是一声大喝，张开双臂，迎接两匹狼回头时的赤红目光。

羊血热乎，狼嘴冒着热气。

南方剑客善用的长剑，是极不利于与野兽搏斗的，只因剑法之中，无“砍”“劈”这些个便利粗暴又原始实用的进攻方式。

正思考之间，只见，狼不待人，刹那间，毛发狰狞鼻口开裂。而染血猩红的头狼一个跳跃朝曲微茫肩膀的高度扑来，知青咬紧牙根，本能的恐惧让他“啊”了一声，手上却看准位置，迎着狼的力道，主动向后躺下去……

借力而化解。

所谓太极，所谓剑法，实为心法。

狼如同自杀一般！从喉咙处，将自己的身体套进长剑。分秒之内，狼鼻直抵剑柄，鼻孔几乎与曲知青的手腕相贴，狼身已然被剑身贯穿，外在虽不见一处滴血，五脏却俱裂全碎，狼眼瞳孔放至最大，瞬间堕入雪地。死时还保持着狰狞的样貌。

第一匹虽然死亡，可它结实的身体也将剑一起拉脱人手，且难以迅速拔出，第二匹哪里会给人喘息分毫！它迅速跳上男人的身子，双爪生生透过衣襟，嵌入皮肉做个固定，嘴巴找准了喉咙的方向一口咬下……

曲知青感到獠牙蘸着冰雪刺入身体时的冰凉感，他感到了一瞬间的宁静——宁静之中，存有一份羊血的温热，以及对生命逝去的某种绝望感。

他却不急乱，深知走兽无论如何是毫无心法哲思可言的。走兽威猛，却不会衡量每一次发力的利与弊。走兽獠牙尖锐，可人心有着无穷的变数。

索性按照想象去运动！

他就顺着狼的力道，向相同的方向侧翻倒去！猛狼一个踉跄，笨拙地翻了个筋斗，巨大的扑力落了个空，被源自自己的力道掀翻——这是曲知青预料之中的事。

电光火石间，獠牙还未来得及闭合，于是男人喉管并未被撕碎，只出现四个血洞，不一会儿血就浸满了胸膛。

待那狼再次整顿扑来，南方剑客早已拔出它同伴体内的长剑，那宝剑血淋淋的冒着热气，随男人一同，披着风雪立起身来。

他故伎重施，主动向后倒去，于是，野狼再次将剑吞没……

一切发生之时，风雪也愈发浓烈。将人与兽、天与地、剑与獠牙、蛮力与技巧、狂野猛劲与太极思想，以及每个触目惊心的步伐身法，包裹得严实而肃静……羊血、狼血、人血，在此刻混成一团，倾其热量，融化白雪，又迅速冻成绛红的冰片，排列成线。

曲知青双腿发软，身不由己地倒地，头颅重重砸在狼的尸体上。

“嘣”的一声闷响，从狼身里又压出一口血来。

他感到血液流逝的速度愈发加剧，突然感到极度困倦。合眼之前，他望见远处狂奔而来一个女人，那是我的姑姑，拎着一口大锅和一把菜刀，呼喊着曲知青的名字。

6

在草原上，上好的极品狼皮，是不应有刀戟痕迹的。很容易理解，这源于人类对物品的完整性的追求。破洞的瓷器，缺角儿的油画，短腿的皮影，做工再优，也绝不可能摆上台面来。

狼皮也是一个道理。

毫无破洞、损伤、癣瘢的狼皮，比哪怕只烙下半点搏斗印痕的，价格都要翻出不止七八十倍。这缘于草原人对野兽皮革工艺上的苛刻追求和无上向往。

平常，只有遇见自然死亡的狼，这种皮才有可能做得出，且这是唯一的可能。

而狼，是习惯于分食同类尸体的物种。于是，许多草原猎人，穷其一生，都不曾有机会剥过全尸狼，甚至能见上完整狼皮一次，都属幸运开眼。在古代，这种狼皮一旦被发现，也是要进贡京城的。

而曲知青手中那纤细长剑留下的两匹狼的尸体，只破内脏，不损外皮。可想而知，这对此户牧民人家意味着什么。

我爷说，当年他驾马长驱归家时，发现了数十排狼的脚印，从北山口朝牧区开去。身下的马也嗅到了某种令人恐惧的气味，抽十鞭子也不肯加速。

他说，当时他和我父亲心眼儿里万念俱灰。

三个知青，文化人；一个我姑姑，女人。剩下的，就是一整圈活生生的羊。

下马时，却只见羊圈里躺着两匹狼和三只羊的尸体。

遍地血水，如春日里的狂花。

在不远处，还有一把沾血的秀剑。银光闪闪，嗡嗡作响。

他跪在地上，捧起一把雪埋头哭。

我爷说，家里摆着观音，喝酒时都要把观音像转个个儿！估计是修来了福分。一公里外的另一户人家，遭到狼群主体的席卷，整整十三匹狼，连羊带马全部咬死，损失惨重。

这件事许多人都不信，争先恐后来我爷爷家一探究竟。不约而同，都怀疑当年曲知青身上有手枪，只有对着牙口顺着肠子开枪，才能杀狼不留痕迹。

不过剥狼皮的老师傅说："一个弹片都寻不得！手枪个狗屁！你们这些人，整天小妹儿小妹儿叫着！有什么不服的！"

敷药疗伤十数日，好吃好喝供给整个冬天，曲知青的颜面色彩才逐渐恢复。

当他喉咙愈合，首次说话时，他说：“想喝酒……”

酒后他说，他只是给狼的力道找到了一条锋利的出路。

后来，省城里为那次惨重损失做出重大决定——组织人力，大规模清剿内蒙古牧区的野狼。

后果你们是知道的：大草原生态平衡瞬间崩塌，迎接草原人的未来，便是恒久不灭、难以挽回的荒芜、失望与落寞。鼠害猖獗，草甸满目疮痍。后辈人花费大量心血试图治愈这片土地的顽疾，可迎接他们的，唯有讽刺般的大漠尘沙。

以及每一个空荡荡的，没有悠悠狼嗥声的，空洞、苍白的夜晚。干枯的风声，静得让我爷爷抓狂。

曲知青还就此事写过信说：“太极图里，黑白缠扭，追求事件发生时极致的平衡。任何势力，赶尽杀绝肯定是不行的。况且人对草原的敬畏，实际上也激发出某种活力。而且人对外界有所敬畏，才能锤炼本身的谦逊。”

他说他为后辈的教育感到担忧。

7

一九七七年，中华人民共和国恢复了高考制度。

曲知青说了，一生垂怜草原风景，不是他的正途。他说要去考试。

我爷说：“你考啥？”

他说：“我听说国外牧场现代化建设很先进，听说每只羊每头牛都有各自的编号，想去看一看他们是怎么搞的，能不能拿回来在国内搞一搞。”

他离开内蒙古时，面色晒得发黑，数年来的草原长风，赐他一份北方的粗糙与干练。而他也给一户普通的牧羊人家，带去了南方剑客的深邃哲思。

我爷要他留下一张照片，说是留个纪念。照片是他参军时照下的，小政委，面容精致，雄姿英发。

他走的时候，我爷把羊角匕首塞进他的行囊。

还补上一句："价值连城。"

又补一句："和你一样。"

红唇之上，脉搏之间

脱下红裙的那一天

他面前站立的，是一位红裙先知，如同向世人展现神迹的耶稣，他甚至生出朝拜与下跪的冲动。

1

滨海区被外地人占满了。长假，客房是很难订到的。张志青乘电梯，通向长亭酒店最后一间客房。他坐在行李上跟妻子通电话，喊叫了几句，停一会儿，就挂了。结婚十来年，真理紧握手中——让女人说最后一句，永远不会错。

淋浴后，领带卸了，换上宝蓝色领结。“你就算用脸走路，也没这么慢吧！”他将外卖员咒骂一顿。三明治、猪手、威士忌酒心蛋糕，好吃。洗手、抹发蜡、剔牙、往浴缸里吐痰，他没有闲心泡浴缸。之后走出酒店的大厅，直面长亭大街。

“牛逼，够土。”半分钟后，张志青念叨着离开蓝月亮酒吧。

对一条四十六岁的生命来说，差旅时光比童年珍贵些。距返程回家还有一昼夜，他需要短裙、乳沟和假睫毛。不需要影视原声、台球和陈年酒。

长亭大街上的酒吧和西番路上的不一样。西番才是年轻人的地盘，老板年轻，韩语rap年轻。鸡尾酒蹂躏信用卡，低音炮轰炸肾上腺。短裙、乳沟、假睫毛，都年轻。长亭大街曾经也是年轻人的地盘，不过现在，那群滑旱冰、跳迪斯科的人老了，弄得酒吧也颓靡，一副随时倒闭的鬼模样。

他们闷头喝着烈酒。

盯着一张海明威画像，手上烟不断的，能看半个钟头。秃顶的酒保倒酒，找了钱，就看报纸。三十八岁、四十岁、四十八岁的他们，月薪比恒星稳定，胸脯却坍塌了。人生观日渐凝固，经不起抖动。舞池里空无一人。

张志青在蓝月亮门外伸手拦下出租车，问司机："师傅，这附近哪儿有好一点儿的……场子？"

"保健啊？"司机露出默契的窃喜，"来！上车吧，你可算是找对——"

"不是——就是酒吧！"他把他打断。

对方立马不耐烦了，扳过方向盘，一脚油门离去。

"西番路"仨字从侧窗漏出来，冷淡极了。

这时候是黄昏，顺着长亭大街阑珊的树影，一个年轻女人朝张志青跑了过来。她一出现，他就紧张起来。某一颗瘙痒的四十六岁的心，被一阵甘露浇灌着冷静了七分。

这个女人身形纤长，粗略估计上，有一米七五。她步伐仓促，脚踝上的筋络因奔跑而跳跃。

像三角钢琴内部抖动的击弦排锥。

就是她，像化脱成人的幼嫩榕树，仿佛蓝月亮酒吧是她的氧气天堂，晚一点进来就要灭亡。一身红色连衣短裙之下，是黑亮的、尖锐的高跟鞋，似乎可以刺穿一切哀伤。

张志青怔在那儿感叹。上一次，他发出这样的感叹，还是在姑母家的阳台，在一朵初初盛开的海棠面前。她越来越近，直到他胸口前停下，竟然主动搭讪。她说要和张志青去蓝月亮酒吧里面说话。

“进去说话。”

张志青回头扫视一圈，发现背后空无一人。

“看什么？进去说话吧！”

天降的大礼让人理智崩散。张志青后悔今晨没有刮去胡茬，后悔买了劣质的发蜡，最为后悔的是：行李中没带多余的内裤。身上这一条穿了三天，估计都有污渍和臊味了。

“这个，这位小姐……”

他伸出手去，女人和他握手，又迅速抽离了。

“呃……这酒吧我已经进去看过了，里面毫无氛围，全是中年人，戴假发套的老女人，科幻电影的原声音乐……”

“中年人？意思你是四十六岁的幼年人？”

“你怎么知道我多大？你等一会儿……”

“刻不容缓。”

红裙子伸手拉开玻璃木门，掀开胶皮帘子，消失其后。

张志青掏出手机，按灭了屏幕充当镜面。他舔舔食指，紧接着，抹平了鼻头上那一点皮渣。黑屏之上，五官迎着时间的刃流，已不再挺拔了。

跟进去，坐下来，两杯气泡酒被服务生慢悠悠地端来。红裙子皱起眉毛，将自己那杯一饮而尽。直接用手腕抹嘴，之后闭着眼睛轻微地打嗝儿。

之后就安静下来，不知道在等什么，在酝酿什么。

她的手指，开始按顺序在桌面上起伏。像恒河的波浪。

艺术品似的花哨的指甲，击出“嗒嗒嗒”的脆响。这力道缓缓增加着，慢慢地，向马蹄的声音靠拢。是一匹母马驹儿，奔跑在撒哈拉边缘的戈壁上。跑累了，停下来喝水，她的手收回去，托着下颌望他。那对眼睛里的光亮，就是戈壁滩涂上两堆璀璨的碎珠子。

她终于再次开口了。在张志青四十六岁这一年，一个陌生的女子，拎着钳子、改锥，试图在他世界观的根基上做文章。

“这个世界，是不真实的，张志青。”

2

张志青向后靠过去，交叉手肘，立马就笑了。

“什么东西？你还知道我的名字？”

“张志青，你目前所处的这个世界，不是真实的存在。我来救援你——

“我先把我的说完，你再问你的问题。反正你在外地出差，应该有大把空余时间，足够我们交流了。”

他拧着眉毛低下头去，个人信息的泄露，让人恼羞。

“在二十一岁那一年，你因犯下抢劫罪，被判处二十二年有期徒刑。我的教授，是谭亚星云所属的科技机构EVER的一员，他基于量子计算机的神经模拟系统研发完毕。当时只缺少生物样本，于是就与官方勾结，大肆贿赂。秘密地，从卡斯蒂亚监狱里提取罪犯，殴打，麻醉，放在恒温箱中，在肠胃处插导管，投入药物与营养液，切开头骨，插入电极，保证存活与休克的状态——

“至今为止，你本该刑满释放三年零七个月，可教授们仍然没有将你这个样本关闭的意思。你的家人，曾经寻找过你，也举报过监狱。两年前，他们得到的答案是你‘病死狱中’。你的母亲自杀了，父亲健在，是一名矿工。你还有两个亲妹妹，一个是空间运维官，另一个在零售店工作。”

张志青抬头，望向面前神情焦急、脸颊炙热的女人。

“你说什么呢？你有病吧？你怎么知道我在出差？你他妈，脑子有问题！”张志青想起自己的二十一岁，修双学位，当学生会干部，还是保研预科班成员。

“我来这里，很不容易。我为此付出了巨大的代价。所以现在，我请你冷静。”

“我冷静？ OK，”张志青站起来，“这他妈可是我生命中最冷静的一刻了。”他朝桌子上啐下一口痰，用眼光凌迟她的视线，“你是不是跟踪我？再让我看见你，我就报警。”

他大步朝蓝月亮酒吧大门走去。走至门前，音乐忽然切换，由《星际穿越》里的《原野追逐》变作《闻香识女人》里的《一步之遥》，曲风差异剧烈，显得滑稽。

张志青被这音乐跨度惊呆了，舔一圈唇，摇头苦笑，被自己的愤怒和紧张给逗乐了。

窗外光影和煦，厦门的海风让人上瘾。这是多么美丽的时刻。陪这神叨叨的bitch玩一会儿，也未尝不可！

他再次坐在红裙子面前的时候，伸手掏兜儿，翻出一根烟。心里尴尬，火焰与手，都颤抖。他点上，猛吸一口。污浊烟气喷向她细嫩的面庞。

“有屁放干净吧。”

红裙子有怒，但忍着，掏出餐纸，擦去刚才那一口痰。

她顺手举起一只杯子。

“张志青，你能看到这个杯子，是因为你拥有双眼。视觉锥细胞把视觉信号传递给大脑相应的感应区，大脑在你的意识中构建出相应的图像体验，然后——"

"你他妈的，我真是服了。"张志青脏话连篇，学着红裙子的模样，也把自己的酒一饮而尽。只不过，她的是苏打气泡酒，而自己这一杯是威士忌，这呛得他剧烈咳嗽。"你在开玩笑吧，向我普及生物知识？"

"在目前的虚拟世界，你是生物科技方面的专家，也是终身教授。我无意挑衅，只想从头说起——生成视觉的感官体验，还有另一种方式：就是由量子计算机控制，模拟出人类的视觉信号——这些生物电信号，越过眼球，通过超微电极，直接刺激大脑里对应的区域。你同样可以看见这杯子，看见我，看见世上的一切。"

她白嫩得不像话的手指捏着高脚杯，反复摇晃。

"张志青，以人类的大脑智慧，你有没有办法分辨这杯子的形象究竟是来自视锥细胞，还是来自量子机？"

"哇——哦！"张志青学着红裙子的声音，夸张地应付着。

"嗯。你的反应还不错。上一个接受营救的人，她的第一反应是'fu——ck'。"

张志青的脸毫无征兆地冷却下去，他点燃火机，炙烤着眼前的高脚杯。玻璃渐渐蒙上一层黑渍，他伸手去碰，烫得收回来。

"你的意思是，这个杯子，是他妈的一个3D全息影像电信号？

"你们家的电信号，还能被烧焦？"他说着，把杯子举在高处，又松开双指。玻璃碎裂一地。酒保投来目光时，张志青将一张百元钞票放在桌角。

“你们牛逼哄哄的真实世界发来的牛逼哄哄电信号还能被摔碎，嗯？”

红裙子数次点头，她不假思索：“按压火机时的指尖触觉，你无法确定它来自皮肤，还是来自量子机的模拟。感受温度，拿捏杯子，火焰燎痕，碎玻璃碴子。

“你的一切感官，本质上，都是大脑内奔流不息的生物电信号，它们不需要真实发生，它们都可以被模拟。当你做出一些操作时，量子计算机也会做相应的计算，让你体会到你应该体会到的那一切。”

张志青咬起下嘴唇，抖着腿，眼神呆滞。

他一时无言，感觉脊背上升起一轮冰蓝色的太阳，凉飕飕的。

红裙子开始念叨起一连串的词汇：“听觉、触觉、视觉、味觉；痛、痒、冷、热；悲伤、快乐。

“你的时代里，大型网络游戏已经被研发出来，你玩过吗？受你鼠标操控的小人物，他们永远不会扭头望向屏幕外的你，只会永远迷失，分不清真实与虚拟的界限。

“EVER的量子机，就好像一款设计严谨、数据量惊人的游戏。”

张志青听不下去，起身走向蓝月亮酒吧的落地窗。伸手摸去，那是夏日亲自炙烤出的玻璃，温热、坚固、透明，带着硅酸盐的光辉。

红裙子也走过来，她愈靠近，他愈生气。

“那么，按照你的说法，我他妈的就是一颗被泡在营养液里，插着无数根电线的大脑？”

红裙子转头望向他，眼神里倒映着酒吧招牌上的霓虹，其中的悲悯与喜悦，互相纠缠。

“你的理解很深刻了。不过，如果你只是一颗人脑样品，我何必救援你？你是真实存在的人。亲人还以为你死了，你父亲久久不肯相信，每一年，他都在向星际法院上诉。虽然你曾经犯罪入狱，但服刑期已满，你应该拥有自由。彻底的自由！

“当然了，即使服刑期未满，你也不该在不知情的情况下，被殴打，被麻醉，被剥夺意识，注入虚假的信号！”

她捏紧了拳头，显得愤慨。浓咖啡色的头发染着太阳的余晖，这一幕让张志青想起光、热、宇宙、彗星与太阳风。

他脑子里嗡嗡作响，双手捂着太阳穴不知是痛还是麻。在这一时刻，《一步之遥》播放完毕，音响里又开始《原野追逐》了。“你们这破酒吧一共就两首歌？”他咒骂着，引来无数鄙夷眼光。他走回座位，将新倒满的威士忌再次喝光，浑身的细胞都在尖叫。

他伸手，张牙舞爪，试图把眼前的空气掰开，看看外面的世界是什么模样。可这空气绵软无垠，从何处下手成了天大的难题。

扶着椅子站了一会儿，张志青回归窗前。红裙子正充满怜惜地看着他。

“那你他妈直接去那个什么东西……那是什么来着，恒温箱？

“你直接去恒温箱把我脑子上的电线拔了啊！我不是就回归真实世界了吗？你在这儿跟我废话连篇，难道我面前的你不是虚拟的？我自己就是个虚拟的？哪有这垃圾道理？”他伸着胳膊，指向远处，“那你说！那个酒保！他是不是虚拟的？”

“不可以直接拔除。你这个想法，是在侮辱我们的营救行动。

“在意识没有回收之前，拔去你的电极，真实的你将终身瘫痪，比植物人还要可悲。植物人，至少有主观意识。而你，将变成一具靠营养液存在的活尸体。”

红裙子在张志青面前踱步，她显得紧张，仿佛时间的金线环绕在脖颈上，渐渐收紧着。这让她加快了语速。

3

“是的，我也是虚拟的！哈勃望远镜传回地球的信号，是伪造的。你们所研制的一切探测器，观测到的宇宙信号，都是事先准备好的。就连引力与光速，都是程序后台的设定。那个酒保，当然也是虚拟的。

“目前，在EVER组织内部，正掀起一场人道主义的革命，只为拯救三亿无辜的受害者。我是人革党的一员，负责前线任务，一些医师与编程人员也加入进来，他们切开我的头骨，插入电极，为我制作人物模型。为了避免引起你的反感，他们特意把我的脸型与身材，制作成你们时代里一名叫作‘林青霞’的女演员的样子。而作为教授的研究生，我有指纹权限，进入量子机的运算域。”

“三亿？真实世界的罪犯有他妈的三亿？”张志青念叨着，手上打开手机，在搜索栏输入“林青霞”三个字，点入图片栏目。在海量的图像里，他随意点开一张，向右滑动着，抬头与面前的红裙子做对比。他愈看愈难受，向后退了数步，神智昏聩，汗流浃背。“是三亿，还是三十一？”

“是三亿。三亿两千万个实验样本，专用星球作为实验场所，上面的人，全部是刑事犯、政治犯，以及大量的残疾人。在真实世界里，人类文明早已蔓延扩散，覆盖宇宙空间的面积已无法估量，人口早已无法统计。”

“地球上有七十亿人。三亿多人，怎么模拟七十亿人？”他显得疲惫。

“人脑是效率极其低下的生物运算器，它进化过度，拥有强大的潜意识，但一个常人一生中对人脑的开发只有1%都不到。理论上讲，一枚人脑，可以同时模拟九十余人的人格与意识，并保证智力相当。EVER组织限定的额度是1∶30。这是出于对实验稳定性的考量。

“某种意义上来说，在真实世界，被麻醉的每个个体，目前都处于人格分裂的状态下。”

“实验，实验，实验。你们这个实验到底是干什么的？”

“EVER是社会学组织，主持实验的，当然都是社会学人士。这个实验的目的，是模拟人类的命运。

“它依靠量子机与纯天然人脑来运作。前者提供动态感官，后者提供自我意识。模拟人，模拟世界，模拟社会，探寻最好的社会发展模式。纯社会主义模式，纯资本主义模式，纯帝国主义模式，它们已被平行测定了几千万次，早已宣告完结。三种模式的结果，文明灭绝率均高达89%。目前你所在的这个样本，是社会主义、资本主义、帝国主义共同存在的，互相演变、互相制约的模式。实验结果未知，就目前数据来看，在地球这个极小的环境下，它的文明存活率已达到50%以上，接近55%。可喜可贺，但手段残忍。

“我从不否定它崇高的目的，我加入人革党，只因为憎恨它滥用罪犯身体的卑劣手段。

“张志青，你所在的所谓地球，是编号RTC 2378654，是第

20190207次实验。”

张志青眼前，站立着的这位红裙女人，与年轻时的林青霞如出一辙。他伸手揉捏她的脸颊，红裙子下意识地表现出恶心，却没有反抗的意思。只盯着手腕上的石英表，仿佛在忍受着虚拟信号的性侵犯。

下一刻，她忽然拉起张志青的手，向蓝月亮酒吧深处逃开。张志青在她的身后奔跑，闻到一股香气，似是鲜奶与橘皮混合的迷幻味道。他瞌睡极了，可能是喝醉了，总之，他从未如此迫切地想睡觉，想做梦，想加速度过这嗑了迷幻药般可怕的一天。

“你跑什么啊？！”

红裙子在卫生间前面的油画前停下来，背靠着莫奈巨幅的《莲花》，伸手指向刚才的落地窗。

只见，一辆皮卡小货车，车轮碾上人行道，数次摇晃后，撞碎蓝月亮酒吧的落地窗玻璃，压碎他们曾坐过的桌椅，被一堵墙逼停。《原野追逐》正播放至高潮，客人们尖叫着逃离，酒杯碎裂，地灯弯折，画板落地。发动机冒出浓烈的黑烟，驾驶座上的酒鬼流出两行鼻血，昏倒在座椅上。

这是蓝月亮酒吧二十来年里最年轻的一刻。

“别害怕。每个社会模型里，都设定有交通意外事件的发生率，在后台运算的模拟下，这辆车与蓝月亮酒吧发生冲突的概率，是恐怖的79%。

“人革党的同事中，不乏最最杰出的程序工程师，他们的预算果然没有失误。”

4

张志青知道，他面前站立的，是一位红裙先知。如同向世人展现神迹的耶稣，他甚至生出朝拜与下跪的冲动。他走到墙边，身体顺着壁纸滑下去，瘫坐在那里。

“真实世界里，我有孩子吗？”

“你……你怎么知道？”

他开始抽泣。想起自己至今不育的命运。

“我做梦的时候，时常梦见一个婴儿出生的画面……医院很简陋，接产人戴着口罩，但看得出来，她也开心。它浑身是血。我冲过去抱它，可脚上走不动，就像铅挂在腿上。一步之遥。我与它只有一步之遥……我哭，没人听见，我叫，没人听得见。我只能站在那里。”

《原野追逐》播放完毕，《一步之遥》紧接着响起。先是小提琴，轻快地拉奏。后来，引入钢琴的重音，口风琴合奏，勾起无限的悲哀与悱恻。

“是的，梦境是量子计算机不可控的领域。梦的冲动，梦的过程，无法被限制，更别提封锁。恐怕这也是你与真实世界连接的唯一方法。你二十岁时结婚，曾有过一个女儿。不过，二十一岁你入狱时，你的爱人失踪了。留下的女儿，由你父母收养。她曾是你母亲的唯一念想，不过她先天有血液病，最终夭折了。这是你母亲自杀的直接原因。”

坐在地上的张志青头发散乱，胡茬密布，眼泪接近枯竭。他哭累了，眼睛红肿。手机忽然响起，是妻子的短信：“你是不是狗改不了吃屎？我让你把臭袜子扔在洗衣机里，你塞在床缝里是什么意思？怪不得房间里整天一股怪味，多大人了，恶心不？邋遢！”

他迅速地按着屏幕，生气极了，仿佛要一口吃掉那手机：“滚！房子老子买的，床也是老子买的，老子爱塞在哪儿，就塞在哪儿！你每天挑我毛病！去死吧！死狗娘们儿！”

发这条短信，好像用去了毕生的力气。发送成功的消息传来，他的坐姿更加瘫软了，好像一生的委屈都从身体里抽离。干枯龟裂的嘴皮里，幽幽地冒出一句，“请带我回去”……

酒吧里一阵死寂，人群汇聚在门口，向内观望。迎接他们的，是这样一幅场景：酒吧外部，一地狼狈。酒吧深处，一位身着红裙、年轻漂亮的女人，蹲下身去，缓缓拍打着一个男人的脊梁。他浑身邋遢，沾满灰尘，醉酒，脖颈泛红，仿佛受到了方才车祸的严重惊吓。

“等一下！”未等红裙子说话，张志青用力爬起来，踉跄地抓住她的红裙子，站起来，仿佛抓住了真理的水草，极为不易地觅见了一线生机。“你刚才说……你刚才说什么来着？你们这个是模拟人类终极命运的实验，纯社会主义下，灭绝率89%，那另外11%呢？没有灭绝，永久发展下去？那什么时候是个头？正无穷？实验结束，就意味着文明灭绝。那哪儿来的11%？！”

“你很聪明。”红裙子淡笑片刻，又回归严肃。

“量子计算机几乎可以模拟人类世界的一切，但是，它有终极的枷锁。它没有办法模拟它自己。

“在试图模拟自己的时候，它的内部将陷入无限循环，运算量呈指数增长，以至于全面损毁、崩溃。这是EVER的科研瓶颈。所以，在地球文明成功发明出量子计算机以前，实验都可以照常进行。一旦你们关于量子运算的理论成熟，在第一台量子计算机投入生产的前一秒，实验将被迫终止。你们的世界将被认定为文明存活样本，归拢于11%的那部分。你明白我说的吗？”

“也就是说，在这个世界，人类只有发明出量子计算机，才能发现这个世界是虚假的？才能发现我们都是插满电极的活人？”

“没错，不过，你们无法真正制造出它的，制造它，等于制造世界末日。届时，这个世界终结，新的世界诞生，你们的意识与智慧将被回收，以便循环利用，变成旧世界的新生儿，或是新世界的拿破仑。如果没有人革党的建立，你们将永远迷失在这虚拟的、永恒的疆域…… 直至本体衰老，被丢弃，被火化。

“而且，真实世界与虚拟世界的时间比值是1:73049820，平均每十五分钟，他们就能结束一次实验，得到一组数据。而你们的思维，则经历了无数次一生一世、生老病死。

“这也是你经常觉得某件事曾经发生过的原因。它很可能是前世的记忆。量子机运算的误差，会导致一系列疑惑。比如你有没有觉得某件物品明明放在那里，第二天却找不见了？”

张志青彻底放弃了挣扎。这次挣扎只让他觉得陷得更深，脚下的大地在陷裂，真理的高塔破损爆碎，一同卷进深邃无底的旋涡。一种永久迷失的痛觉撕裂着他的心扉。他说话的方式，变成了气息微弱的喃喃自语。

“带我出去吧，现在请带我出去吧。”

5

她捧起他潮湿的脸颊，如同两个虚拟信号互相碰撞。他盯着她的眼睛看，没有美瞳片的阻隔，那眸子里有春水满满。

她又何尝不能体会到，放弃当前人生的苦痛。

“你必须做出一些极端事件，影响到这个虚拟社会的发展，破坏EVER实验的进程。你将被识别为意外分子，被认定为垃圾模型。那个时候，才有可能被系统清除出这个体系。你的意识将暂时回归真实的脑海，在那里，有人革党的专人等候你。一旦意识恢复，将被立即解救。他们都是最专业的医生，即使你已经被人工饲养了二十五年，也休克了二十五年。但他们有能力让你苏醒过来。这一点请你放心。”

张志青在原地踌躇了一会儿，突然拉住红裙子的手，拦下一辆的士。

十分钟后，车在张志青之前开会的研究所前停下来。

作为特聘专家，他以最高级别的身份，进入国家级实验室，将试验台掀翻，无数培养皿碎裂一地。“去你妈的！我早就受够了这些瓶瓶罐罐！”

全部都是新型杂交水稻，几近研发成功。它的研发，本将大力改善国家粮食生产效率，解放成千上万的劳动力，促进经济的发展与跨越。如今，在一地污水中，二十七株价值不可估量的初代幼苗毁于一旦。三百人团队历时五年的研究成果化为尘霾。

在出租车上，红裙子已向他确认过，这个事件的发生，危险系数是8.7，足以超过设定阈值，使张志青的意识被系统删除，送回本体。

他拉开实验室的窗户，红裙子正在楼下望着他。她的微笑温柔如水，像来自宇宙深处的慰问。

一切终将结束。张志青也许诺，重获自由后，立即加入人革党，为摧毁这卑鄙实验，奉献余生的全部经验与力量。

威士忌仍然叫嚣在脑海。他索性又走进研究所仓库，煤油与火柴亲吻，烧毁了一切数据。他砸电脑硬盘，将生物科研系统里所有的数据库格式化。他发狂地奔跑，大笑，像一个追风筝的孩子。

完成这一切后，他冲向大街，站在人群中，张开双臂，抬头仰望。

等候着苍穹的崩塌、大地的陷裂。

下一秒，他就要从梦中醒来。

果然，自从坐上警车后座开始，张志青便觉得自己头皮发麻。窗外的风景愈发模糊，树影被拆解成绿色的线段，月亮在分解，变成灿烂的金色沙砾，从天上坠落。白云变作泡沫，“哗啦啦”地流窜下来，与大海串接一通。伸出手去，自己的手掌也腐烂着，刚才打翻器皿时留下的伤口里，喷出像素似的红线条。

活在梦中的可怜警察告诉张志青：“一个小时前的火灾，烧死了两名清洁工，三名研究生。目前至少有二十人受伤。死刑是最轻的刑罚。”

他无声地笑起来，闭上眼睛。以自己为中心，一颗黑洞悄然生成，拉碎了周遭的一切。空气四散逃离，警帽扭曲变形，警徽分崩碎裂，车窗弯折破损。意识正在收拢，世界终将闭合。

忽然，手机在裤兜里震起来。

是两条紧挨着的短信。

6

脱下红裙的那一天，杜莼开心极了。

她回到蓝月亮酒吧，卸妆，扑了润肤水，换上T恤与牛仔裤，清清爽爽，如若当年的少女。她与皮卡车里走下来的男朋友深情相拥，心疼地问他有没有受伤。又把一摞厚厚的纸币塞给蓝月亮酒吧的法国老板，拥抱，行贴面礼。最后，喝了半杯清水，在吧台上按起手机来。

“张志青，还记得你十一年前，因为控制着论文答辩，而把你的猪蹄伸进一位女学生的内衣中吗？还记得你用沾了乙醚的毛巾捂住她的鼻子吗？记起来了吗？你曾说她长得挺像林青霞，她有一些可爱，也很善良，她只想安稳地毕业。最最重要的是，当年她是个处女呢。”

“现在她是个科幻作家。你要不要把她的科幻故事，讲给警察听一遍呢？他们会不会相信你呢？那就要看你讲故事的水平啦。”

警车上，两条消息阅读完毕，立即被对方撤回。了无痕迹。

年轻警官转过头来，说：“来，你把手机给我拿过来。”

“你眼睛瞪那么大干什么？我让你给我拿过来！”

兰子河边

人类把值得欣赏的、又不能完全理解的事物，称为艺术。于我来讲，她就算一件。

1

青海姑娘今天二十八岁，这日子是她自个儿定下的。

早晨，她把自己闷在浴室里，半个钟头毫无动静。只是中途曾要我送纸与笔进去。

我隔着毛玻璃问：“怎么着？洗澡洗出灵感来了？”她不予回应。

后来她裹一条浴巾，光脚踩湿木地板，埋怨厦门上空忸怩做作的乌云，张口闭口净是“个囊棒子啊”——青海方言，骂人话，听来甘爽。她说想念“痴痴的狂劲儿”、“红俏的脸蛋子”、雷厉风行毫无保留的大暴雨、高原的气压，以及“兰子河边热腾腾的吃食”。

那一刻我瞠目结舌，真的，当“兰子河”仨字从她唇齿间溜出来的时候，我如在梦中，狠狠掐自己的大腿——她从不让我提及“兰子河”…… 兰子河，像是她命根上的倒刺、灵魂上的癌巢。

我当然诧异了，小心地问及原因。她答：“刚才在卫生间，我心里有一点东西碎掉了。”

“啊？什么玩意儿碎掉了？……你在里面弄什么呢弄了半天？”

她又不说话，往我手里塞一张纸，颜面上晕开红潮，小鹿似的逃开了。

今天她整个人都变得更轻巧了，最近刚学会视频留言，动不动就对我挤眉弄眼。拥堵的环岛三路上，我把手机放在方向盘右侧，看到屏幕里：她穿一件淡灰色羊毛衫坐在阳台，锁骨分明，显得清朗整洁，像一棵沐雨后的花树，不知在傻笑什么……

2

一九九七年，寡素白粥般的一天。

我十五岁，一个人走在杨家湾兰子河边儿的荒草大道上。当天我气急败坏，心眼儿里炸开了一锅污浊的热浆，随时都要犯罪。我走路握着拳头，定是要踩着农户家的油菜花走，落脚的时候，要把那花身踩得碎烂才罢休。

是的，那一刻我有关于乐观的天分全部崩碎。

早晨，我在语文课上积极回答问题，记得太清楚了，年轻女教师说：“同学们，描写爱情的唐诗数不胜数，其中，寓情于景的又是不少，谁来举个例子？”班里一阵安静，大概是一时思维堵塞。

而我顿感得意，随即起立背出一首：“停车坐爱枫林晚！霜叶红于二月花！”

我不知班里几个男同学为何突然窃笑？！更不知女老师为何突然面色尴尬？！只见她怔了良久，竟然对着纯真的我挥手大斥道：“你这孩子心术不正！你给我坐下！”

好。我坐下。

中午，我在兰子河边上的炼钢厂大门口打篮球撒气。一旁钓鱼的中年壮汉拎着鱼竿就走过来，一脚把我的篮球踹飞，一口浓痰吐在我脚边上，再一巴掌挥平了我的毛寸，大吼：“你他妈大中午打篮球，‘咚咚咚咚咚’闹球的响！把老子鱼都吓跑了！怎么钓？滚！”

我招谁惹谁了？我盯着他看，随即接到一口腥热浊臭的烟气，和一句：“怎么着，小崽子，不服？动老子一下试试来，来，试试！”

篮球扎在了一坨烂泥里，旁边是一泡牛屎。牛吃素，屎不脏，深绿色的可爱颜色，但毕竟是屎。

我感受到了来自所有外界事物的恶意，包括太阳，它在我头顶作孽，肛门对着我放毒气。好端端一个金秋十月，它却在那里犯神经病，烫得我满身奇痒。

也包括兰子河。平常里，它似个娇羞姑娘，大气不出一个，可那一天，它变了态——风携狂浪，“哗啦啦”的噪音，是在嘲笑我的这番境地。

当时我只想找个能打得过的人打一架，哪怕吵一架也好。

刚刚好，一个女的出现了，远远的，蓝裙子、一顶麻布帽。

她一出现我就知道：这是上天派来专门让我欺负，供我发泄情绪的。只听她喊着：“小孩儿！帮我个忙好吗！”

凭什么喊我小孩儿？我在学校里见过她，她常在西樵农场一带玩耍，坐在混子们的摩托后面乱喊，今年上高二，一看就是个不学无术不发愁的女人，只能进个体训队。她整天在操场上没命地跑，穿条紧身的运动裤，大腿肌肉晒得像非洲妹。

大我两岁而已，凭什么叫我小孩儿？你是长辈吗？狗屁玩意儿！

我根本不在乎性别，我是一定要跟她干一仗的，这一架打定了。我想好了我的开场白，很简单，就按我的想法说："你他妈装什么装？啊？你他妈凭什么叫老子小孩儿？"

她走得也太慢了！背后背着吉他盒，手上提个实木箱子，手肘里还蜷着一只蠢猫。

我可等不及，我主动出击，拖着步子朝她走过去。这段路上有几根木棒子，可出于公平的考量我没有捡这个武器。

近半米处我站定，她比我高一头，她的人影罩住了全部的我。她的脚腕上系三根细软的红线。

当我抬头的时候。

嗯。一九九七年十月。兰子河边，当我抬头的时候，我看见她的眼睛。

当时我并不了解啥是肾上腺素。唯一的感受是：我炸了。

3

此刻是晚上十点十分，厦门仍然阴着不雨。我结束了一个晚间例会，而她就要睡醒了。

我在她边上盘腿坐着——她的作息时间像一团蒸过劲的松饼，不是摊成一坨烂泥就是缩成一个紧凑的核。

你可以看到：几厘米高的床垫上，这女人像雌鹿一样蜷缩着。身上一片儿布也不着，脚边是一指长的铅笔头，几张五线谱手稿胡乱散落。她的头发好似一条深邃的河流，周身散发着像早餐麦片一样的气味，甜腻，柔软，闻一口想第二口，凭空里能吸出瘾来。

十点二十，她的呼吸开始走向急促——哺乳类动物结束睡眠之前会有血流加速的过程，你可以看到她的脸颊一点一点地熟透，眼皮下面滚动着奇异的水波。

熟到绯红的一刻，她便突然坐起来，穿上衣服对我说一句：“交钱，速度。”

我说：“我又怎么了啊？”

“偷看我睡觉。”

她的存钱罐因此存得满当。

我爹常含一口戒烟糖，跷着二郎腿敲我脑壳，讲一句：“个囊棒子！你俩谈了七八年，不办婚事是在等什么东西？”

我说：“她这个孩子啊……离结婚还早。”

我爹哑口：“她比你大两岁，何况，你俩都奔三的人了！孩子个屁！能不能给老子搞出个实质性的孩子出来，啊？”

你很难想象她是一个二十八岁的女人。

她没有自己的社交圈，没有购物、珠宝，以及美食的欲望。她最擅长的一件事就是：在煎锅里做出一片鸡蛋，撒盐，添些辣酱——就地吃完、擦锅、走人。

吃饭对她来讲只是一种硬性的、乏味的、不得已而为之的“进食”过程。她的舌头大概是星球上最慈悲的一片儿肉，对食材、火候、色相没有一丁点儿要求。

美丽的品牌的瓷碗和碟子，勺子叉子？！天哪！那简直是空泛的杂余。

睡醒后，她蹦跶着走了两步，把音响开到最大，*Imagine*里列依用鼻腔共鸣起来。她调侃猫咪，对镜梳妆，盯着浴室的镜子，和自己四目相对许久许久。

我拧开了煤气灶，蓝色火苗将晚餐热透。

饭汤受热，滚起泡泡不久，她的鼻腔里传入了某种特殊味道。那有关于雪山、烤炉、羊肉砧板，以及苦味的冻土。

只听她远远地尖叫着："天哪！天哪！你真的做了啊？"然后大步跑过来——这就是所谓"兰子河边热腾腾的吃食"。

我指着落了尘的餐桌，异常诚恳地说："今天能把饭盛出来，在饭厅好好吃个晚餐吗？"

于是她搬一个凳子，径直小跑过去坐在炉台之前，掀开锅盖直接吃起来。

我靠在厨房门边，对着她的背影缓缓摇头——这已经是我的习惯性动作。我是无法发怒的，这怒气曾经如山崩般爆发过无数次，每一次都试图用我暴力的言辞改善她的生活习惯，不过每一次都重重砸进她无底的绵软和温柔里，化成一个小泡泡，"啵"的一声破掉了。

"天哪！如果爱一个人能把他爱死，你早都死了几万次了！"

她先尝了一口汤，对我大吼大叫着，像一只平生第一次见到青菜叶子的蠢兔子。

那是一碗肉类的、杂烩类的东西。

南方人看见都会退避三舍，却正正悬在这北方女子的心尖儿上，"羊杂碎"三个字，魂牵梦绕。

只见瓷锅冒着热气，里面肠肚肝肺，汤汤水水，绿的香菜辣椒，红彤彤的汤底，复杂极了。香味闻得出来，说不上来，白色的，似豆腐又不是豆腐的长条子在她嘴里"哧溜哧溜"吸进去，嚼得快活，吃得香，唇上一圈辣油。

她非要喂我吃，还学着口腔医生的手法，说："啊——"

我就"啊"……

她端起锅来喝汤，我摸了摸锅把子，那里奇烫无比！便连忙阻止这种恐怖的行为。

"你干什么？！不烫啊？！倒在碗里喝不行吗？"

"兄弟，可以忍受的痛都不叫痛。"

你瞧，她就是这样一个人。活在某一种特殊的逻辑里，活在她自己营造的无邪氛围里，像一个孩子。

饭后，她对着水龙头喝了许多的水——我没办法，管不了的，只好背着吉他出门去。

她的"驻唱"更像是一场无限巡回的演唱会。

因为常和老板吵架，吵得过的就留久一点，吵不过的就跳槽。厦门滨海，大大小小的酒吧老板都认识她，问起来都笑得开怀，说一句："哎呀呀哈哈！阿柠哪……惹不起呀！"

她唱摇滚，音色恍惚里带着黑骑士的味道，电吉他上却贴满了小熊维尼。她走到哪儿哪儿就人满为患。头发那样甩来甩去，长得很快。自己剪也自己染。

她的背影啊，让你感到极度的恐慌。因为你不知道这个不回头的轮廓是不是还会回来。即使你们已经恋爱八年，你还是不确定这是不是最后一次见她。

她的背影，总是让我想起那同样狂放和纯粹的兰子河。

4

一九九七年，我曾这样问她："姐，我能帮你什么咧？"

她拿出小灵通来。

"你帮我拨一个电话。"

“好的，没问题。”我说，“打给谁？”

她放下猫咪，那小家伙哟！觉得地面不干净，就踩着她的鞋子，蜷缩在她两腿间。

是一部按键臃肿的华龙牌小灵通，直接塞进我手里，不大的屏幕上被三个数字占得满堂：110。

“就说你看到有一个女生下去游泳了，然后听到她喊救命。”

她一边说着，一边把猫踢开，蹲下去拧开木箱的锁。从中掏出一套衣服，整齐叠放在兰子河边的泥巴上，又把一张学生证塞进上衣的口袋。

我一头雾水：“你要做什么？”

她蹲下来打量狂奔的河水，洗手又擦干，皱皱眉，折下蟋蟀草捻在手里转圈圈，就那样蹲在我的影子里。

再起身时，她掏出一张蓝色纸币，也不问我是否成交，直接塞进我右边裤兜里。

蓝晃晃的一百块。

一九九七年，一百块。

“现在打吧，打完了电话，这个小灵通你就拿着用。里面有我的号码，事情有变故及时打给我。”

双手就那样突然搭在我精瘦突出的锁骨上，按住，两个眼睛死死盯着我。

“不愿搞，现在就拒绝我。如果你搞了，就要像个汉子样，保守秘密。”

这部即将属于我的小灵通，和右手兜里清脆的一百块钱，我为它们而窃喜着……太拉风了！我竟笑出了声音！待她松了手，我还拍着她的肩膀，一脸笃定地说：“姐，你妥妥放心吧，没什么不敢的。”

按下拨号键只用去半秒的时间。她看见我举起电话靠着耳朵，就对我笑，我也回给她一脸更灿烂的笑。然后她拖着箱子走上索桥。桥尽头是一条宽阔的省级公路，两边全是油菜花，黄得刺眼睛。

我紧握着小灵通和一百块钱，大笑着去牛屎旁边捡篮球。我想好了钱的去处，以及今后很长一段时间里的完美生活。

二十分钟后，数辆警车闪着红蓝相间的光疾驰而来。带着刺耳的蜂鸣声，车子刮起满地的灰土。

当年我脑瓜灵秀，我指认现场，描述经过，一脸忧虑。奥斯卡影帝在兰子河边。

我叙述缜密，动用肢体语言，描绘脑海中虚构的画面。人的潜能无极限。

五天以后，杨家湾农场的告示牌上，出现了一张黑白色调的照片，那是我熟悉的面容。

半个月后，杨家湾场部高中学校操场上，召开全校大会，公布了高二女学生的死讯，并严正要求我们不得踏入兰子河区半步。

校长没言语两句就哭了。话筒和音响把一点点抽搐的鼻息传得好远，她说："老天无眼！那是个好娃娃哇……"

几个老师搀扶着她走下讲台。

我盯着国旗之下的校长，咽了咽口水，手心里冒起汗来……

撒一个谎很简单，可随之而来的百万吨的焦虑，是外人难以想象的。

我看着杨家湾人群中升起某种压抑的氛围，那是一种死了人后共同默哀的感觉。我不认识她的父母，可是只要想起"她的父母"这四个字，我就开始心悸。躺在床上，所有的血液狰狞成刺，辗转反侧都不足以形容。

吃饭时，我目光涣散，碗里的米饭更似百万个白蚁的尸体。我呕吐起来，拒绝母亲的盘问，把自己关在房门背面。

大口呼吸。脊梁上三块冰融化般，尽是冷汗。

我开始整夜失眠，无心专注书卷。

突然灵光一闪，我狂拍自己大腿，想起她送我的小灵通。

在事发一个月后的深夜，我蒙住被子打过去，长久的“嘟嘟”声后，终于接通。

她似乎是感冒了，声音像毛茸茸的草絮：“喂，这么晚还不睡啊……唔……”

“我操了！你他妈竟然能睡着啊！我感觉你还挺轻松啊！啊？”

我早就顾不得其他，只发疯般抱怨她的骗局。只想把所有焦躁情绪向她发泄。我说我有多少后悔，有多不是人，我说，你必须回来，必须回来没商量，你要回来说你还活着。否则我就去找警察！

电话里，待我停息了，她竟咯咯地笑起来，小声问我一句：“回去干吗，诈尸啦？”

愤怒聚集到沸腾的地步。

“你他妈还笑得出来？啊？你有病是吗？你知道你走以后发生了什么吗？啊？你他妈还笑？！”

我张嘴闭嘴尽是脏字，我说你还是人吗，我承受的心理负担有多么可怖，它们像一百万个魔鬼每天都挠心挠肺，每天都飘在我面前。

只听她突然说：“喂……骂够了没？你不要着急……我把事情的原委讲给你听。

“以后每天我都给你打电话。你不要焦虑，稳住。”

我说：“我稳住个屁啊！你赶紧往回赶！”

5

当年，警员安排省里的救生船、打捞船，开赴兰子河，昼夜工作两天两夜。

筋疲力尽，终无结果。负责杨家湾地区治安的警长感到懊恼和愤怒。

“水深且急，切勿游泳”这样的告示牌几乎十步一块，每年却仍有大小溺水事故发生。

这一身制服的男人，站在怒不可遏的兰子河边，踩着它温热的泥，盯着它湍急的水，打心眼儿里埋怨它的无情。他把一只手搭在死者养父的肩膀上：“我们尽力了，尸体始终没有找到。恰好，上游湖坝放水，这些天水湍急啊。”

养父养母点头片刻，驱车离开。

在河对岸。十八岁的她曾坐在那里，逗留许久。看着大小船舶放下救生网，左右寻觅、打捞她的尸体……

她为杨家湾中年民警们恪守职责的一股干劲所感动。她也看见自己的养父母出现在芦苇丛后面，双手背在背后，面不改色的样子。背后一辆卡车卷土而过，这对夫妻捂上自己的鼻子，皱起眉头来。

在我难眠的、溽热的被窝中，电话另一端是她在讲话。

她用陈绮贞糖果般的音色，对我说：“我的院长去世了。杨家湾孤儿院由公立转为私人管理，新任领导上任，先是强行领走了后院里三只猫，一只叫东东，一只叫妹妹，一只缺了一条腿很可怜，就叫怜怜，还拔除了一棵有碍停车的枣树。”

她说记得每年秋季，从老枣树枝干上汲取甜味的日子。

她说，她被送往一个不孕不育的家庭中。半年不到，养母奇迹般地怀孕了。在凌晨三点多起身喝水的时候，她听见夫妻俩的细声讨论，男人骂那女人愚蠢。

“接都接过来了，哪儿那么简单再送回去哦！”女人唉声叹气，明显在悔恨当初之决策。

她最后说，他们有了孩子，不需要我来喊爸爸妈妈听了吧！刚好我本来就喊不惯。相比“离家出走”，想必“意外溺水”更有“眼色”一些。

“你想啊：我离家出走，他们是找还是不找呢？！对不对？是不是这个道理？！

“找了，又怕万一找回来怎么办！还得不情愿地养活着！

“不找，街坊邻居那里可能也说不过去。

“我这样最好了，不负如来不负卿。”

她说这句话的时候，青海的夜极其静谧，我被窝里投来远处“哗啦啦”的水声。

三年后。

高中班主任问我：“你个瓜娃子，有病噻！一共三个志愿，全填在厦门干什么？你要去杀谁！”

年假回乡时，她不愿跟随，常是我一人。我无数次站在兰子河边上。蟋蟀草枯萎又生长，她再没见过的兰子河，始终保持着它的静谧和偶尔的狂放。

我意识到，我，也许是这世上，唯一知道她还活着的人。

6

这就是兰子河与阿柠的故事。

人类把值得欣赏的、又不能完全理解的事物，称为艺术。于我来讲，她就算一件。

她的生命像是落在河水之上的尘。沉浮随意，不再有任何意义上的挂念。

她比这世上所有人都迷恋自由，厌恶束缚，讨厌章法和条款，于是多年前也并未选择委曲求全。

她去过的南方小镇数不胜数，她踩过的黄土高坡也不计其数，她在旅途之中发来一个“到”。

我回一个“妥”。

她发一个“接站”。

我回一个“遵旨”。

我们的对话向来简洁，她把所有的见闻都做成小摘要，行李也来不及放下，就坐在箱子上一一讲给我听，并规划着她下一次旅行的去处。

拜她所赐，我们的房间常保持着某种……露营的氛围，正经家具挑不出一件儿来。

电磁炉、电脑、冰箱这类的，统统被她冷落在小隔间的地板上，直接与墙连接——这个房间似乎是她与科技世界的唯一联系。

插线板啊？

呀呵！这种全身长满孔洞、被插的时候还要冒点小蓝光的怪异物件，她向来避而远之。

她喜欢睡在沙发上，喜欢裹着浴巾在浴室弹吉他，听那空谷般的回响。

木箱和手提箱就是她的衣柜，全部收拾得妥当。仿佛只欠一张机票，随时都可以动身。

她也懒得给猫咪取一个名字，她的猫在外面乱搞，生了另外三只猫，统一都叫“咪”。

“咪，走开！”“咪，过来嘛……”“咪你烦死了！滚到一边去！”“咪你不理我？！”

她常在远处尖叫：“天哪！你看它！我给它好吃好喝的，它不理我！”

她不依赖自己拥有的一切。也包括我。

爱了许多年，我们始终分房睡，她的说辞是：“我喜欢那种偶尔去拜访你的感觉，那意味着，我经常可以从你眼里收割某种惊喜。”

她极少看电脑和电视的荧屏，眼睛里清明透亮——当年熄灭我心中所有焦躁的这双眼睛啊，就像打碎的多棱镜，一些你难以描绘的颜色组合渗在中央。

我问过她：“对自己的身世有什么印象？”

她醉酒后回答过：“是大面积的雪山，四下里是白色的场景，有一只鹰隼停在一个男人的脊梁上，她坐在一架牛车上，始终在前进。”

她忆起这个恍惚的碎片时，全身在发抖，淡绿色的血管狰狞在手臂上。那是恨意在搅动。

可是今晨，她从卫生间出来，说某种东西碎掉了。

我脑子里滚过去一个奇异的光点，捏着她给我的纸，发狂般地跑向卫生间，几乎是踉跄着前进。

浴缸右侧，还有另一张纸，一支笔，纸里包裹着一枚硬质的物件。

她的笔迹受潮化开来，勉强能读个完整：

你求婚三次，我全拒绝，你爹眼里的失望逗得我笑，你眼里的失望几乎要把我瞬间杀死。

不答应你，是因为我骨头里，始终有恨意，恨意把我磨尖，尖的东西就适合单独放在一个地方，或者一直活在旅途上。唯独不能放在你兜里。

不过我肚子里突然有一些额外的肉在生长，这让我突然明白一件事，我说我恨青海，我却描绘不出这恨意的具体轮廓。苦思冥想也描不出。恨是啥啊？恨长什么样子啊？我好想知道恨怎样才能画出来，但就是不能。

但是谈到爱和希望，好清晰呀——我立马就能想起你的脸，想起我的腹痛和干呕。

所以这证明了一点，恨是个骗人的幌子，是只能闻见味道却抓不住的东西，说白了就是个屁。

以后对我们娘儿俩好一点。

女主播关闭直播后的一小时

她很绝望，就像压了块巨石，巨石之下只留出五百个人的位置，巨石之上一片汪洋。

1. 独居生活

“没时间啊，这个月我的时长都播不够！非要采访只能晚上。”

某网络直播平台人气主播，开播两年零八个月，直播间订阅量达一百二十余万人次的张小姐，第二次回绝了我在咖啡厅见面采访的邀约，阐明了自己的工作压力。按照她在微信上传来的地图坐标，我在晚间时候，到达位于武汉市江岸区的临江公寓。

在微博上，张小姐被网友戏称为“球王”，暗指她F罩杯的胸围“所向披靡”。我告诫自己，端正视线，保持严肃。走进公寓，家具上均盖有防尘的白布，三十余个收纳用的棕色纸箱堆叠在墙角。拐入右手边的房间时，空间霍然明亮。在电脑背面半米处，有左右两盏硕大的摄影级柔光灯箱，构成影楼级别的场景光源，分外刺眼，让人一时无法适应。

她刚刚结束直播不久，网页上显示的在线观看人数，从二十余万，迅速跌落下去。黑色视频窗口中，白色弹幕依旧在滚动，由右向左，大量的“8888888”字串横穿而过，表示“拜拜”。“88”的海洋中，少量地夹杂一些另类的字段，“我老婆休息了，大家散了吧”“主播去啪啪啪了”“滚滚滚滚”。

她娴熟地关闭了一系列设备：灯箱、摄影机、旋转彩光灯，之后到身后的沙发上，将一系列布艺玩偶收拢在柜子里，示意我坐在那里。

“你们记者写报道该不会用真名吧？”未等我答复，她又跟上一句“化名吧化名吧！我们合同里一大堆不让说的，我都没仔细看！麻烦死了”。随即指了指右手边墙上，那里悬挂有一张游戏海报，人物性感妖娆，九束尾巴发散波浪。

“就把我写成阿狸吧，你玩不玩‘撸啊撸’？”

阿狸身材高挑，她大胆的穿衣风格和拍摄角度，以及每日一更的频率，引得“球迷”在评论区欢呼雀跃。“他们都说我是良心主播，我自己也蛮爱玩微博的。”当天她化了浓妆，黑色抹胸礼服背面的拉链处，夹有四枚木制夹子，全身布料因此紧绷着。她披上一件薄外套，准备开始解决晚餐问题。

“你等会儿，我点个外卖。你吃不吃？”

我摇头道谢。时下夜里十点半，她迅速撑开手腕上的皮筋，绑起马尾辫子，手指在手机上飞速地滑动，口中抱怨着某家比萨店的歇业。接下来的半小时里面，外卖送货员接二连三地致电、敲门、离开。猪手、煎饺、蟹肉煲、炸鱿鱼，均盛放于透明的塑料餐盒里，组成她当天的晚餐。餐后，她还打电话预约了第二天的上门保洁。

这间书房是阿狸最主要的直播地点——偶尔她也会用手机，躺在床上做直播。“最近蛮流行手机直播的，就像自拍一样，陪他们说话，他们管那叫男友视角。”

书房装修恬淡，贴粉色壁纸，摆放白、金色系的欧式家具。在梳妆台后面的椅子上，堆叠五六件套着透明塑料的衣物，均贴有干洗店的商标。房间的角落，摆有一架油画画板，颜料锡管儿散落四周，均没有盖上帽子，几近干枯。谈到学业，她难以掩饰某种遗憾和愤怒，站起身来，在房间里踱步，大讲特讲起有关艺考的往事来。

“你看画得怎么样？”

画框中，有一架长桌，摆着花瓶、罐子、带穗的玉米棒，以及一副眼镜。我不懂美术，只笑着答了一句“不错”。

2. 从零开始

阿狸今年二十二岁，湖北武汉人。高中毕业时，文化课成绩不如人意，落榜。家人失望，责令其复读。她不愿复读，走投无路，报考私人美院。“你说美术生为什么要考地理？”

私人美院里“全是混日子的”。阿狸承认自己贪玩，把大把时间花费在一款热门的网络对战游戏中。正是那段时间，“一位高中时候认识的学姐”推荐她做直播试试看，那学姐曾说，凭阿狸的条件，当个主播绰绰有余。当时她对网络直播闻所未闻，纯粹是因为“闲着也是闲着”，才接触到这个行业。

二〇一四年以来，网络游戏爆发式地涌现，同时促进了电子竞技与网络直播的兴起，无数电竞退役选手、游戏解说类视频作者，或是身材姣好、长相上镜的女生，纷纷站上了自媒体时代的前线。《魔兽争霸3》某电竞世界冠军选手，首次线上直播《魔兽争霸3》对战，同时在线观看人数达到北京鸟巢座位数的数十倍。二〇一四年六月假期，阿狸第一次打开某直播平台的网页时，她“惊呆了简直”。

“就一个男的，在那儿打游戏，也不怎么说话，有十几万人在看！”

回想之时，她难掩惊讶神色。“周杰伦开个演唱会才几万人啊？”阿狸说，当时“没想到还能赚钱”，只是“女孩子都喜欢被众人捧着的感觉”，也想看看自己这一款受不受欢迎，“验验货”。当我问及阿狸自认为属于哪一款时，她表情迷茫，怔了良久，又笑着反问：“你觉得呢？”

最初做直播，是在楼下的网咖里，因为“做直播对电脑配置要求还蛮高的”。

做网络游戏直播，通常需要配备摄像头、麦克风，以及录制传输软件。主播进行游戏操作时，直播软件将游戏画面与摄像头取景画面整合于同一个屏幕里，便形成一款实时解说、实时互动的网络游戏节目。

“与电视节目相比，你认为网络直播的优势在哪里？”我问道。

阿狸认为这个问题“太专业了”。她戴上手套，吃炸鱿鱼吃了良久，试着回答道：“可能是更接地气？电视上的主持人，你问他问题，人家又不会理你。同样是隔着屏幕看，主持人是死的，主播是活的吧？”

二〇一四年七月，直播小半个月了，人气始终在十到一百人之间徘徊，阿狸非常满意，也结交到几个热心的“水友”。“水友就是看你直播的人，他们本身也玩这个游戏。”有一些水友，是直播平台的热衷观众，“他们都是老司机”，熟知各个主播的性格甚至八卦糗事，了解各大火爆直播间的节目特点，其中有一个网络ID为“大叶子”的水友，也向阿狸提出一些建议。

“BGM和直播间标题，都很关键。”

我问阿狸，BGM是什么？她答：“背景音乐啊，背梗Music？网友们发明的吧，哈哈。”

Background Music，背景音乐，没有BGM的直播间，容易显得枯燥乏味，“因为你不可能嘴巴吧嗒吧嗒不停地去说话，去互动，你一停下来，直播间就只剩下游戏声音了，就枯燥了”，阿狸特意为此设置了数个歌单，每天直播时循环使用。在“大叶子”的点拨下，阿狸每天更换着惹眼的直播间标题，“比如国民前女友啊，长腿萝莉啊什么的”，人气因此有了显著增长。

在直播平台网页上，直播间的排列次序，是按照当前观看人数的多少来设定的。冲击首页，逐渐成了阿狸的目标，她“从小野心很重”，那段时间绞尽脑汁，却“不知道该在哪儿使劲”。阿狸开始观察那些大主播的直播间，最后得出了自己的总结，“她们都很能豁得出去”。

阿狸也开始褪下毛衣、外套，尝试穿着紧身羊绒衫、抹胸礼服、Cosplay类服装、女仆装、护士装，甚至运动Bra进行直播。我说，可能相比BGM和标题，惹火的身材更能笼络观众。阿狸表情充满鄙夷，撇撇嘴，苦笑起来：“那是你们男的这样想，我可不觉得，我看我自己的胸，可没什么感觉。”

她低下眉眼，扫视了一圈，抬头撇嘴，翻着白眼。

直播间的人数，至此有了飞跃式的增长，平均每天都达到三四千人，阿狸第一次出现在首页时，还曾拍照纪念。她翻动着手机相册，大拇指掠过大量的自拍照之后，终于找到纪念照，拿给我看。

“怎么没有游戏画面？”

“当天在和水友连麦，就把摄像头画面扩大到全屏幕了，网吧摄像头不行，太模糊了，AV画质，不然还能有更多人。”

问及AV画质，阿狸讶异，她问我：“你平常不看直播？”

“AV画质，就是水友调侃你画面不清晰不流畅的意思。弹幕里经常出现的。”

3.行业规则

网络直播中，观众可以送礼物给喜欢的主播。在阿狸所在的网站，单份礼物从一元到五百元不等，需要在网站充值，方可赠予主播，礼物价值由运营方与主播以五五分成。阿狸逐渐有了收入，用自己的钱，买了配置优秀的二手电脑、更清晰的摄像头、有滤网的麦克风，开始在家中做直播。

母亲开始过问她直播相关的事情。“她事业心比较重，也比较开明。就是不想我熬夜，不过那段时间没办法。”

“你不拼午夜档，你就是死路一条。”

午夜档，是新人主播发展之路上的火焰山。“你看这些主播，都是从午夜档爬过来的，没办法，必经之路，熬过来就活了，熬不过来就不行。”

阿狸打开网页，为我详解午夜档的故事。“晚上十二点一过，那些大主播、成功的主播，就会去睡觉了，关直播了。”在直播网站，当一位数十万甚至上百万观看量的主播关机睡觉，关闭直播，他的海量观众，将会被系统后台随机分流至不同板块的不同直播间，这时候，奋战在午夜档的新人主播，很可能会被几万大军砸中。这个现象被称为某主播的“大军空降”。

阿狸打开网页，在搜索栏迅速输入一串“房号”，点入后，指着一个同样年轻靓丽的女主播说：“你看她，她也在武汉。当时，每天凌晨三点以后，就只有我和她。整个板块，只有我和她。我们现在关系都比较好。”

我说：“共患难？”

阿狸眼神里饱含友情，她盯着十一点三十分仍在直播的朋友，说：“她是我见过最刻苦的。她本身性格不是很幽默很逗的那种，所以经常去网上抄段子，学段子，背，然后找时机讲给水友听。”

夏天结束，秋冬来袭，阿狸的直播生活第一次受到打击。在那以前，她对这个行业的理解不深，“还是太傻了，年轻”。

二〇一四年十二月末，阿狸收到一份签约邀约，是直播网站官方发出的。阿狸当即选择不签约。我问及原因，阿狸翻出白眼，充满抱怨地反问：“月薪两千你签不签？”

之后的五个月，是阿狸最煎熬的五个月，是“被封人气”的五个月。

我感到惊讶，问她，人气这东西，还能被封住？

“废话，网站都是他们设计的，限制个人数，太简单了。他们不想让你火，就在后台封了你的量。”提起那段时光，阿狸还是表现出气愤。她手中抓着沙发上的抱枕，不时摔打着。

“怎么可能有那么巧？每次到五百人，就不会再往上走了？”

“从弹幕就能看得出来，五百人，五千人，五万人，弹幕的密度是不一样的。”她投诉客服，客服常常要推给技术部门，辛苦找到技术部门，技术部门则要推给“原因不详的技术故障”。

她“很绝望”，就像压了块巨石，巨石之下只留出五百个人的位置，巨石之上一片汪洋。她“根本不知道谁能管这事儿”，也“无数次想过要放弃”。阿狸再次强调，自己“从小野心就很大”，想着“如果有足够多的人喜欢，官方也压不住的”。况且当时生物钟已经彻底更变，变成了“一到夜里就精神”的夜猫子，索性就坚持下来。

值得一提的是，在难熬的五个月中，网络水友“大叶子”，作为阿狸的房管，始终不曾离弃。阿狸将自己“被封人气”的猜测分享给“大叶子”，“大叶子”强烈要求阿狸把电话号码给他。长途通话，他站在深夜的宿舍楼道中，风声吹凉话筒，认认真真，一直在劝阿狸坚持下去，并帮她想出了很多与水友互动的方式来吸引眼球、增加订阅量——比如定期举办微博抽奖、水友游戏比赛、视频通话互动之类。

“真是太恶心了，一个人，五个月，差点就被一个数字打垮了。”

二〇一六年春节，直播间订阅量突破一百二十万的阿狸买了一部曲面屏手机，作为新年礼物，赠送给“大叶子”。这次联络，才得知对方是江西某大学的在校学生，经管专业，男生。照片里，男孩儿穿着橙色的运动服，捧着一个篮球。

4. 雨后春笋

二〇一五年开始，蛋糕成熟，香得流油。资本涌入，人人分羹。网络直播市场逐渐结束垄断结构，演变为百家争鸣竞相创业的模式。全新的视讯直播网站相继诞生，速度之快频率之高，远超其他类别网站。

新的网站迫切需要人流量来保证平均日在线人数，以拉拢投资。天价挖人，成为最简易有效的竞争手段。在阿狸所在的网站，一些“频道一哥一姐”，甚至“四哥四姐”都被以五百万到两千万元不等的年薪签约挖走。

当时的市场呈现一种癫狂的病态，阿狸回忆时说："那几个月太疯狂了，人都不像人了。真的是。"和阿狸处于同一板块的某男性主播，因游戏中某"超级超级难的英雄"操作熟练精辟，被无数粉丝追捧，跳槽时签约年限还未到，面临法律赔偿。"人家不怕，挖他的公司，直接帮他交了违约金，还让他在公众面前反咬一口。"该主播在直播时，大肆宣扬前公司拖欠工资、虚报在线人数等等假象……

"突然就熬到头了。"

谈话至此，阿狸紧绷的表情舒缓了很多。我问："一般人都有一点报复心理，现在网站多了，机会多了，你为什么还是选择签约这里？"她忽然扭过头去，笑了。

总结起来，阿狸选择留在原处的原因有三。一是"公司指派了一个公关妹子来道歉了"。阿狸说："她不知道错在哪里，又受上司之命来给我道歉的样子，特别萌。"二是价格，"家里人都很满意"，连阿狸本人都觉得"第一次发现这网站这么有钱"。网站大主播相继跳槽，人流损失惨重，官方在拼命挽回，她甚至"有一种发国难财的罪恶感"。三是"最初的观众，真爱粉啊，都在这里"。阿狸当时认为，既然"五指山都挪开了"，不冲到板块第一，就说不过去了。

5. 真空闪现

膨胀的市场、白热化的竞争环境下，无数主播不惜触碰直播守则，面临直播间被封停的风险，在穿衣打扮上"大打出手"，在直播内容上"剑走偏锋"，开启了走钢丝式的直播生活。某网站，甚至斥巨资邀请某韩国情色主播到国内直播。尺度虽不能还原，但依旧招揽上百万订阅量。

“现在管得严了，那时候太夸张了。”阿狸摇着头，感叹着当时环境的病态。她觉得，“偏修身的衣服，应该算性感，我可以接受性感出镜。那如果你超出性感了，我可就没法和你比了。我选择服气”。

她模仿着一种时下通讯软件中流行的“微笑”表情，保持了数秒钟。

“真的是佩服了。闪现啊，真空啊，各种的，你说怎么能和她们比？”

“有些经纪公司，挑人的时候，本来就挑干那行的人来做主播，人家本来就豁得出去。”

“哪一行？”

“什么哪一行？最能豁出去的那一行啊！”

我几番咨询，阿狸以极快的速度描述了闪现与真空的含义，并质疑我作为男生，是“懂装不懂”。闪现——指女主播在管理员巡查的间隙，将内衣掀起片刻，露出全部胸脯。真空——是指同样的“机会”下，女主播将内衣解开扔在一边，透视露点，直至管理员发现，并封停为止。前者投机，后者搏命，都为博一部分男性粉丝的欢呼喝彩、礼物狂飙。

黑色丝袜、吊袜、露脐装、蕾丝吊带、三角形超短裤、镂空纱质毛衫、紧身皮裤，一切可想象到的，可凸显女性身姿的衣物，通通出现在大大小小的网页中。户外捕鱼直播、烧烤炸串摊直播、自驾游直播、探访鬼村直播、夜游红灯区直播，无穷的题材，个个出奇制胜，在短时间内笼络大量好奇的粉丝围观。

海量的观看者中，不乏挥金如土之辈，他们腰缠万贯，一夜之间送出无数份高额礼物，只为在心仪的直播间中，取得贡献榜单榜首的位置。若遇到闪现与真空，则表现出更大手笔——资金充足者们病态的奖励机制，刺激着网络直播从业者的表演欲望，使得整个系统恶性循环，直播环境日渐恶化。水友们将这些“土豪”的ID首字或者首字母摘下，后面加一个“总”字，弹幕中时常可见“A总来了”“B总驾到”“张总视察”“赵总空降”云云，形成了网络直播生态中又一种亚文化。

阿狸也遇到过不少“总”，接受采访的“前一个星期，还有一个男的，在一个星期的时间内”，在阿狸的直播间内刷出礼物共计十余万元。阿狸同意了他索要微信的请求，几番交谈，言辞之间发觉对方果然目的不纯粹，用词暧昧，要求见面。

在此处，她表现出坚决的神态。“只要你目的不纯，瞬间就pass”。我戏称：“像我这样没送礼物就见到您真人的，简直奢侈。”阿狸说：“你是采访。”遇见这样的人多了，“打太极”成为必要的防身手段。“能怎么办？只能打太极。”

在礼物收益方面，“其实水分非常大”。一些专门培养网红主播的经纪公司，与直播网站私下协议，以超低的内部价格买下最高级别的礼物，用内部傀儡账号刷向自家主播的直播间，阿狸管这叫作“黄牛号”。这样的礼物，主播自己分文不得，却可以借趋同效应，或是攀比心理，惹得一些不明内幕的“土豪”拿货真价实的礼物与之“对刷”，以引起主播的注意。

“就像街上卖菜刀的，找几个自家亲戚在旁边叫好。一个意思。”

而被包装的主播，常常要受公司之命，将网页上收到礼物时显示的动态图标截取下来（公司甚至还专门聘请助理负责截图），连带送礼者的账号ID一起，粘贴排列在自己的视频画面中。半夜下来，占据大半屏幕，仿佛在向整个互联网宣告自己的受欢迎程度。这一举动惹得一些不明真相之辈放血拼搏，只为将自己的ID与“X”号后面的数字扩大，排名第一，更扎眼，更拉风了。

“就像卖菜刀的把卖出去以后剩下的包装盒垒在一起，显得自己的刀好，受欢迎。一个意思！”

我感叹阿狸的幽默以及比喻能力，她笑了许久，说：“不然你教我写东西吧？你们这行怎么样？”

上海某职业主播经纪公司自称经验丰富，运作成熟，邀请阿狸签订类似的合同。她没签。

“一想到收着假礼物，还要腆着脸说一大串表示感谢的话，我头皮发麻……”

6. 日复一日

提到网络监管政策，阿狸提到了“超管”这个词。超管——网络直播间超级管理员，有权限对违规直播间封停或是责令整改。“做超管这个工作，出门上班前要和家人扯清关系的……”

阿狸无奈地笑起来，想起与自己相识的几位超管，都是女生，每天守在电脑前，同时监督数十个直播间。如果女主播因打色情擦边球被超管封停，弹幕中将瞬时刮起一股谩骂超管的风波。

“超管全家暴毙”“超管灵车漂移”“超管亲妈骨灰拌饭”，诸如此类。兢兢业业，却战战兢兢，让人唏嘘。网络语言暴力、几乎为零的犯罪成本，揭露了一些手指在键盘上飞舞、不顾伤人与否的人的丑恶嘴脸。

相比从前热得发烫、乱象横生的直播环境，阿狸更喜欢现在的氛围。“自从出了事儿，管得更严了，不往那方面搞了，喷子也就少了。”

二〇一五年十二月末，某主播直播开车，闯红灯发生严重车祸；二〇一六年一月中旬，某主播直播与女友床褥交欢，画面不堪入目。一系列极端事件的发生，把直播平台一次次推向风口浪尖。官方不得不全力抓审核，强制每个主播签订文明公约，并实行积分制度。

迷恋在网络中获取色情、暴力内容的人，往往素质低下，谩骂超管、侮辱主播、互相争吵，出口伤人不计成本。而在关于法律咨询、电脑配置DIY、练歌房、宠物、漫画绘图之类的生活直播间，大家常常处于一种互相交流、认真讨论的轻松、开心的氛围。于是，换个角度来说，此次大规模整改，也是对观众群体成分的一次强力筛选。

阿狸始终记得母亲的一条训诫：“别学那些女孩子，有哪个花瓶能永远不碎？”而她自己的直播经验是，“真正能留下固定粉丝的，就两种人。一种人天生就是相声演员，能逗几万人笑。第二种就是技术帝，认真，能传授知识的”。

谈至深夜，阿狸觉得困倦，一脸浓妆还未卸去，却已无法将疲惫掩盖。这个房间，是她直播一年后自己买下的，黄金地段，落地窗外不远处，就是武汉江滩。长江并不在乎这个时代，以及这时代互联网上发生的一切，依旧静谧奔腾着。货轮经过，浑厚的汽笛声在江岸区上空萦绕三声。时下深夜十一点半，阿狸手中摇晃着一瓶卸妆液，走向梳妆台。最后一个问题里，我们谈到了她客厅里堆叠的大量搬家箱子。她说，三月份要搬家去上海发展，做线下活动，做游戏解说、主持人方面的工作。因为“每天坐在这里聊天打游戏，容易让人丧失斗志”。

临别前，她送给我一张油画，那是她高中时代的作品。

这画，是她从前想象自己住在江边的高楼上时画的，画面中，夜灯旖旎，水波均匀。

赤裸圆舞曲

他想到一个女子曾赤裸裸站在自己面前，他仿佛能看到她赤忱的灵魂，和茶一样不染泥渍。

煤气灶也就不关了吧！他挥动一本杂志，把火扇灭，那气儿“嗞嗞”着冒出来。

他掏出钱包，取一叠现金递给家里保姆，说，你走吧，再给你三千，不要报警。

“来来来，干脆都给你，拿着吧！”他把钱包整个儿送给了保姆。惊慌中的保姆哟，死死盯着那煤气灶，腿都是颤着的。

门反锁，他端起一碗羊杂汤。新鲜的食材，是早上七点从银川空中速运到无锡的，运费比料贵百倍。

往那白透了的衬衣领口上塞半块雪纺的巾子，吃。

白瓷碗冒着热气，里面肠肚肝肺，汤汤水水。绿的香菜辣椒，红彤彤的是汤底，香色难谙。白色的、似豆腐又不是豆腐的长条子在他嘴里“哧溜哧溜”吸进去——那是羊肺洗净灌了面粉糊糊，再切条制成。嚼得快活，唇上一圈辣油。

其实每家店开业之后，他都要走上全枫木装潢的阁楼，听着那鞭炮的响声，独个儿吃上一碗羊杂。他说，这羊杂呀，一能去邪气，二能收人心。

老何的第八十五家店铺也是他人生中开启的最后一家铺子。牌匾上请了陆老先生书下三个金字：苏何斋。

是个喝茶铺子，仿清末苏杭一带茶馆样式而摆设，左边一家珞喻路星巴克，右边一家西餐店，它就挤在当中。一杯上乘的谷雨后信阳毛尖，两毛钱！他就图个热闹，图个茶水甘醇，面孔熟稔，人声鼎沸。

洞庭西山清明产碧螺春，两毛，武夷崖峰马骝大红袍，两毛，狮峰龙井也两毛，通通两毛钱。都是正儿八经的收藏货，平日茶会上都不见老何分享。拿来喝就是奢侈，更别提泡于市井街边。

这简直就是作。装潢，人力，茶货，花去了几百万，一整天的营业额就那么二三十块钱。这就是糟蹋股东资产，更不把优茗秀茶放在眼里。

珞喻路茶业的其余股东也顾不得交情，联名上诉，告老何滥用职权，导致公司损失惨重。法院判老何赔偿六百万元，这钱第二天就由老何划到股东账上，还多了两毛，意思是让他们也来喝一杯。

街坊邻里，乃至三条街开外的小童小伙都清楚，老何这人哪，钱多得花不完，太多了，几百万的房子几百万的车，他们怀疑老何儿时那挠心挠肺的金钱欲望早就消散殆尽了吧！茶店的消息传入一些赏茶名士耳中，这些人登门造访，望着那金贵金贵的，不知从哪里淘换回来的叶子被鱼龙混杂的人泡着喝了，连忙说高价收购这些茶。

“老何！都是茶道儿上的人，不想干了，转手不行？”

他穿一件单衫，坐在门槛子上搓脚气，说：“要喝进去随便喝，想买？来阎王殿里找我买。”

“你个狗日的。”

这钱可挥霍得体面了。账单不忍直视，一天就要亏损三两万。

珞喻路上的单身汉、白领女房客以及棋茶老头们不愿意了。他们坐在老何的茶铺里说，你这邪行老头，既然说钱是王八蛋，钱是稀巴烂，为何不分我等一些，一人二十万？也好离开这珞喻路，去北上广深发展发展，创个小业。

老何说了，你们还是住下吧，否则这珞喻路一点儿的本地人都寻不见。我活不长的，你们想要的，钱也好，铺子也好，到时候都是你们这些熟人的。

他确实也活不长，远远看这人杵在阁楼上吸烟的样子就觉得活不长了。五十多岁，身体干枯得哟，走路活像一副枯槁的纸桩。若是抛去了“珞喻路大何老”这个头衔，他几乎就是一个干瘪的空灵魂。

说到女人，老何是半点的欲念都不曾有。哎呀，说出去谁他妈相信，这世上健康的男人哟，有哪个不爱那娇媚脸蛋与雪白胸脯的，有哪个不渴望亲吻缠拥，渴望月下花前的。

老何就不。小时候是天机所迫，被医生诊断为先天轻度弱智。轻度弱智，就意味着还强那么点儿，还能上学。班上女同学不爱搭理，他更不可能搭讪了。

长大些，心智逐渐正常，往日轻度弱智留下一个小病根儿，就是嗅觉过度灵敏，超越任何常人。在茶店打工，随手一抓一闻就知道是什么品类。这也与茶结下缘分，被茶叶师傅带入行，上山做茶工。下山创业二十来年，开下这八十余家茶店。天南海北的茶叶，只要经他鼻前一摆，在他手中一捻，就可知其味道、成色八九。

若是经水沏泡，过了他的喉咙，那茶叶简直如同一丝不挂的肉体，所有小诡小计都被老何揣摩个烂熟。

故意做旧的，掺杂新料的，炒茶火候不均的，都瞒不过他的喉咙。

几十年来苦于经营这珞喻路上的光景，没精力谈女人。

再往深想一层！茶，剥离污秽、人间至真至纯的产物，再对比男人与女人之间的纽带，说到底还是抛不开那一层甜腻腥气的肉欲，有更甚者，还要堕入那金钱关系里去。老何走南闯北求爷爷告奶奶，与茶农为友，视茶农的儿子为亲爹，这才淘换回各地茗茶，他视这幽清甘雅的植被为人间至尊，茶叶这桩事在他脑尖儿里魂牵梦绕。相比女人的胴体，以及某些女人望着他名表名车时的眼神，茶叶子可着实干净多了。

苏何斋的事情要从去年这时候说起。那阵子，老何遇见了一个女孩。

一身红棉衣，布料老旧，袖口扎线，像是二十世纪八十年代的打扮。

二〇一三年冬至之日，这姑娘踏雪叩门。伙计开了门，她开门踏跺着鞋尖儿的白冰碴子。

套路张口就来："我爹病逝，我想求半两顶级的大红袍做陪葬，他生前最爱那大红袍，可始终不知自己喝的料子到底是不是正品。小女知道何老精通茶道，也想必能有最好的大红袍卖给小女。"

这样的人老何见得多了去了，不是爹死了就是娘死了，兄弟姑姐叔舅侄姊得死了个遍，不就是求茶？非要作咒自家亲戚，只为凸显一个可怜见儿。这不，连多年与老何共事的伙计都暗自捂嘴笑了。

这样的打扮老何也见多了，故意装穷。至于这女演员的背后，想必是个资产雄盛的富豪。

求茶本是双方欣喜之事，可动用骗术就是她的不对。对付这种装洋蒜的伎俩，老何的对策已成了固有模式：他爬上书柜，掏出与大红袍相近的，武夷周边的下等乌龙——这茶太烂，他闭眼一闻，几分汽车尾气以及机床加工的味道逃不开那双鼻孔。

又拿笔墨纸砚出来，写上"武夷岩峰红茶"，这是大红袍的正统名字。又写上"珞喻路何"。他把这字条贴在罐子上，张口要价："姑娘，半两是吗？行，九千块钱。"

直至此刻，女孩仍是不摘帽子不摘墨镜，这让店里几个伙计看着都恼火。从前求名茶的老板，见了何老都是点头哈腰的。

姑娘听罢了价格，脸上显出一份踌躇来。两只手蜷在一起捂着暖，僵了许久，说："何老师，太贵了。"

于是老何起身挪了两步，双手插着裤兜站在女孩面前说："来，姑娘，你把墨镜摘下来。"

女孩把墨镜摘下，双眼仍是死死盯着正前方，眼里无神，一层灰膜覆盖在瞳孔上，整个眼球像是冰封的木卫二。

老何抿起嘴来，搓了搓下巴颏的胡茬儿。

姑娘又开口说："何老师，不然……您给我称三钱吧，算我五千块。可行？"

店里陷入了良久的静，风雪呼啦啦地往门缝里灌。

仔细揣摩她一番：南方姑娘特有的细嫩脸颊，被这场冬至的暴雪冻得红润，眉眼温婉，好像藏了一个水乡。最红不过那双唇子，那两片弧度，像水乡里的桥哪。

老何想起儿时外婆常常咕哝的一句：“金华的女娃，水灵儿的菩萨。”

老何双手一撑，离开了他那红杉木椅子，往前快走三步：“来，闺女，我带你取茶，我们不谈价格，只谈谈那大——红——袍。”

他的右手礼貌性地扶上女子的左肩，准备为她带路。当天是在老何的武夷茶店里，二楼有良室，专供来宾品茶试成色。

可这姑娘眼里传来一阵惊慌，皱着眉，连忙退了两三步。

她说：“请您不要碰我！”

老何哭笑不得：“不是，我……我这不是带你去取茶？沏泡半杯，大致讲解。我总得让你知道自己花钱买了什么玩意儿吧？”

姑娘死盯着前方。捂着胸口，那胸口剧烈地起伏，额头上也冒出虚汗来，似是经历了一场灾难！

“我很反感与其他人的身体接触！这事与您无关……是我的病！请您不要碰我！”

“了解。”何老说。

他一掀裤腰上的中山装衣料，几十把钥匙组成的串子悉数显露。挑选了片刻，一把老旧的铜钥匙取下来，上面刻有“武夷”二字。他招呼着：“来，张儿，给姑娘包上半两。”

他考虑到下葬需要，又额外吩咐着：“张儿，稍等。你还记得昨日我进茶回来手里捧的红木盒子吗？一同给姑娘装上。对，直接把茶装进那盒子里。”

“得嘞。”店员小张得令办事。

女孩侧着耳朵，打量四周的响动。忽又开口说："何老师，我能叫喜子带我上楼。"

女孩退后两步轻轻推门，叫了一声"喜子"。一只眉眼憨厚穿着小马甲的长毛狗踏进屋来。

散碎的围棋分开颜色投入黑白两坛，空下的棋盘就当作茶桌。右侧瓷缸中的凉水是附近唐家泉主人的馈赠，被小火炉加热至沸腾，静谧里，老何与盲眼女孩在阁楼窗子的一侧盘腿而坐，四下里只听见那声响："咕嘟咕嘟"。

老何说："沏泡的规矩就免了？"

姑娘说："为什么免了？我能看得见。"

老何点头一笑，从柜子里掏出一整箱的家伙什儿来，勺、匙、夹、针、网之类。器具之间相互摩挲的声音，热水通过漏网以及与茶叶作用的声音，听得姑娘一脸安稳。"我爱这声音"，她说。

老何问："哎？听着这样的声音，你脑子里会描绘出一幅画面？"

女孩答："当然。而且，因为是想象，就会更丰富，丰富许多。跟您看到的肯定不一样，能更漂亮。"

老何把一杯茶放在棋盘的右上角星位，像是谨慎地布好一步棋。

他说："大红袍是武夷岩茶中的红茶。岩茶，就是根植于武夷山岩石峭壁之间的茶树。

"有一些峭壁啊，属于天险，与天地垂直，活活像根筷子！人是不能上去的。但鸟儿的粪便把种子带到了那里，生出茶树来。晒着每天的第一道光，淋着每场雨的第一份雨水，吹的风也是最接近天空的风，绝对的宠儿。你说你要极品的大红袍，也只能是它了。”

何老又说：“采摘的办法还是有的，茶农可以训练出一批猴子，让猴子爬上树去采。”

女孩含下一口茶，喉咙微微抖了一阵，茶水驶入她的身体。

她问：“那样的茶，岩石里找活路，生存本就不易，就让它那样，完满地长下去不好吗？难道真的有人训练猴子去采？”

何老一笑：“哈！你刚喝下去的就是。每年清明后，只得猴爪里的那百来片叶子！做茶的，被采摘，是命中之事。”

“呵！你们男人，正是擅长采撷与征服的动物！挖钻石，上太空，都是你们男人干的事！严肃想来，那山尖尖儿上的茶，和十米之下方便采摘的茶，又能有什么区别哦。”

“姑娘你，贵姓？”

“苏。哦，对，我应该说免贵姓苏吧。”

打认识这苏姑娘头一天起，老何的心就失了魂。他常常盼望着，苏姑娘能再次上门喝茶。从未有人质疑过武夷山峰峦之上“猴儿茶”的高贵，可这份所谓高贵，在她单纯的想法面前完全破损。无疑，这世上哪，只有小孩子的心，才能看透名分与名誉。

可是苏姑娘怎么都不来了，她捧着一个红木箱子牵着一条狗消失在雪中后，就再也没来了。

老何不得不走进他地下的宫殿中静心——这是他毕生经营出的弥天秘密。世上无有第二人知道这奇迹，以至于，但凡对茶有赏识能力的人，见了他这一景儿，必定当场昏迷。

他那一幢红漆别墅，别墅的厢房走廊上有一面翡翠屏风，屏风下是一坛三清小竹。整个盆栽其实是个按钮，用力按向花盆，便可听见屏风“吱嘎”开启，通向地下的暗室。

进了暗室，二十七位数字的密码破开一道三联式插槽防爆门，启门而入，摄魂破胆。

那是一个空旷的巨室，地板正中央摆着一件古旧的西周青铜兽角方尊，是老何祖传的宝贝，但凡出世，必为国宝。不过这并不是地室真正内容所在。

除去带门的一面墙，其余墙壁皆被三人高的枫木雕花货架占满。货架上面，是一排又一排的瓶罐杯碗。有透亮儿的玻璃瓶子，也有胎色灰黑的汝窑瓷罐。

凡天下享有名誉的茶种，尽可在这些瓶罐的腹中寻见！虽无标签贴在上面，可老何心里自有细谱儿，哪一排哪一列是什么茶，他记得清白。

他借着木梯，一一打开每一罐茶的封盖——单单这过程就要费他一个钟头的时间。而后，他搬一个藤条摇椅，坐于这三大台货架围成的空地上，闭眼凝神。哎呀，那一刻，鼻孔里，千万种茶香汇聚，耳朵里，茶的灵魂在相互撕咬、争吵，迸发着激烈的花火。

每回坐进这地下茶殿中，四周清净得哟……只听得尘埃降落的响儿，老何的血脉里却是爆鸣着，流出了骇人的速度。

铺满货架栏栅的所谓名茶，取下任何一罐儿，都能卖出几千几万的价格。在她苏某人那儿，不过是比普通茶叶生长得高了几十米的另一份儿普通茶叶！

过了足足半月，无心剃须胡子拉碴的老何拨通了一个电话。那是苏姑娘填在表单上的客户信息。

“喂？苏小姐吗？”

“您是——”

“我是老何啊，半月前，你曾来我这里寻半两红袍，我曾泡茶叶给你喝。”

“哦，有什么事吗？”

“我店里新到一批信阳毛尖儿，想请苏小姐来品解一番……不知道你有没有时间……”

电话那头笑了起来，爽朗的声音一阵一阵，不知怎么的，老何也跟着笑起来。

她问了一句：“怎么着？你们大商人泡妞，连盲人也不放过？”

“……”

“改天吧老何，最近重感冒。”

于是老何开始期盼着一场感冒的消散。他握着手机，在珞喻路冗长无尽的雪景里来回踱步。明眼人都说老何疯了，整日过得颠三倒四，胡子不刮黑眼圈泛滥，定是晚上也不怎么睡。看哪，整个人都是灰色的啦，可心里的彩儿又有谁瞧得见呢？五十岁的心动，来得深沉而憨厚，不像年轻时荷尔蒙和睾丸激素那样有热度，如此这般的，像海啸来临前一秒，大海胸膛里的核儿啊。

以至于姑娘来的时候，他显出了一副窘迫模样，正呼扇着眼帘儿打理一家碧螺春茶店的账目。算盘打得“刺溜”响。

这回她穿了一身黑，黑麻布裤子，黑羽绒服，头发扎成了马尾。身旁是坐地喘气儿的喜子。

“老何，近来可好？”

“挺好。一切如新，一切如旧。”

他抬头看了一眼，肃静也素净的脸上没有化妆，和茶一样，他想。

“苏姑娘，上一次，你对所谓名茶的见解让我感觉自己的事业不过是一团泡沫。”

“为什么？”

她说着，笑了起来。

“你能体会那种感受吗？空旷，绝望。你知道，我一生都在为那最难采摘、最奇最贵重的茶叶奔波。我花重金去求人，去收集，而到你苏某人嘴里，它不过是与普通茶叶生长位置不同的另外一份普通茶叶。你能体会我的感受吗？我无法否定你的观点……我找不到自己奔波数十年的意义。”

“意义还是有的，山高人为峰嘛……山尖尖上的茶，采摘难度大，采得下来说明精诚所至。但那价格要高出几百倍，这里面就有泡沫了。”

老何看着她自说自话，漏缝的窗框里灌进一阵风。是初春的凉风。

茶沏好了，姑娘喝了，天色淡了，老何一滴酒也没喝，却醉醺醺了。

珞喻路上的人都记得，二〇一四年春天伊始，常有一盲眼女子进入老何的各家茶铺。她与老何的关系看不出暧昧来，常常是一前一后地走着，有说有笑，似是忘年交。人们甚至曾为老何高兴，说他年过半百终于找到了生活里的甜滋味。

老何也亲眼瞥见了苏姑娘的倔强，些许善良。导盲狗喜子不听话时，她常常摸着墙辨别位置，却也不埋怨那条狗，脸上总带着笑意。

他第二次与苏姑娘肢体接触，是在除夕前几天，茶馆临别前。她突然说，我想知道你的面孔，究竟是不是我想象中的样子。

当天二人喝的是碧螺春，淡雅清香绕齿半个时辰不散去。姑娘伸出双手来，双手颤着，把老何略微干涩的脸一寸一寸摸过去，从下巴到额顶，姑娘退后两步，久久不能平静。

她气喘吁吁地说："很久很久，没有触碰过别人的肉体了。

"从前，我一直很怕与人有身体接触。你知道吗，如果你也瞎了，你的整个世界会像是一个黑色的玻璃球，玻璃球里，一切风景由想象生成。但是，当别人触碰我的时候，那个球会瞬间碎掉，我感觉我会丢掉一切的想象力，我的想象力会从碎裂的地方溜出去，那时候我就真的看不见了。什么也看不见了。"

老何问："那你刚才碰了我，你还能看见吗？"

"老何，我想……我完蛋了。我的脑海，我现在……现在整个世界都是你。"

二〇一四年的除夕夜，老何叫苏姑娘来家中做客。二人父母已逝，彼此陪伴新年也并无大碍。

茶过喉咙，春节联欢晚会在电视机里放得热闹，苏姑娘蜷在沙发里，电视机的蓝光洒在她的侧脸上。

新年礼物是各式衣服，Miss Sixty的米色拉花长裙，Chanel的黑色小礼服之类，铺了满地。

老何说："很难想象你穿上它们该有多美。"

于是老何人生中第一次看见了女性赤裸的身体。她不做任何解释，不赶他走——只紧紧臣服于属于自己的黑暗，毫不回避地褪去所有衣衫，换上华贵的礼服。

她一丝不挂时，曾扭头问老何："哈！老何，你们男人，是不是觉得这件最好看？"

老何像个处子般羞愧！鼓弄着唱片机，唱片机里传来一首圆舞曲。

跨年的零点，老何牵她的手，长裙漫飞，飞过别墅里大理石的回廊。按下盆栽按钮，输入密码，两人进了茶窖。在此之前，老何从未想过会有第二个生命体能够接近自己的一生所爱。

起初，苏姑娘并不知道发生了什么，只听耳朵里传来唱片机的响。再后来，她的腿关节处抵上一把躺椅，顺势躺下去，躺椅的木缝里，传来与老何身上相同的檀香味道。

远处，是老何踩上梯子，一一打开茶罐的声音，玻璃声，瓷器声，砰砰作响。听得出他速度飞快，兴奋极啦，像是向儿时的伙伴，展现他收藏的玩具。

"一百八十五罐茶，苏姑娘，你知道，世间极品，此刻正包围着你。你能想象吗？这个空间里，汇聚了多少山脉、泉水，多少天空与大地酿造的精髓。每当我躺在这里，像你此刻一样躺在这里，我都感到人类的渺小，是的。那些残碎不堪的植物们，让我感到宇宙母亲刻在我脊梁上，刻在我天灵盖子上的空旷与孤独，你能体会吗，苏姑娘？"

听着这样的话，她大把大把地流眼泪，仿佛亲眼看到似的。

他激烈地吻她的泪，两个人随着圆舞曲起舞，碰翻了一罐乌苏云茶，碰翻了茶窖中央的商代青铜方尊。

喝下一瓶红酒后，老何掏出一把钥匙来："姑娘，以后我这儿就是你的家。我这房子，装修了三年，才成如今的样子，但它装修得再好也不像个家。从今往后就像了。"

苏姑娘突然严肃起来，起身抱住老何，下巴颏搭在老何的肩膀上，正对着那躺在地面上的青铜方尊说："老何，无论今后，你我之间，发生什么事情，你都要记住，我爱你。"

到了大年初三傍晚。老何处理了珞喻路上大小事务，给员工发了年终奖，开了个年会，开车，哼着小曲儿归家。副驾驶座上摆了一个盒子，盒子里装一颗大钻石，打开看看罢！都刺眼睛！却四处寻不见苏姑娘。

二十七位密码输入，防爆门打开的一瞬，老何跪倒在地上。双膝重重砸下去，能听见骨头崩碎的响儿。

面前，什么都没有。

一百来个茶罐子翻在地上，满地的玻璃片子，陶瓷片子。十数排的皮鞋脚印子。原来青铜方尊的地砖上，方尊没了，只换上一张纸片儿："老何，来生报偿。"

哎，这老何死活也不听人劝！事情过去大半年啦，还是不报警。他在警察局前面来回踱步，脑子里嗡嗡嗡的哟，全是圆舞曲的声音。他想到一个女子曾赤裸裸站在自己面前，他仿佛能看到她赤忱的灵魂，和茶一样不染泥渍。街坊邻居都说，这老头脑子坏掉了。衣服十几天不换，就在那苏何斋门槛子上坐着，抽烟，吐痰，骂街。他等个什么呢？

老何吃羊杂碎之前，想到这样一幕：他曾把一杯大红袍放在棋盘右上角星位上，苏姑娘毫无试探，手掌直接向星位探去，可是她看不见呀，怎么能准确找到那星位呢？

羊杂吃罢，他感觉冷，溽暑里头，他感觉下起了大雪。

他望向窗下，奔波一生的珞喻路呀，热闹极了。珞喻路上飘起了雪花，一个女的，牵着一条狗，在窗下笑。这笑容美得哟……

有生之年，欣喜相逢

蝉的歌

你活命的方式，太过较真。你总想找到巅峰上的巅峰，找到尽头背面的尽头。

1

她极爱读武侠。爱到骨子里去。

她走路，似一阵香软的风——爱搭讪公车上陌生的小朋友，捏捏他们水灵儿的脸颊，显得和善可人。却爱读一些刀光剑影、一些你死我活。

爱读血肉翻飞的武侠。

她对武侠上瘾。像为烟草上瘾的男人。

所以她更爱去夜里的大排档吃晚饭——那里的餐饮文化更符合武侠情怀，聚集着夜车司机、建筑工人，以及加班到深夜的白领。

不讲究坐姿，更无论吃相。

她用卫生纸抹去唇彩，迎接大口的啤酒和海鲜，迎接油腻和泼辣。结尾处，仰头喝起玻璃瓶可乐来。

“咕咚咕咚”一整瓶见了底儿。闭着眼睛，贪婪的喉咙像无尽的旋涡。

她直接用牙撕开易拉罐，咬开啤酒瓶，“嘎嘣”一声里卧虎藏龙，存着东邪西毒。

绕唇经久的，净是刀剑、镖局、刺客、秘籍、恩仇，以及整个江湖。

“哎哟你快吃饭啊！看着我干什么！”

我对武侠可不感冒。总觉得砍砍杀杀里少了几分真实。那年某天，唐徕小区停电。暴雨肆虐，留下一地的霉味，我们感到十足的无趣。为了找点共同话题，我这样询问过她：

“听说金庸笔下好多美女，你感觉自己和谁最像啊？”

那时她不带片刻的思虑。仿佛对这个问题早就深谙答案，掏出手机按下三个字：

周芷若。

当时我并未熟读《倚天屠龙记》，更不知周芷若是何许人也。看她盯着手机大笑起来，竟也跟着傻乐。

大概三四年后，江城大学课堂上，徐教授恰好讲到金庸。

从出身，到经历、作品、晚年生活，教授面面俱到。讲到喉咙干渴，他拧开茶杯喝一喝，粉笔头在指尖旋转。

“我再讲最后一个点。”他说，“说到金老笔下人物之取名，那是极有讲究的，绝非随心所欲。况且，根据中文特点，一个人的名字是有能力概括、映衬，甚至折射他一生之宿命的。不像外文，你说一个詹姆斯、一个汤姆、一个詹妮弗，能代表什么？不能，可是中文就可以。”

只见教授转身，面向黑板。

“我来举个例子。”

随即草书“周芷若”三字。

“芷为白芷，若为杜若，都是香草，借以形容周姑娘清丽脱俗。”

教授停顿片刻，一点点叹息夹杂在某一种复杂的眼神里。

“然而，芷字由艹和止两部分组成，表示香味令人止步的草，暗指周芷若虽美艳出尘却带有清冷威严之态，令人难以亲近。

“而杜若，号称是一夜间灿然绽放，隔日便悄然凋零。貌坚实弱，一旦全力绽放，便注定颓败。

“你们回想一下周芷若。想想她从未真正温暖过的一生，是不是觉得这名字恰如其分？”

2

那一年，我咬牙跺脚做出决定——亲自去买卫生巾，不再劳烦母亲。

偶遇店里几个同班男生来回走动，小店也狭窄，拿起之时脸颊发烫，便放了回去。

她从远处瞥见我的顾虑，拿纸捏捏鼻子，从柜台上扯下塑料袋。她起身走向我，把卫生巾包裹其中，塞进我书包里。

付钱给她，她嘴里嚼着一根乳瓜，从容不迫地做着每个动作。像个大人一样。

“姑娘，你人小心思还不少，这有什么啊……真是的……”

她家离唐徕高中校园很近，临街开着这间小商店。中午放学的时段，她妈妈总在街边持锅热油，切菜烧饭，她便负责看店。

她找钱，回到座位上，继续对镜抿嘴，尝试各种暖色调的口红。

那是我们第一次有了交集。

我掩门而出的时候，心里有种感觉。它被夏日烘沸，流成汤汤水水的样子，那味道像极了她母亲锅中翻炒的红烧茄子。胸膛处一整群细胞因此手舞足蹈。

她妈妈是聋哑人，中年离异，爱笑，爱打麻将。赢时满目激动，输时一脸颓败。

在养育女儿这方面，除去衣食住行，她难以给予更多。面对家庭的残破，女人的乐观尚属奇迹。

因为我考上唐徕高中，家里特意搬来这个小区。刚来不久，便听街坊时常说着，看这个没人管的小狐狸精咯，不好好念书，整日在附近旅游区的歌舞场所里瞎混！

那几年，一些退休后百无聊赖的男女，就像午后闲来无事的麻雀，三五成簇，支起马扎，晒着免费日光。嗑瓜子、吐痰、打毛衣，调天侃地。

夏日里，他们指着她挽起裤腿后露出的殷红脚链，指着她短版T恤下露出的雪白腰线和深邃肚脐，小声议论："从小就学会这样露肉儿了，长大了可还得了？"

"啧啧啧"的声音听到我头皮发麻。

但凡有自家儿女路过，他们都得小声劝诫："看见没，像那坏学生一样瞎胡混，怎么能考上大学哟！"

唐徕小区街道古旧了，狭窄的地界儿里挤满了葱郁国槐。她高三那年，我高一，树木发狂地生长。在回家的必经路上，二十出头、胯下引擎轰鸣的男人载着她穿梭在这样的林荫里，长软的头发被风拉得与地面平行。

她的校服被软禁在书包中，总是不穿。而代替那身蓝衣服的，是甜色短裙。

她会在摩托车后座摆弄打火机，偶尔大笑，笑起来毫无遮拦。画得极红的唇和闪着白光的牙齿，在周围纷繁的光景里，最鲜明。

校园里男孩擅长拉帮结派，混到高三依旧厌烦书卷，他们常在小花园里躲着抽烟。

等她出来了，就指桑骂槐地讽刺她，说她脏死了，说她乱，说她差劲——明明想靠近，口中却用着污秽的言辞发起挑衅，来引起注意——这种稚嫩到可笑的追求方式是她所厌弃的。

她闲庭信步般经过那些五颜六色的蓬松头发，手捏着水杯面无表情。

不过有一次，那些男孩的嘴里突然冒出她妈妈的名字，还有“聋子”“哑巴”之类的碎片。

她一改常态，追着他们摔打。他们笑起来，跑在前面，朗朗的少年，额头上沾满了汗。似乎长久的夙愿终于得偿。

追着追着她就蹲在地上，双臂环绕着膝盖，抽泣是她留给我的背影。飞出去，却没有砸中他们的水杯“哐当”落地，丁零作响，摩擦着硬朗的沥青地面。

开水迸落，划开笨拙的水印。

3

偷窥大概真是容易成瘾的事。

她住在小卖铺的后屋。从我的书房隔着巷子横看过去，正是她家两扇窗。卧房清澈，不常拉窗帘。

室内装修得简约普通，衣柜、床、写字台、三两盆吊兰、一两幅画框，并无更多。青绿色的地砖，恍惚看来，像极了雨林里脆嫩的青苔。

盛夏逐渐被烧红，熟透了，一股脑儿扑在我脸上，带来满身腥热。家乡小镇的夏，不比我现在居住的江城。那儿的夏天可毫不娇羞，甚至能逼疯空中的飞鸟，使它们狂躁地啼鸣，以光速乱飞。

大雨来的时候，像个三天未曾饱食的壮汉，急切、密集、完整。顷刻沸腾地面。

似乎永不止息。

雨尽之日。她长久地逗留在卧房里不愿出去。穿着短裤和背心，不穿鞋袜。她不像我，左边摆西瓜，右边是汽水。她大概更爱流汗。她会躲着妈妈，紧闭房门点起一根又一根烟，傍晚以前，再掀起被子往窗外鼓风，试图驱赶浊气。

她从不握笔，也不翻书包——只爱捧一本小说，每一个坐姿都保持许久的时间。

如果有高倍的望远镜就好了，兴许我就能窥到书名。

那是谁笔下的文字？让她大声发笑，前俯后仰。偶尔也一脸厌弃，自言自语地，咒骂书中某个角色。而每每持续时间最久的，便是她把书贴在胸口，抓捏一缕头发，闭眼凝神的样子。

窥视，逐渐变成无法根除的习惯。这种顽疾，也因为对她长久不泯的疑惑而根深蒂固。

直到有一天，她偶尔开窗透风，向外打量天色时，天色入暮，葱翠的绿叶几乎遮挡了她所有的视线。

她看到了我。

彼时我烧起一脸通红，狠狠一脚，蹬向墙壁。借着反向的力，和座椅一同弹得老远。

那是一种血脉爆沸的触觉，心跳的声音屏息可闻。尴尬和羞愧一同袭来，掩耳盗铃的我，终于欲盖弥彰。那天，我第一次收下她正脸的剪影。她下巴很尖，眼眶里有闪闪的东西。

似乎像是咆哮的海洋内，浪尖上最璀璨的亮处。

那天之后，我依旧爱打量她的生活，她在晾晒衣服的间隙，或是开窗闻风的间隙，也会朝我这边望过来。起初她没什么表情，后来她冲我笑一笑，我便回一个笑。

此番默契，不知所起，绵延夏季。

夏天逐渐走向深浓，洗衣粉和汗渍在母亲的手中来回揉搓。蝉鸣得过分啦！它们从不同角落窜出，像是宇宙的旅人，穿梭至此，终获至宝，就箍紧了树皮。

在夏日的心瓤里，最热的几天，是蝉群的狂欢与福祉。它们沉沦在燥热里，欢脱得如兔子遇见草原。

某天上学路上，光线缕缕带毒，折煞了绿地上的芽儿。

难耐之时，她从身后，举着阳伞将我笼罩。我停下来抬头看她，这才知道我的身高还不及她的脖颈。

“走啊，快迟到了。你看你，女人家晒成这样还怎么有人追哦！”

真正有交流机会的时分，我却毫无话题可以开启。不过她臂间环绕的各种旧书，是我长久以来的兴趣。

“姐姐。你最喜欢看什么书？”

那些书的外貌大多清素，没有硬壳，没有金边，和书店里被疯抢的畅销书比起来，仿佛来自不同的维度。

“喜欢武侠。”

我追问：“武侠？就是杀人的吗？”

她笑得很大声，阳伞倾斜，手上斑驳复杂的链子“刺刺”

作响。

“天哪……只有电视里的武侠才砍砍杀杀啊！你们这代人，读书都读傻啦。”

她明明只大我约莫三岁，却用着长辈的语气讨伐我的稚气，可说不上为什么，我毫无反感。恰是相反，我会觉得，在她讲话的时候，我身旁行走着的，是一盏人形的暖灯。

而我的下一个问题，却将灯芯里红热的火光碾碎，当时的我，因无知而无辜。

我问她：“那书里的武侠不写砍砍杀杀，还有什么可写？”

她前行的步伐顿时放慢，眼睛的色调贴近了严寒。

“写啼笑皆非，写一场空。”

我什么也听不懂，刚好也走到校门口。她嘱咐我说：“别跟你妈妈说你和我认识了哦，小心她不给你做饭吃！”

之后便如一阵热浪般，消失在高三的楼道边。

4

她喜欢跑步，天气愈热，她跑得愈发用力。操场上，她像一台竭力燃烧的机器，跑到皮肤绯红，跑到脉搏狂舞，也不停不休。

我路过一些女生，她们讲：“汗湿了身子好露给男生看？”

这些语言，我从不担心。她的心脾，似是一座熔炉，能将语言的风波悉数熔化其中。就像她从未抱怨过突然淋湿我们的暴雨，和疾驰卡车溅起的黑泥。自然也从未抱怨过周围的人，任何的人。

忘带钥匙是我的陋习。每次如此，我就只能等到八点妈妈下班才能进家门。

很多次我没带钥匙，就在楼梯上坐着，她在小卖铺门口朝我招手，手中拿着两支已经拆封的冰糖雪糕。

我背着书包走过去，把钱递给她，她说："收一收！姐姐请你的。"

她妈妈正在门口煮饭，鸡肉和青椒发烫，沐浴在菜汤里。见她妈妈一直看着我，我便开口，叫了句"阿姨好"。

阿姨没说话，只是点头笑笑。

她在一旁捏住我的手："哈哈，她听不见的！不过应该知道你说了阿姨好。"

之后，她做了几番手语，我看不懂。复杂的比画里，她指向菜锅，又指向我。阿姨点头，看了看我，欣然地笑。

我吃了两碗米饭，又用菜汤泡了一碗，一并吃了。每次我礼貌性地收下碗筷，把双手贴在膝盖上，她都要讲一句：

"好啦！把客气收一收！再来一碗！"

她还说："你们这些爱读书的娃娃，费脑子，最容易饿啦！"

周末的闲暇，她站在楼底下故意剧烈地咳嗽。我扭头就喊："妈！学累了，我出去转一圈。"

这样一来，母亲始终未察觉我们的来往。

我一路小跑跟她步出小区几个街区开外，她方才安心。

那天她穿着一件束身连衣裙，粉透了。

每次望见她胸膛上的隆起，和露了许多的腿，我都难免脸红。

她也从上到下地打量我，还教训我，"你怎么周末也穿成这个样子啊，还穿校服……"

"女孩子嘛，被称为少女的年头屈指可数，少女的裙子就像……"她一时想不出极好的比方。

“对，就像列侬的电吉他，迈克尔的白袜子，还像国旗上的小星星，那是光荣啊我的宝贝儿。”

见我无法应对这样的言辞，她便拉着我进了饮品店，拍拍我的肩自言自语：“不过也是，你是要考大学的好学生哟！”

我们吃吃喝喝，我拼命地想要AA制，她第一次随了我。

我们遇见一只病危的猫，并目睹了它的死亡。

她借来一辆造型夸张的摩托车，劝说我半个小时之久，我也不敢坐上去。

我们看到镇里新修出一片湖坝，那湖没名字，也很小。现在我随时随地能画出它的形状。

高一的运动会上，我没有项目。人群不知为何而兴奋地狂叫，甚至压过了树深处的蝉鸣。

她正朝我走来，她小心翼翼地绕过那些摆放杂乱的板凳和零食袋。

白色的、刚刚过膝的袜子，穿在她身上特别动人。

她就这样径直走向我，挽起我的手臂：“走走走！太无聊了！去我家吃冰棍儿。”

她很聪明，专挑班主任不在旁边的时段来牵我。我也利索，毫无顾虑起身就走。

“她怎么跟她混在一起了？”

“以前没看出来她是这种人。”

刀用久了都会变迟钝，这种话听多了一点味道也没有。

我不觉得她坏，所以就跟她走。

这是一个极其简单而自我的逻辑，绝对没错，打死都没错。

那是我们聊得最久的一天。暖风多情又负心，轻易染红了云朵的脸颊，只过了半晌，又亲手撕碎它。

她母亲的聋哑，只是一次面部神经炎落下的后遗症。不过从那以后，生活开始变得空洞而苍白，她父亲似乎再也没法从这个女人身上找到什么趣味与色彩了，也开始经常外出。

愈演愈烈，夜不归宿。

“公司加班。”

“同事聚餐。”

“外省开会。”

到最后，谎都懒得撒一个。

一纸离婚协议恰好拍在了她初识字的年纪，“离婚”两字的意义，以小学三年级的知识储备，也足够看懂。

“离离原上草，一岁一枯荣。这首诗班上默写，我错了两三个字。其中就有这个离！老师还让我抄了好几十遍！回家就看见，咦？怎么桌子上还有一个离字！哈哈哈……”

她从来不当着我的面吸烟，那天她却点了一根。现在我承认，我有烟瘾。

长久的无言后，她一句话惊呆了我。

“告诉你个秘密，其实她是能听见的。”

她指着不远处，女人正向锅中倾倒植物油。“刺啦啦”的，番茄和青椒入锅。

我的眼神里全是不可思议，也第一次主动地，握上她的手。她身体里，有一根根生硬冰凉的骨头。

“蝉鸣树深，夏织锦瑟。”

我又没听懂：“你说什么？阿姨她真的能听见啊？”

“哈哈，每到夏天，蝉子叫成一团的时候，她都喜欢躺在家里，打开窗子。她不爱吃西瓜，喝冷饮，她似乎更爱流汗。她用手语告诉我：她虽然什么也听不见，但就是能听见蝉鸣的声音。”

“真的吗？！”我把这当作一种特异功能，竟把兴奋的眼神和语调带给她。

她不看我，眼里，又换上了那个——与冰原有关的熟悉景色。

“蝉子唱的歌，人类听不懂的，就当作噪音。我妈觉得：蝉子的歌好听得不得了，它们很讲究节律，即使树林里有成千上万的蝉，可是发声的时候，那声音，从来都是共生共灭的。”

天色纯黑了，我以运动会之名逃过妈妈的质问。坐在书桌前，心中有很多压抑血脉的石子，让我无力翻书，那天的滋味，煎熬异常。

我推开窗子朝小卖铺的方向看过去，她换上一身长裙，长发像卷曲垂落的河流。她钻进一辆黝黑的轿车，男人的领结闪着蓝光，微微鞠躬，为她开门。

有些事情，我不问，她也不说。

5

我们的关系一直持续到了第二年的初冬。

那个季节，蝉子们似乎集体旅行到另一个宇宙，彻底消失。有一天，她说要我陪她去医院，她说一个人不敢去。

“去完医院，我再带你去吃好吃的。”

一想到提拉米苏和奶茶，我的心情立刻高涨，趁妈妈不在家，再次小跑下楼。

到医院门口，她指了指一旁的座椅：“你先坐着，我一会儿就出来。”

“我陪你进去呗。”

“不行，里面空气有病毒！”

她进去的时候，面颊似番茄。

出来的时候，捂着腹部，她脸色发白，摸上去冰冰的。

参差的冷汗，在她黄色的发线里停住。跟阳光一起，氤氲一团。

她突然问我：“在失聪之前，你想记得什么声音？”

我酝酿片刻，准备回答，她却抢着回答自己的问题。

“我突然想听有一个人叫我妈妈，哈哈哈。”

后来。我们每天聊天，大笑，我开始学她喝水的动作，学她骑自行车时飞快的速度，学她向花池里吐口水。

我们早起，到离镇子不远的湖坝上看日出。我们把吃剩的面包捏成碎屑，扔给河道里的鱼。

直到那个冬天开始变得严峻，雪飘不断，也带来了锋利冰锥般的噩耗。

放学回家，我妈妈一巴掌打在我头上，让我不许吃饭，跪在地上。

她哭得我心脉结刺，左刺右突，就跟她一起哭。

“你跟那个小商店的坏丫头玩得可好？！

“嗯？你不知道她是个混混子？我和你爸每天累得像驴一样，花钱就让你干这些事交这样的朋友的？！

“她混她的社会，你考你的大学！早就说过让你不要搭上那种人，你怎么了你？是不是不听！

“幸亏街坊告诉了我，要不然我得什么时候才知道？嗯？那种货色你都能把她当朋友！我看你学校也不用去了！读书读到谁脑子里去了？”

我哭得逐渐凶过她，兴许毕竟是女孩，不久她便让我站起来去吃饭，语气也渐渐归于平和。

“妈妈是想让你有一个是非的判断，什么样的人我们该交，什么样的人我们不交，这是从小就要学会的，对不对？

“将来你走上社会了……”

母亲的声音，至我耳中，愈发模糊。

“行了，不哭了，快吃吧。我就说你最近的成绩怎么忽高忽低的，一点都不稳定……”

大概妈妈方才喊得过重，所有声音轻轻松松传到了她那边。我回房间打开窗子朝她的卧室看的时候，那里第一次拉起了窗帘。

纯黑色的窗帘。

里面的灯，映出了皮影戏一般的，她的身姿。她用以往我所熟悉的姿态静坐着。

一动不动地静坐。只是那黑影中，却缺少了书本的部分。

我答应妈妈，再也不与她联系。从小到大，长辈们经常用“知错就改”来夸我。不过，唯独这次的答应，在我口中说出时，带着从未有过的迟缓。

后来她再也没有找过我。

每当，有高跟鞋的声音在周末的时段响起，我都要推窗去看，可是无一例外，楼下经过的都不是她。

如果八九点的时候，我想吃点零食，也只能忍着，忍到第二天，去附近的大超市买。我怕看见她，我怕相对无言。而她，向来是个聪明和懂得分寸的女子，她刻意回避着一切可以让我遇到的机会，她谨小慎微，她放弃了热衷自由行走做事的天分。

除夕，以及整个寒假，我都在祖母家过。再次回到树深处的小镇时，冬天已经过去。

6

那是第二个夏天。

第一次，伴有蝉鸣的午后。

在一辆中型货车的尾部，我终于，又一次看到她的身影。

她指着一个颜色发红的木箱说："这个得慢点放！放在最上面，里面都是书！"

她埋怨道："她什么都听不见，你直接跟我说！"

那天她穿得朴素极了，宽松的灰色裤子，民族风的花色背心，白色的球鞋被洗得多了，发黄。

我发现：她像极了一只美丽的蝉——这身装扮特别符合她的名字，以前她说过，如果说爸爸带给她什么好的东西的话，也就是一条命和一个好名字了。

她姓夏，名蝉。

什么样的人，是值得深交的人？

在我单纯，或许错误的理解下，我觉得——我兴许可以说是极其、极其幼稚地觉得——一个能在自己心中埋下火种的人，就是值得交的人。星星之火，可以燎原。点滴花种，能把荒芜开遍。

她给我的种子，压抑了一整个冬天。

那天，在夏天的烘焙里，它早已令我的血脉温热，无限趋于沸腾。我感觉我的血液变成一波波红色的浪潮，以从未有过的方式，拍打我的经脉。我隔着窗子，不停地流着眼泪。

一切装车完毕后，她站定不动，看看天，看看草地，闭着眼睛，屏息了好久。

蝉鸣至沸，覆盖了整个宇宙。

师傅几声催促，她便将闭眼听声的母亲搀扶进副驾驶座，自己则两步登上后座，随着半声轰响，彻底离开。

那是她最后一次出现在我的视线里。

7

十五分钟前，傍晚的新闻回放，有关于她的讯息，用了几十秒而已，草草而过。

我立在窗前，对着江城阴霾的天气，长吁一口气。

也许，将自己和某人的全部往事彻底回忆一遍，就能彻底地告别。

不再因她的离开而伤痛。

也许又不能，因为毕竟，我是有机会冲下楼去挽住她的胳膊告诉她，“我是你的朋友”。我是有很大的机会，用后面这种方式的，而且，这或许会让她感觉这世界其实是有足够暖意的，并非她想象的那般，苍凉、寂寞，像个孤儿院。

可是我他妈没有。

我扒着窗框向十几层下面的长街看过去，人头攒动，密集的车流是嗜血的蚁群，巨硕的中央喷泉，流着白花花的水。地铁在这时，从地下蠕动而过，颤抖的低吼，传到我的心窝。

她的消息，于熙攘的人世，大概只是一条茶余饭后的谈资。

我脚面的血，已开始外渗。江城已然迎来盛夏，狂热，血也凝得慢，从皮肤深处，源源不断。

母亲在这时，从厨房里拐出来：“天啦，你看个电视也能碎个杯子哦，我下去买些纱布吧。”

忧心忡忡的眉眼，亦如当初的盛夏里，训斥着我，让我承诺不再与她往来时的样子。

方才的屏幕上，各式鲜花开得毫无保留，在绿草墓地上，它们覆盖了死者的棺椁和遗像，两个国家的国旗在远端共同升起。

她那笑容一如曾经，只是长发不再染黄，黝黑黝黑的，和眸子一个色，纯纯的中国人。当地的意大利男女纷纷驻足，黑西装、金色发线，排队、默哀、弯腰、放下花枝。

记者手中紧握的话筒里，传来她官方而生硬的语气："死者是意籍华人，中文名夏蝉，多年从事风力帆船运动。在挑战YINGA航线并有望成为世界上首位独自完成这一航线的女性的途中，与指挥台失去联络。经三十五天海上搜救无果，当地政府宣布寻找终止。我们在此，深切缅怀这位敢于挑战人类极限的华人女性，她享年三十二岁，愿逝者安息……"

我试图从过往的碎片里，打捞她爱上极限运动的原因。

几番寻觅，如梦如醒，这一个片段，让我一身冷汗——

她曾经在我耳边喃喃过几句书里的话："蝉子蜕茧时，那种生疼、煎熬、悸动，和释怀、飞升、海阔天空，我们做人的……"

她喝水的动作向来像个男生，喉咙朝天，咕咚咕咚。

"唯有临渊而立时，一切方能明了。"

当时这些文字，于十数年前的我，完全是虚渺梦话。

我曾经问过："呃……那个'临渊而立'是……"

她也答过："就是让你在悬崖边儿上站着！哈哈哈。"

蝉子。

和你相处过的日子里，我曾想过，要找个合适的时机，劝你醒一醒，你活命的方式，太过较真。你总想找到巅峰上的巅峰，找到尽头背面的尽头。你太像周芷若——动心之际，就燃尽自己的热情，"留有退路"压根儿就不是你的脾气。可是，你这一颗心，并不适合这个早已被柴米油盐征服的世界。

不过我从来没有劝过你，从来没有。这绝对不是我的失职，因为我从未真正明白：你的人生，和我的题海，我的朝九晚五，我的钢铁森林，我的电器之音，我的工资条，我的房产证，究竟哪一种是梦，究竟我们谁该醒来。

可是蝉子，你一定得明白。

你曾怎样颠覆、渗透、雕琢和改造过一个女孩的生命，使她坚定不移地将你视为最好的甚至最后的朋友，这比她至今三十余年的生命里经历过的任何爱情，都来得生动、炙热，正正刻在眉间。

使她此刻背后的书柜里，琳琅满目，尽是武侠。使她毫不介意在众人面前大口喝水，大块吃肉。使她爱上了将摩托车变成流光，穿梭在无人的夜色。

使她，迷恋蹦极，将那高高的跳台，当作悬崖，谢绝工作人员的推搡。

闭上双眼，临渊而立。满脑子都是，蝉鸣树深，夏织锦瑟。

生死之交 / 当日未觉罕有 / 至你我变节了 / 仍觉未够

多想一天 / 相约一起喝酒 / 共渡山涧晚舟

葡萄早已熟透 / 晚霞也是悠悠

拉萨

有铃铛

它是鸟，你是人，你不能因为你没有翅膀，就不让它尽情飞，你心里有恶，放不下，就得不到……

1

尚是少年，他开车载着麦朵出发。麦朵呢，也非常珍惜这样的远行，早用溪水洗了颜面，加以头巾，打扮得像新绽开的格桑花。

任务与往年一样，是将刚剥了皮的三四头牦牛，拉到七八公里外屠户家里解开，上集，卖掉牛肉，再当场将骨干、耳、鞭之类熬成汤，成桶地卖给镇上面馆做底汤。算工时来回要三天。

难得相见，两个人对视了一下子，面红耳赤。

麦朵没能莞尔，达瓦更没法飒爽。赶紧上车吧，坐在他后面。

西藏，总蒙着远古的气色，阳光还没落地呢就老了十岁半。在隧谷里骑行，镜头拉远了，柴油斗车变成冒黑烟的小点儿，周围就是无际的高原稀树草原。

滇藏公路的一段干线，他借着薄冰的润滑，使用手刹，把车身弄得漂出个弧线来，还恰好能拐过一段弯路。这突然的车技展示，逗得麦朵心惊胆战，却又新奇地抓上他的臂膀，期待下一次漂移带来的刺激。果然又一漂！板车的链条受不住，崩裂开。

车板借着力道侧翻下去，三头赤裸的牛体，翻滚几次，幸亏被几块巨石拦住。

两个人吓得不敢出声。

麦朵走下去，双手抱住牛的脖子，拼了力气也挪不动半分。

“唉……达瓦！我们抬上去天都要黑了吧？”

达瓦降央知道闯了祸事，熄灭发动机，一步跳下板车，故作镇定，唇齿却是颤着的。

他拆开箱子上的麻袋，一大捆柴火抖落。

“达瓦……大白天的，你要做火干什么？”

男人一个劲儿摇头，嘴里念叨着“这下我阿爸要踹死我”，搂住麦朵的肩膀走了几步，指指天上。

天空蓝亮蓝亮的，真是不知所终……

三五只秃鹫在盘飞。

“鼻子灵得很呢！牛腥味我们闻不见，它们几里地就闻得见，还要来更多。”

“啊？！”

“嗯……得在牛肉旁边生火，它们怕火。我生了火，就开车去叫人，你在这儿等。”

“啊？！”

麦朵想拒绝他的安排，她心里害怕啊……可又踌躇着不能言语出来，不然总显得不懂事了不是？秃鹫是什么，小时候，看见那死去的没人管的野山羊，秃鹫飞过来围住了，小半个钟头不到就找不见骨头，只剩地上一点血泊。麦朵只能自己憋着，没一会儿就哭了。

男人忙前忙后，三堆火分别都升起来了，大早晨，配合日光，照得牛身猩红，冻住的血块都化开了，就流淌起红丝丝来。

达瓦开始在麦朵脚下面生火，生完就要离开。

“你添柴！不要往天上看！”

话音刚落她就往天上看了，约莫二十几只秃鹫，成了些气候，盘绕成一个浓黑的、关于食欲的圈。麦朵一下子扑在了他的怀里，揪住那副皮毛领子，不愿意再放手。

他踌躇，三头牛，是数百元代价，一家人一季度的心血。秃鹫在等同伴，聚多了就要落下来，牛与牛隔得还远，赶完了一丛，另一丛也要啄食起来。

他捧着麦朵的面颊想讲几句道理。

道理这东西是什么，被她眼睛里的水花花儿一冲，就什么也不是啦。

“快快快，麦朵你上车，我们一起去！”

他又小跑着分别添了几把柴，上车之前嘴里骂了一声，从地上捡起一根木棍，朝天上扔。

一声“操”还没传远，木棍子就失了冲力，往地上坠来。

“麦朵，你等着，明天我就拿鼠药拌在腐肉里头，网几只秃鹫。”

说着，一脚把油门踩到底。

“骨头掐碎！”

再狠狠拉一下把位。

“连祖宗带孙子一起吃！你也吃。”

“那也不行……达瓦……”

车子发动的时候，山头的另一侧，隐约响起一些铃铛的声音，细细碎碎，丁零丁零的……

他并不动，站在山头上，拄着拐稳静得很。身材一副佝偻模样，使人看后眼皮都潦倒，身上衣服多是黑色，手上颤着，铃铛声就从那黑衣服的布片子里散出来。

是麦朵看到了这一幕，她从未见过那样的鸟，从那人身后的山丘后面飞出来，像几个刀片儿，来回穿梭，啼声就更像刀片儿了。

秃鹫闻声后，惊叫着四散逃离。

麦朵扯了扯达瓦降央的衣服，伸手往天上指。

2

“总得学门手艺不是？”

数年后，一个冬夜，达瓦降央开始整理包裹。

女人就问他：“你，觉得家里的日子过得不舒心？”

“不是的。”

“钱不够花？咱爹不是说，后屋的房地空着没用，卖了，钱都给你？”

他一手握住麦朵的胳膊，一手敷上她的额头，看有没有烫起来。

“也不是的。你脸红扑扑的，也没烧，怎么了？”

“我气的，老话说，男人不爱家里待，是家里女人没滋味。”

“胡球说的。”

他说着，从腕子下面的皮囊里掏出一对石镯，给她其中一只。

“我留一只，你戴一只。那人都快死了，得有人养老送终的，当徒儿才能靠近不是？”

女人手上抹了泪，起身入厨去，拿辣酱塞进白饼子里，上锅一热，水蒸蒸的，再切两片酱好的、冷的牛肉筋，一起塞进去，递到她男人手边。他嚼着夹饼，四下里一阵安然和舒坦，这是温和良夜。

只是掀开门帘，冷风的刷子立刻将这一切带走。高原人家里好容易闷出的暖和气，往往像精心制作又迅速毁灭的坛城，眷恋不得。

伺候青稞田有几年了，达瓦降央背影里头的身板也磨出了棱角，背阔肌撑起领子，弄得衣服显得短半截，不很好看。

所谓“青稞”，其实论样貌、茎叶、果实，和南方麦子也没什么分别，只种在西藏了就叫“青稞”。再种回南方呢？却活不成的。稀氧的氛围，和湿冷泥土里摔打出的轻薄宿命，实在经不住富饶土地的肥分。也靠这薄命，养活海拔四千米以上的所有人。

目的地是苍麻家。

苍麻嘉美，达望山脚下的孤人，听说是年轻时候逃荒过来的，长得太丑，那铜黄色、浊得发污的眸子，看上去瘆人，没人愿意收留。就跟着秃鹫混饭吃，烤腐肉，吸蛙卵。

弄根绳子，下到崖壁底处抓鱼，偷人家地里的扁豆、萝卜之类。后来才找了一个活儿，是替一个庙里看守和打扫一座天葬台，没工资，饭能吃饱。

庙里僧人几个看他做事不苟，说可以剃度入寺庙里来。年轻时候的苍麻，听了这句话，一转身，伸开袖子朝眼睛上抹，可那大风天早就帮他舐干了水分。

他常年爬山，脊椎已经弯曲，佝偻着身子，憨笑着摇头，说自己作孽太多，愧意太重，面不了佛。

后来，逐渐熟悉了多种鸟的特性，自己琢磨出了驯鸟的方法。

因此常能吃上烤兔子，野山羊，也是得益于其中的某一种鸟。人也吃得健壮了许多。

到苍麻家，已是混沌的、带雾的午夜——其实早就日出了，偏被林托山挡着，还有一段要爬。

他的帐子呢，一片嫣红色，掀开门，是一股未做熟的羔羊肉的膻味、小麻袋待用的麻酱味和黑椒粉飘起来的辛辣味。

老人手里正搓着粗绳，麻绳被做出一张网的轮廓。

手上、臂上、肩上、腿上，一系列数不清的铃铛齐齐发响，整个人像一树白铃花。

“你已不适合驯隼了。隼是干净的，没有牵挂的。”

达瓦说：“我不回去的，就待这里。”

“你小时候，看你这孩子静得不行，不和那些骟驴混混子乱扛，才想拉你来学手艺。不成想，这安静是沉庸不是稳重……”

房里杂乱无章，达瓦除了那装工具的麻袋无处可坐，只得让棱角戳得生疼。这时候，苍麻甩出一个蒲团稳摞在地上，又是一阵铃铛脆响。

“怎么着，想来生财？你看我这破地方，怎么像个发财的样子嘛……”

达瓦坐在蒲团上，又从老人的铃铛臂上接过一支烟。这地方，着实破得要死，冷的铁的工具，热的煤烧的炉子，一张张毛毯和席子，仓促堆出睡觉的地方。

猎隼，掠云不惊，似水无痕。

以盘飞高度为价值尺度，隼飞得高，视野范围大，冲击猎物时速度快，观赏价值也高——“齐山树之高”者，与“行云雨之中”者，恐怕不是一个概念。

一百五十米高空盘旋者，可捕走兔。二百五十米，冲力足以抓破狼的头骨。西方现代驯兽学院派驯隼之高度，至多如此。

而苍麻驯出的隼，飞起来，肉眼几乎是瞧不见的。且常披着日光，人眼也没法常盯着。

每年，都有中东国家的巨富，派管家、使者之类的，先飞北京，再飞拉萨。

山区老客车上，一伙又一伙阿拉伯人一顿乱吐，终到吞云乡。九十度鞠躬，握手十数次，只差单膝跪下，支票、现金之类塞满了银质保险箱，藏语翻译戴个眼镜，嘴上咕噜噜翻译着，眼睛死盯着那银箱子拔不开。

只求苍麻驯出的隼。他不卖，多年不卖。似是和钱有仇。弄得沙特一个小王子亲自上门，保镖车队足足拉了百米长，终于只得撂下一句“遗憾”，放几小件金器表了诚意，说还会来。

苍麻曾计划着找个铁匠，把金海马小雕、镂金匕首、金扣皮带上的金粒子都熔了，做几个金的铃铛玩一玩。不曾想，铁匠于第二个午夜就拖家带口地走了个精光。

达瓦沉默了一忽儿，说：“肯定不是的了。每日种地，不知道哪里是个头头，想学学新鲜的。”

“嗯……”他“咕咚咕咚”喝了半缸子白水，“哎？麦朵生了娃娃没有？”

3

隼，吃鸟的鸟。

卸其尸体上的喙，可划破玻璃而不弯折。爪子的力道，足以抓起其十倍体重的山羊。和鹰形似，却不是一样的东西。鹰太傻，像凶悍的壮实人，捕起食来风风火火，恨不得昭告天下。隼静一些。

静，是因为快。

盘飞时越近天空越舒坦，一切追捕都从简从速，那一次次冷血的奇袭……

晨间有雾，苍麻和达瓦走在谷坡上。老人伸出手臂，捂住了一些蓝的、红的、绿漆的、铜色的铃铛，只露一枚银铃铛，摇晃。这下响得单一了。

雾浓，山风吹不化，声音闷在里面，丁零零地连续。

达瓦就这样听着，时间久了，陷入了一种尴尬的境地。他耐不住了，来回走几步，想回房拿烟抽。而老人是静的，摇臂的频率始终如一。

“爷，不然，等雾散了再……”

这话被一声“嘤”啼抽断，破雾而来的是一支高山灰背游隼。用“支”是因为像飘来的梭子。

雾像豆腐，隼像刀片，轻轻一划散了大片。

俯冲至与老人腰齐平时，翅膀一抖，划出个向上的弯弧，在肩膀上落定，又左右抬爪几次，立稳当了。

气息平得很，含了一块金锭似的。眸子直勾勾指向远处。

苍麻说：“你急什么。

“能随叫随到的，那是狗。”

亲近隼，了解隼，用去小半年的时间。其间麦朵一个人赶着车来看他，常是要带足了洗衣粉、一个水盆、一副搓板、一个背影，双肩起伏到午后。

将苍麻家里方方面面都洗得发香发亮，弄得老人笑起来。

不笑看不出，一笑，皱纹那么多，堆出年月的砖石碎壁。

野生隼是一种诠释“孤高”的存在，性格像草原狼，却更“独”一些，不群居。

也像蓝鲸，喜爱放肆遨游——巡视它的领空，可又不那么憨厚，迷恋杀戮和饮血的味触。

驯隼先要刮油，刮油是为了让其丧失对野味的青睐，能吃人给的食物。苍麻把一根软竹条递给达瓦，竹条上，每隔一寸，绑个麻绳疙瘩。

“塞进它喉管，塞到最深处。”

达瓦降央活了二十来年，屠过活羊，割过牛喉放过血，可在那一刻却怯了七分。

一只新捕的东亚红隼，正直勾勾地盯着他，翅膀从不轻举妄动，爪子握着的隼台上，早已抓痕密布。

“你在恐惧什么啊？”苍麻背着手问。

达瓦缓缓走过去，他知道，插进去后，还要来回刮动，抽插，冲洗那油膘，再插入，再抽插。最终他蹲了下去，嘬一根烟，身上抖。

“驯隼是驯，隼汲取人的聪慧，人，受惠于隼的锐气。不是调教隼。知道不？

“你的心是恶的，你只看到这是一种折磨隼的过程。恶让你只能看到折磨。恶的心，才会产生恐惧。”

后来达瓦降央亲眼见证了：他手下的红隼的痛苦。它反胃，扑翅，口里流出白的浆水。

他抓来一块新鲜生肉，放在手套上，引它腾跳起来啄食。可那隼，是始终坚毅的、克制的表情。

于是需要熬隼。所谓熬，就是人不停摇晃隼台，使它难以入眠，昼夜接连，直至隼实在无法支撑，坠羽落地为止。再喂以盐水，薄肉片，方会依赖于人、信任于人。

达瓦降央从第一晚开始，摇晃到第二天午时，要苍麻老人接他的班。

可老人并不这么想，只是放了三块烙饼在他身旁。

“你的心是恶的，知道不。恶的心，才会生出私欲。

“你不愿意陪它，不愿意啊，体会和它等量的痛苦，你现在就是想睡觉。那将来，你把它呼来唤去时，烤着它擒来的山雀，拌胡椒油吃得香时，你心安理得的哟？

“这天下，我敢打包票呢！熬隼时换过班的人，最后都他娘的得把隼卖喽。”

那是炼狱般的三天四夜。

达瓦不但不眠，而且手上还不能停息摇晃。他发了一身又一身的汗，汗捂出酸臭味，熏多了自己也闻不见了。

手臂酸痛时，就改用脚，踹着摇。腿脚也废了大半时，便拿肩膀撞，用肩，腹肌要用力，腹肌又作废后，只能臀部发力，向前顶柱子，拿膝盖撞。

他眼睁睁地看着温和的良夜，到来，又被自己亲手葬送。

它落地的时候，达瓦几乎心神俱散，只拖着那身子，舀来盐水，切了肉片。它濒临虚脱，吃了不到三口，站在地上，背对着达瓦。刚好是晨曦，金黄金黄的阳光奢侈地汇聚在门板的缝隙里。

苍麻点了点头，背着手走开了，又突然，回身，推开了门。

那只隼，抬了抬头，原地凝滞了良久。

“你看，我说的没错吧。”苍麻说，“听老人就讲，西藏这么大，只有隼的眼睛可以直视太阳，这是太阳的子民，太阳的子民问心无愧，心里没有恶。”

达瓦眼泪决堤。

4

苍麻将死的时候，吞云乡刚刚入冬，达瓦降央用板车拉去半车的煤，供他烧用。

他身子骨愈发失常，走路时总觉得昏厥，不肯铲煤来烧了。问他为何，他不言语。

只伸手，准备卸下手臂上那副牛皮袖套，上面挂有十来副铃铛，是天空中十来个风中精锐唯一信仰与听从的口信。

二十来个纽扣，几十年未曾解过，板结、油腻、稳固。足足费了半个钟头才取下。

丁零零的清澈脆响，冠绝寰宇，似是能直直飞进宇宙中心去。全部放在达瓦降央的怀里。

并跟他讲：“这些铃铛，能不摇就别摇。能不打扰它们，就不打扰。隼锋利，世上锋利之物，都脆弱，都该清清静静的。

“揣而锐之，不可常葆。你如果拿来显摆，趁早埋在土里。”

“您放心。”

苍麻又说：“你驯隼有两年了，心中的恶还是要除干净的。你的隼飞不高的，为什么飞不高，因为你总怕它丢了，实际上就是有恶。

“你明明就是想控制它，占有它。你总是，它刚刚飞得瞧不见了，远了，就摇铃铛叫回，久而久之，它还敢飞吗？

“它是鸟，你是人，你不能因为你没有翅膀，就不让它尽情飞，你心里有恶，放不下，就得不到……”

达瓦正仔细打量着怀里的铃铛，而苍麻已开始脱衣服了。脱个精光后，往自己身上绑了鲜羊肉，腐牛肉，还抹了一些羊油。径直走出门去。

天寒地冻，他家本就离天葬台不远。看守一生的地方，见证无数死亡。荣华富贵者，贪生怕死者，据说我们都会死，而且，对于秃鹫来说，都只是些冰冷冷的骨骼。

达瓦降央没有任何勇气，去伸手拽住苍麻的步伐，他的步伐，沉重一如嘉林错冰川的迁移。

他只能站在天葬台附近的地方，跪下叩头，久久不能停息。这是他一生里，第二次见证人的死亡。

大片大片的黑色的秃鹫，闻风而来，在天空里绕成一圈食欲。

人从黑暗潮湿的子宫中来，也一定会步入黑暗潮湿的虚空中去的。

苍麻挥手扇飞一只正在啄食他身上鲜羊肉的秃鹫，肘子撑在地上、挺身，朝天空里发光的红姑娘望过去，看了很久。

5

我的母亲，全名叫作德协麦朵，藏语里面意为“幸福花朵”。

可她人生中，曾体味到了长达十数年的、不闻不问的，来自我父亲的冷暴力。寂寞和孤独折磨着这位十六岁便出嫁生子的女人，后来她在一所初中食堂做事，跟着一些长沙、昆明等地支教而来的文化青年，学会了识字，看书看报。

甚至写作，以消磨父亲泼之于她的清冷时光。

她喜爱记录家乡的点滴，字里行间里，离不开她的达瓦。我大学二年级回乡过年，春节联欢晚会愈发无味，百无聊赖才翻得书柜里的红木盒子，里面有母亲的手记五本。于是得以熟知这些幽暗岁月的详容。

二十世纪九十年代初，大量的偷猎者，钻着我们国家“幅员辽阔、监管无力”的空子，用一系列有墨难书的手法，将麝、鹰、隼、滇金丝猴、藏羚羊、藏野驴等动物，捆入麻袋，装入闷热的汽车后备厢中，长途奔袭以至出国。

对隼，他们往往进行简单而速效的训练——这意味着常需要用到电击，神经类、麻醉类药物。最后大量出售中东地区，使得风之骄子们，面挂一副呆滞目光，停落巨富家中，以彰显地位。

我父亲那一臂的铃铛，在短短三年内，彻底失去了作用。他摇，不停摇，在山谷，在山顶，在每个空洞的清晨日暮里，却再不见它们了。

现在想来，苍麻的法子是特殊的，不直接豢养隼，而是形成某种人与鸟的，隐形契约下的放养，所谓“相对占有，绝对自由”，大概如此。这是普通驯隼从业者和盗猎者不能理解也难以达到的境界，可它的缺点在于：人隼分离，无从保护。

他甚至不曾见过偷猎者任何一面。他不知道他所记恨的面孔都长什么样子，他不知道该举报哪一个车牌号，他不知道，自己带着枪上山入谷，该朝哪一个面孔开枪，射爆他的脑壳，烤了他的肉吃。

后来几年，父亲愈发抑郁，心疾积累，沉默寡言。基本无视家人的存在，包括我母亲。

也总不舍，不舍摘去那一臂根本无用的铃铛，在雾里摇一摇，在雪天晃一晃。走青稞田，走集市，走牛场，也总是叮当乱响。心智就这样变得憔悴，眼神总瞭望远方隼巢所在的深崖，变得空洞，于是包括爷爷奶奶在内的众人都议论：是患了癔症。

甚至曾劝我母亲另嫁他人。

6

可如今的达瓦降央，坐在席间，把苍麻老人又讲一遍后，搂着麦朵，两人随歌曲摇曳。

竟是一场远行将他治愈。

麦朵曾拉着自己面色冰冷、寡言自闭的丈夫，迈向拉萨。

磕长头——藏人熟知且笃信的，最高级别礼佛方式。手绑木板，前身挂戴兽皮。走三步一匍匐，伏身于地时，双手前伸，划出记号。起身，走至记号处，再度全身匍匐。如遇河流，则先在岸边磕够河的宽度，方可步行过河。

用身体亲自丈量五百八十六公里高原大地，有什么意义呢？一切过后，达瓦降央，并没有变成佛，还是爱饮酒吃肉，还是在牌局上计较得失，还是被低级趣味逗得窃喜。

只是，嚼风、卧雪、扑泥、淋雨后，人，或许能懂得……

臣服于天地的美妙。

他突然复杂不起来，匍匐久了，身体成为山川本身，心魂就在隼的翅膀上了。

愿意变得简单。简单地踩在简单的格桑花装饰的草地上，简单地望望牛羊，简单地不作恶。

简单地，走向简单，变成简单本身，变成简单的湖水、冰川、星空，和雪峰本身，简单到……像简单的青稞，再也挂不住浓郁肥沃的仇恨。

那么仇恨是什么呢，仇恨是盗猎者本身，仇恨是胡作非为者，在我们情绪化的心里投下的倒影，仇恨是作恶本身。

终于，德协麦朵，将达瓦降央身上的铃铛，卸下。不知怎的，他没再拒绝。亲自，用红线串起七彩的铃铛来，挂在大昭寺附近的石堆上面。有风经过，叮当作响。没风经过，兀自宁静。

就这样，简单地，脱离人手的摇晃，遵循自然的旨意。经过岁月，会生锈，会老去，会变化，会消失，会重生。像宇宙，像佛陀，像岁月本身。

世间，多无常。拉萨，有铃铛。

在云端

她是个大胖子。

真可惜，女生能皮肤黑，能脾气差，能贪玩，能无理，能丑一点儿，就是不能胖。

1

她明明穷，就那几件衣裳。

可你常能看见，她提着一袋六块钱的洗衣粉从操场走向寝室，去面对那几件简单的衣物，洗得白白净净，凭空里揉搓出清新透亮。鞋带也洗得净，不叫露出一段黑一段白来。

问男生借打火机，烧掉外套上的小线头儿。

长长的腿，弯下腰去，摘掉袜子上面的小毛球。

而后她走过来，素净的脸上没有化妆，零星的、淡淡的雀斑是盛夏阳光的绝配。那头长发散开在肩膀，清清爽爽，她明明是走着路的，但你就是觉得她胸中有血，血里有风，能飞起来。

她手里握着矿泉水，不贵，解渴。她笑起来会露出牙齿，生得完美，没有不整齐的地方。你就是觉得，那笑容不是速溶的，是原磨的。

然后她把一包六十块的巫山烟递给我。

不可否认，那一刻我爱上她了。

我想起了另外一幕：我很小的时候，记忆初萌，家里也贫穷，立秋之日，母亲接了个电话，突然拉我去逛商场。买三块钱的发卡，八块钱的口红。回家，对镜梳妆，涂口红，抿嘴抹匀称，一边对我说：

“空儿，今天有人给你妈介绍对象，待会儿饭桌上你乖乖的，多吃菜少闹腾，若他对你好，咱们就让他做你爸爸。”说着，她戴上耳环，扭头对我笑，“你看，妈妈今天好看不？”

当然好看了，母亲站起来对着镜子转几圈，调整发箍，又转了几圈，衣裙漫飞……

再看球场夕阳下的她——拍拍裙子上的灰尘，生怕在我面前有一点儿的不净。和当初我的母亲一样努力，一样认真。像茁壮的花、倾盆的雨、葱郁的灌木，像最热的光。

她们勤奋又用力地，爱着自己。

我又怎么能不爱她们呢。

2

初三那年，天空患病，云团摊成一盆腐败的蒜蓉末儿，发黑，发昏，湿气里尽是朽烂的花瓣味道，溽热使人暴躁。

那一年，我初到江城，和她分在一个班。

她是个大胖子。

真可惜，女生能皮肤黑，能脾气差，能贪玩，能无理，能丑一点儿，就是不能胖。胖了，走路像一块屏障，跑起来身上会有肉抖，夏天会很多汗，头发黏在额头上，让人看着就不舒服。她不爱用卫生纸，随身会带一块白毛巾，很厚。书包里不卫生，她就放在一个硬塑料袋里，每次要用到都会小心翼翼地拿出来。

塑料袋要发出“刺啦啦”的声音，她为此懊恼，也谨慎至极，手指温柔，左顾右盼，生怕影响了课堂。缓慢、慌张，一拿、一擦、一放，耽误掉许久的时间。最后安心下来，长舒一口气，然后，你会看到她红润的面颊和彻底的心安。

当然了，一切画面都在我的余光中上演。为此，我的眼睛总要尽力向右偏，弄得生疼。

她是一个彻头彻尾的学霸，次次考试全年级第一，英语次次满分，丝毫没有一点儿夸张的成分。

如果你见过她的学习方式，你就一定会相信：所谓找方法的人，归根结底是在找捷径，多少都有那么点惧怕正路冗长遥远的意思。而“死记硬背”这四个字，意味着，面对题海迷宫，蒙住双眼，手持镰刀，直走不转弯。遇见迷宫中的障碍树墙怎么办？用镰刀砍。树墙太硬怎么办？用刀口锯，三年五载锯不烂就把一生都搭进去。虽然道阻且长，行为看似愚笨，可她切切实实地，已然走到了“百密无疏之境界”的终点上去。

一本半张桌子大的美术生素描本子，她用来做笔记。每一张大纸都是旷世的奇观，细细密密，铺满了小小的字，像是蜜蜂的盛世王朝，笔画之间发力压榨着每一处空隙。她笔锋刚硬，写起字来，像鲁迅那样倔脾气的男人。

什么都记，毫不挑剔，接近病态。

课间从不挪动位置，对着牛津英语词典背单词，坐姿端正，抿着嘴巴。我偶尔窥探过去，“荨麻疹 urticaria”“环境监察 environmental monitoring”这样的单词也不放过。她不做任何的挑剔，于是英语卷子们也没有资格去挑她的毛病。

所谓“书呆子”，大概如此。她是一台绝对意义上的学习机器，高效的、发烫的机器。每天，无数习题从她脑海中驶过，船尾相磨——而她宽阔、执着、专注的激流，根本不担心拥堵的问题。

母亲从小就教我，学习要活学，不要死学，不要变成分数奴仆。我并不欣赏她的方式——直到某一天，体育课，一脚远射拉伤了腿部肌肉，剧痛，伤口涌血。先去医务室，又回到空旷的班里。她的笔记本就在右边，没办法控制好奇心，翻开看看，于是毛骨悚然：在无数数学和物理题的夹缝里，她抄着一篇篇卢梭、雪莱，一句句惠特曼、普希金这些大诗人的作品。

她抄它们时，笔锋绵软了七分，连笔居多，“竖弯钩”不再锋利，像是换了一个人，像是写在水乡的桥头上。

我问过同学，为什么她从来不和别人讲话？

小个子男生把我拉到一边，说：“她在校门口下跪过！她爹特别得狠！就是因为成绩！”

是我不在的前一年，她的成绩下滑了——如果从第一到第三也叫“退步”的话。她父亲非要埋怨语文老师鼓励她看诗集，整天不务正业。语文老师百口难辩，竟赔礼道歉。

江艾秋跪在初二的冬天，放学时段的校门口，睫毛上慢慢有冰碴结出来。

校长一度担心，自尊心的崩碎会否成为她转学的动因？答案是：并没有。她的心就像一座封闭的熔炉，自我消化着一切哀乐，不存留，不分享，不散发，更不受情绪牵动。代价是情绪转化成更多的砖块，加厚着她内心的壁垒。

自闭由此而生。

3

现在想来，江艾秋第一次看见沈浩云的时候，我也是在场的。

当天的情形应该是这样：

我们十六岁的雨季。

暴雨突袭球场草坪，一群男生慌忙撤离，路过自行车棚的时候，打头的队长沈浩云抹了一把湿乱的头发。聚拢的雨水顺势流过下巴，滴在布满足球污印的白色衬衣上，一个眼神，飞速地甩出去，与正在锁车子的胖学霸江艾秋偶遇。

她心里长期矛居着一头雌鹿，活在数学和英语组成的幽暗密林里……而就在某个微妙的时刻，那小鹿稳定的步伐被打乱，跌跌撞撞摔进了沈浩云的眼睛。我们一起跑远了，雨雾萦绕在他宽阔的背影边，我的球衣印着白色的“5”和“邢奕空”，他的球衣上印着“8”和“沈浩云”三个字。

隔了三个星期。寝室里，沈浩云捧腹大笑，拿过一封信来给我看。

“看！你们班的大胖子！哈哈哈哈笑死我啦！”

那封信很长，足足有两千多个字，当然了，和她记笔记的字体迥然不同。

沈浩云同学：

你好。

……

后来看《重庆森林》的时候——金城武在大雨中的跑道上奔跑数十圈后，长发滚雨，睫毛担水，胸膛起伏大口呼吸的样子，特别像你。

《遇》

你经过大雨的时候
天空晴朗三分
风凝了七分
蝴蝶不自由

也望过名山大川
赏过四季海水
竟不敢多看你一眼
你倒不刺眼
却只吸魂魄

如果可以，给我回信吧。

江艾秋

沈浩云绝对是招人喜欢的男孩子，长得高，笑得无拘无束，肤色黑得健康，从不挑灯读书，于是眼里亮得清澈。足球队长，早已应征入选国家青少队，高中不会在江城了，要去南美洲参加训练。

"哈哈哈！看到没！学霸还是个诗人呢！我得好好想一想怎么回她，嗯 …… 有意思。"他找出一支笔一张破纸，苦思冥想了半个晚上。成品传递的时候，笑得宿舍几人心脉紊乱。

年级第一：

你好！

你经过大雨的时候
天空阴了十分
风狂了一百分
蝴蝶吓死了！

也看过日本相扑
赏过大力士格斗
竟不敢多看你一眼
你倒不是“胖”
那字不够用！

学霸，好好学习！报效祖国！

浩哥

这封回信最后一个传到我手里，刺耳笑声中，沈浩云捂着肚子大赞自己的才华，对我说：“帮我给你同桌哈！”

“这也太……真的，这事我可不干。”我说。

“哎呀！你不用当面给她！就塞在她书桌里不就完了吗！”

“她给你的是邮寄过来的……”我说。

“她傻你也傻啊？一个学校的邮寄个屁！”

直到初三学期末尾，胖姑娘也迟迟没有收到回信。

课堂上，她的听讲开始变得紊乱。我看在眼里的：她不停地按太阳穴、擦眼镜、揉捏衣角，转笔、擦汗、如坐针毡——这日复一日心慌意乱的学习状态让我想起她的暴君父亲来，我也开始焦虑，一个月只交了两次作业。

隐瞒大概也不算高尚，伤害大概也能算成长。

最终，又过了两个星期，她看到回信。雨季离开，寒冬回来。是雪天，羽毛们肆无忌惮突然爆发在江城。她拆开信封，扭头左右看看。把信纸铺展，几本书压着边角，一字一句读下去。渐渐地……握紧了拳头，血流涌动。渐渐地……大口地呼吸，胸膛起伏。渐渐地……捂住嘴巴，难辨喜怒。那是她唯一没有抬过头的数学课，我看到老师眼神诧异，像是看到沙漠里窜出鲸鱼来。在那一天，大雪竟然能下出“哗啦啦”的声音。在那一天，我看右边的窗，右边的她，胖胖的脸颊，紧盯下去。还拿余光防备着我……

中考，全校第一是她，全市第一是她。可我仍贪心、诧异：她怎么才甩开第二名两分？

答案是：身材原因，她索性没去考体育……

说到那封沈浩云的亲笔回信。当然了，它早就被我撕成不能更小的碎片，丢在操场边的沙石之间了。

4

高中，我和她一起升入本校，同班，我长个子了，终于超过她，于是不再同桌。

校长当众表扬她“高分也不离母校”，中年女人说：“这意味着感恩之心、善良，以及专注度。”在队伍末端，我踮起脚尖看看她，一米七几身材高硕的江艾秋正发着呆，目光尽头，是长跑训练的体育生。

后来，一幕奇迹般的剧情在学校里上演。

高一学期往后所有的正午里，同学们拥挤在食堂中抢饭菜，唯独她，绕着操场，狂奔不止，以至于“学霸绝食跑步”成为大家露台小憩时必看的风景。女生们随口撂下一句“学傻了”，男生们在她路过时大笑，大闹，起哄，说：“看她的游泳圈和一对大×！简直是上下翻飞啊！”

“我给你们说一个屌爆的游戏！我们石头剪刀布，输的人去给她送水喝好不好！”同学甲说。

“操，不玩……这么多人看着呢！我可输不起。”同学乙说。

夏尽之日，江艾秋边跑着，边捂住心脏大口喘气。

毫无疑问，她向来是一个完美主义者——用“强迫症”三个字完全不够形容。从处理习题这方面就看得出来，每道题抄在美术大纸上，罗列诸多方法解答，给每个方法后面画一个方框，用直尺。方框里，写下各方法之优缺点，标明简易程度以及对比星级……最最要命的是：如果其间写错了字，她会撕掉全部的纸张重新来过——大概因为她讨厌胶带粘破的纸皮，和随意涂黑的水墨球……

耐心数过：每天中午十圈，晚上十五圈。累死也不会靠走步前进，但凡挪动，都是用跑。某一次，她走了几步，原地怔了一下，觉得不对劲，又倒退回去，再跑回来……

在天台，我忍不住笑。

之前同桌时我们从不讲话，那一年更是。但我能看到每一个新拆封的毛巾包装，她走到后面来，扔进我座位后面的垃圾桶里。

秋尽之时，她已换了七次。

一个冬天，两个冬天。年年相同，雪片带着光晕，像一盏盏天庭之灯，徐徐而陨。她持久而专注地长跑着，每圈用时也愈发短。雪花一一摔打在江艾秋的，以及我的脸上、身上。与其一起悄悄融化的，还有她一滴一点油腻的脂肪……

好事的男生，以及所有看客的眼神也逐渐起了变化——视觉动物们在操场边瞪大了眼睛。

高三体育课上，我们分明看到：江艾秋同学一如既往，再一次地，在操场上结束了奔跑——她走下来，绝对是另一种生物，和万顷空气无关，和天空里的白云无关，和脚下的泥土无关，何况人类。

摘去马尾头绳，散开乌黑长发，因为变瘦，从前的短裤、短袖都显得夸张地宽大，细长的腿在里面摆动。她脖颈上面，汗液晶莹剔透，给整个人染上一层亮色。她的肌肤，白里透着血红，她拧开矿泉水瓶盖，仰头喝水，抖动的喉头和笑时的酒窝，一定是另一种生物。修长的身材，沾湿的运动内衣，所有赘肉消失不见，勾勒左右两边完美的腰线。

如果你是男生，你一定说不出任何一句话。只有鼻血的浪，反复敲打鼻腔的皮肉……

如果你是女生，你会发现，苦心修紧的校服裤腿，处心积虑的粉底和眼影，都是繁华媚烂的泡影……

真正的美丽，时光都不会理睬它。

高三那个春天，体育老师竟当面邀请她进入长跑队，这事校长知道了，训斥那男老师说："她学习优异，大可不必走体考这条路。搞体育，简直浪费。现在备战高考，你切勿影响她的学业，我们学校小，出上一个清华北大不容易。要上报纸的。"体育老师随声附和着："是，是，我就是觉得，她的五千米用时已经超过了好多体育队的女生，我偷偷测了几次……”

我早就知道会是这个结果。之前，她的脸虽然胖，可五官是整齐的，眼睛的明秀，鼻梁的挺拔，都只是被肿肿的脸颊埋没了。现在，脂肪像冰雪一样融化，冰壳之下，一些绝美的风景终于显露。

现在，西瓜大瓜子脸变成了葵花的细瓜子。

整整三年的时间里，她都会定时地收到沈浩云的信笺，也在课余时间回信。与处理习题时的表情不同，她写信时，不急不缓，偶尔侧着头闭着眼睛，遣词造句，思考许久。长长的睫毛搭上夏天阳光的肩膀……窗外是无数偷偷汲取她美丽的男生。可爱的是，她仍是爱出汗，仍用着一块又一块白毛巾。

她一定不知道自己变得有多美。我自己也一定不知道，为了这一幕，我曾临阵磨枪，花掉多少钱，买了多少的诗集。

江艾秋同学：

哈！谢谢你的来信。

你说的雨天我也记得！

那天我们学校足球队在为省青少队比赛集训，周五，大家都很想早早回家的！刚好，下了那一场大雨。真棒。

……

我有女朋友的。我们从小就认识，家里父母也是世交。

……

关于你的诗句：我觉得如果一个人的青春仓库里，堆满了数学题和英语单词，是一个不小的悲剧。我支持你，你的诗句很棒，我文化课很差，不过也爱看一些现代诗，抄下来一首给你。

但是你，只看中你自己的亮眼睛
用自身做燃料培养那眼里的火焰
在丰收之际造成了饥馑的灾情
与自己为敌，对自己未免过于凶残

——《十四行诗》莎士比亚

聪明的你大概能猜到我的意思吧？

我是想给你一个不知道是否恰当的建议：但愿你能多给自己的身体留些时间，有优异的成绩，也有优质的体格，听说，胖女孩瘦下来，会发生一个奇迹的！

朋友，你是第一个给我寄来手写信笺的人，以后我们可以做笔友。

沈浩云

天知道，在初三那年，那个黄昏里狂风刮过的天台上，我给信纸压上石头，绞尽脑汁写这第一封回信，揉掉了多少稿纸。

我编造友善、开朗的性格，编造一个委婉的拒绝，还精心搭配一个天衣无缝的理由。“青梅竹马”“互为世交”——现在想来，当年的我真是个编剧高手。有人说，当你撒了第一个谎，就要用一百个谎来圆。可是，后来，我们之间的信笺往来何止一百张信纸？我苦苦编织着荒芜的谎言，买蓝色油墨，买异国的信封，订购了数百张拉美风格的邮票，费尽心思，找刻假章为生的老头儿刻出一个国际邮政印章……每次伪造，一针一线，一枝一木，一编三年，一发不可收拾，以沈浩云的身份。

荒谬的土壤里，竟能开出真真切切的忧伤快乐来。就这样迈过一个空泛的三年，对纸行文，把荒芜开遍。

5

三年内，“沈浩云”与她约定每周一信。

江艾秋向他介绍学校里发生的大事小事，描述同学如何嘲笑她跑步时笨拙的样子。

沈浩云：

见字如面，又见面了。

你知道吗，听见那些诽谤和嘲笑，我就觉得，人和人为什么总要互相攻击呢？有时候，真的很想放弃。

江艾秋

虽然对我来说，她的描述都是废话……都是我亲历亲闻的。

“沈浩云”在信里写满了足球训练场上的经历，写了亚马孙河的壮阔和南美雨林的复杂与绝美——为此，我翻遍了体育杂志上面的八卦和逸闻趣事，看遍了智利与墨西哥出品的国家纪录片，树冠壮阔，王蝶迁徙，实在绝美。

江艾秋同学：

哈哈！你的字越来越水灵了！

关于你减肥，以及同学嘲笑你的事，我只能说：在南美洲，有一种蝴蝶，叫“红寒蝶”，翅膀血红，上面会有一条一条的金色线段，它很小，却是国家一级保护昆虫，它的翅膀被誉为由“红宝石和黄金打造”。

可是，它的幼虫在冬天结茧，未绽放的那个茧甭提多丑陋了！白球上都是红色的点点，看得人心里发麻，甚至会产生恶心的感觉……

聪明的你，应该懂我的意思！

沈浩云

江艾秋对于奔跑的坚持里，除去她个人完美主义的性格以外，大概，至少，还有来源于我笔下的一些力量。

想到此处，真不知是悲是喜。

高考之前，我准备写下最后一封信。

我写：

江艾秋同学：

如你之前所说，我们两个人的友情，长久地停留在真实的信纸上，而不是在手机，或是虚无的电流里，这样真好！

你发来的照片我看过了，“女神学霸”非你莫属，为你长久的坚持而喝彩一万次！

我和女友订婚了！嗯，这个国家的法律下，十八岁就可以结婚哈哈！

她看到你的照片了，嫉妒你的面庞，还跟我闹脾气。我想，我们三年笔友的时间，彼此建立了不少的理解与了解，现在，我想终止这段关系，我不想她误解我，我相信你也能理解！

也许你也觉得，三年的回忆，我们探讨的每个话题，足够回味三十年了。

当年，学校天台上，我停顿在这里。即将收笔，突然想到，这就是告别了吧。是否该为自己做些什么？

对了！你还记得你们班的邢奕空嘛？我们是好哥们儿！他经常给我寄来家乡特产，那家伙喜欢抽烟，我想给他回一盒好烟，却没法邮寄！

代我给他送一盒烟好吗？万分感谢！

最后，祝你高考顺利！再见！

沈浩云

于是，高考前三天，傍晚夕阳下，她朝我走过来。

她明明穷，烟却是不菲的。那一刻，整个宇宙屏息了足足三秒钟。

“其实……我都知道，一直以来都是你在跟我写信。我们已经相爱三年了，你现在还在装什么哪？为什么不过来抱住我呢？”她话音温柔，带着山谷空明的回响……我握紧烟盒，闭上眼睛，眼皮下汹涌像潮汐。

这当然是幻想了。生活又不是电影。我再睁眼的时候，说

“谢谢”，字句简单，背影里的她，定是听不出哽咽的。

此时此刻，在洱海，写完这篇《在云端》。我摸摸口袋，那是我抽得最久的一包烟，十年，抽了两根。

点燃。

呼气。

喷吐。

香烟的浊气打造一片台灯下的乌云。

在云端……除了尼古丁，还有她。那就是她，温柔如水……

是不能原谅，却无法阻挡
是空空荡荡，却嗡嗡作响

十七楼房客

他必须杀掉面前这两个进门不换拖鞋的人，这是当务之急。

每次喝Seven&Seven的时候，张林侦都会想起二〇一四年夏天的那个案发现场。

那年，他被借调到复兴东路派出所。在寝居未定的当夜，就接到出勤令。

城隍庙西北角，77酒吧。紫金石地砖舞池里，红衣舞女在血泊里仰面抽搐，双手上，淡绿色的筋脉变得明显。插在喉咙里的玻璃片是那样亮晶晶的，它让她绝望。

她的指头想要抓住些什么，却只能抓住一片虚空。那一头金发，让他想起《重庆森林》。而这一切，其实都起源于一杯咖啡。

一杯加了奶精的拿铁。

二〇一三年冬天，在那杯咖啡过后，张澈的舌尖立刻发生扭曲。

这令人发指、恐怖主义的味道。

对张澈来说，这种感受就如同是舌吻了死人的唇，吻一百秒。他都说了“不加奶精”的，结账的时候，明明都说好的。对方还“嗯”了一声。

现在完了，他感到浑身长出腥臭的、奶精味的、白色的倒刺，脑海里，牛奶组成的湖泊上，漂浮着死奶牛的尸体，身着奶牛斑点的黑白色苍蝇盘旋在上面，他的灵魂炸了。

真正悲惨的是：这一口带奶精的拿铁已然穿肠入胃。

他要烧毁这家店，这是当务之急。

他必须用筛网将对方的身体筛成粉丝，把粉丝埋入泥土，和乡间的粪土混在一起。这是他想要立即执行的事情。他死死盯着前面，这个来自十九层地狱的、穿着星巴克工作制服的魔鬼。

心率骤然上升，接近昏厥的程度。他的额头上，汗如雨下。

于是服务员回到吧台时，正看见一个面红耳赤的人。

便问他：“先生？还需要别的吗？后面还有排队的客人……您……”

“哦……抱歉。抱歉。”张澈说罢，慌张地离开。

从医院洗胃归来，夜晚，在Baroque风格的浴室里，他新添了一台仿中国汝瓷质感的面台。

只因产品经理一句“这种品质的物件符合您精英阶级的身份”。

这句话轰炸了他的肾上腺，让他感到满足和紧张。

从左到右，依次摆放沐浴乳、洗发乳、洁面乳、剃须泡沫，这个顺序若是乱了，也就不必活在世上。

用完要盖上瓶盖，瓶盖上的小嘴儿要面朝东，东方吉利。

配料选择草本类型的，亲和肌肤，有女人的意味。气味方面，一定要带有橙的尾味，那是小学三年级同桌女生身上的惯有气味。

化工企业的化验总监张澈洗完了澡，擦身体的浴巾要用清洁液揉洗，天蓝色衣架晾晒，木质柜子收纳。

只能是柜子的第三层。

拖鞋的摆向是鞋跟向床，方便第二天醒来穿上。他选择睡在双人床的左边。男左女右。

即便没有女友，自己一个人也不能放肆地横跨两头，这是最起码的规矩。

临睡前，他照例发一条微博，内容是“我感到”，空一格，“孤独”。发布时间是每晚十点一刻。

这微博是他的大号，用了有四五年了，粉丝数为“1”，关注数是“0”。

每隔一两个月常有一些不知从何处而来的访客看到这个微博账号，并且评论：“我操，你有病？发两千条一模一样的微博啊？”有好事者转发，还@了许多网络红人，添加了许多夸张的表情说：“神账号！扩散扩散！”——这导致他被迫频繁地更换ID。

也有温柔一点的，先关注了他，过了许久，评论弹出来：“Hi？你是哲学家吗？”——对方的头像是大雄趴在静香身上的卡通图，张澈没看过这一集。但这个赞让他感到污染，极不协调，不得不删除被赞的这条。

对于外来访客，他一律选择拉黑。至于唯一的那个粉丝得以存留的原因，大概是对方和自己有相似之处：每天都发布同样的内容，显得专注；也不打扰自己，显得和蔼。

在拉黑的按键上，他犹豫了十五分钟，才决定保留。

对方的ID是“3元500粉”。

百汇公寓离地铁不远，离黄浦江也不远，是一款高档住宅，张澈刚搬来这里，原因是企业搬迁，这里离工作地点最近。他进入了睡眠，而上海的夜生活才刚刚开始。

睡梦中的这个人，单身已有……二十六年。

他上一次触摸女人的腰，是……八九年前，中学趣味运动会绑腿跑，他搂着班上女学习委员的腰身，裤子上即刻撑起一个帐篷。那一刻他感觉全身的血都在尖叫，脑浆荡漾不休。

像是被人锯开了天灵盖子，再往里面泼上一碗滚烫的蜂王浆。

张澈是获奖无数的分析化学才俊，学而成霸者，如洪水猛兽。二十六年的人生里，他整日游荡于滴定管与容量瓶之间，甚至从未阅读过长篇小说。

喝了奶精的第二天，他路过一家书店，瞥见一本书，名为“百年孤独”。

他人生第一次将文学艺术装进了自己的公文包，目的是：想看看孤独一百年的前辈对孤独有何种理解。可事与愿违，第一句话就让他感到被书店愚弄了，他觉得这分明是一场诈骗，有愧于二十九元的价格。

“许多年之后，面对行刑队，奥雷良诺·布恩地亚上校将会回想起，他父亲带他去见识冰块的那个遥远的下午。”

“孤独”跟“看冰块”有什么关系？作者脑子有病。

书被他扔进了垃圾桶。

夜里，发微博的时间到了，“我感到　孤独”发布完毕，微博程序提示他更新。

更新后，一个名为“附近的微博”的模块弹出来，是一个摇滚歌手发布的，图片里，那个男人搂着一个穿着暴露的女人，女人的胸脯上塞着一个手机。

下一刻，楼道里传来一阵笑声，是银铃般女人的笑。他立刻把手机屏幕上的指纹细心擦掉，安放在桌子的左上角。然后惊慌地穿起小羊皮拖鞋，折好被子，到公寓防盗门的猫眼上查看情况。

被猫眼扭曲的视野里，有一个穿着破洞牛仔裤的长发男人，搂着一个穿粉色包臀裙的女人，两个人都举着啤酒罐，面部醺然，坐在楼梯上打情骂俏。女人双腿岔开，笑得开心，安全底裤正朝着张澈的眼睛。

男人把他戴满朋克戒指的手伸向女人的胸部，那胸脯上正夹着一个手机。

男人说：“小猫咪！”

女人答：“喵！”

男人说：“咱家钥匙呢？”

女人答：“喵！喵！喵！在这里呀……”

啤酒瓶子滚下台阶，酒水的泡沫非常密集，逐个破裂，看得张澈头皮发麻。

正是这一晚，张澈失眠了。原因有二：一是他迫不及待地想要出门拖地，清理楼道。这件事简直像把小剜刀，刮着他心尖儿的肉。二是楼上总有动静。

他把椅子放在餐桌上，自己站上椅子去听。

背景音是一首鼓点细密、萨克斯悠然的爵士乐，过了一会儿，又转成小野丽莎上帝钦赐的嗓音。其间夹杂床铺里弹簧打架的声音。

最后，有赤裸的脚在木地板上来回走动的声音。

六点三十五分的闹钟只响了两秒，便被他伸手按掉。

戴上口罩，火速冲向防盗门，开门拖地。

他闻到一股啤酒发酵的腥臭，这让他剧烈地干呕。忽然间，这味道又变了，变成女人手腕上香水的味道，是橘子的尾味。

自这天以后，张澈每晚七点必看的订购栏目剧被迫终止，他的耳朵像是着了魔，无法静心面对那呆板的电视荧屏，始终听闻着门外的动静。

楼道里经常响起声音来…… 这个住在楼上的歌手，不停地更换着女友，从未单独回家过。

妒忌、自卑，以及浓得像…… 像黏稠糯米似的东西在张澈心里萌发，伸出数百万根鱿鱼的须子，带着黏汁缠绕在心上，这让他几乎崩溃，连日发烧。

静安区第三医院的医生捧着化验单百思不得其解，为何血检指标各项均正常，体温却始终偏高？他抬抬眼镜，和一脸呆木的张澈对视了五秒。虽不知病因，总得开点药，毕竟是医院。

凭空服用了各式感冒药的张澈进入某种欲仙欲死的状态，他的听觉异常灵敏，视觉也空前灵动。

喝下奶精后的两个月，深夜，张澈仍在餐桌上的椅子上站着，耳朵贴着上方的墙。双腿发抖，右手律动出一个节奏。

突然，手机惊人地亮了起来，响了一下。是一条未关注人私信：孤独大侠？你在我附近？你的微博是个奇观啊！

张澈随即陷入惊恐，这是他开通微博以来收到的第一封私信。对方正是楼上的男人！他正在思考是否要做出回复的时候，楼梯里传来一阵骚动，是开门声、下楼声，脚步重叠，是两个人。不出十秒，自己的房门被敲响了……

男人说："Hi！哥们儿！在家吗？"声音被酒精泡得稀烂。

短发女人附和着："您好！有人吗？"

男人按了两下手机，又敲门："微博上显示我们距离十米之内啊，肯定是你！"

开门或者不开，to be or not to be，这是一个问题。

张澈搓搓手心的汗，整理衣襟，连忙从鞋柜里掏出两双备用拖鞋，鞋跟面向门口，男款在左边，小巧些的放右边。最后，把手放在门把上。

门开了，一股酒气扑面而来，女人一头亮粉色短发，和唇彩呼应。

"Hi! Super lonely man!"

男人抓起张澈的手，拉向自己的胸，两肩相撞以作问候。随后拉着女友跨过地毯，二人像参观博物馆的小童一般，打量张澈家中的摆设。香槟色的KENZO茶几，水晶吊灯，以及墙壁上突出的水银色鹿角雕塑……

张澈收起被忽略的两双拖鞋，在原地陷入踌躇。逆着光，他看到皮鞋的鞋印在木地板上踩出狰狞的纹理，心眼在下一秒开了一个口子，不断流出黑色的泉水——是蚂蚁的军队。他必须杀掉面前这两个进门不换拖鞋的人，这是当务之急。

"兄弟，你这个……有点邪恶啊？椅子放在餐桌上，你吃椅子？"

"我的个天，手机里就一个微博？你的社交软件呢？你不会是个处男吧？"

摇滚歌手一巴掌拍上张澈的脸，双手撑开张澈的眼皮，说："振作点！"

往后的日子，怀着一种救世主的心态，歌手常常找张澈谈心。一副演讲者的口吻，东扯西扯，扯到了无数搭讪方法，甚至扯到进化论的层面上来。

“如果雌性动物不用追求，都是送上门儿来的，雄性动物就不用打架了，不打架，怎么分出优劣？生物怎么进化？难道让你这种loser去传播基因生一堆小loser？”

“Come on, man!”

“你脑子锈掉啦？”

一次下班回家的归途上，张澈遇见身背吉他的歌手，正从百汇公寓一层的酒吧里走出来。

歌手把张澈拉入一个小巷子，说：“你整天一本正经地演给谁看？拍偶像剧？”

说着，把张澈整洁的衣领拉乱，领带扯开，搭在肩上。又揉捏一把头发，配合张澈的脸型，打扮出一副英伦痞样儿。

“走两步。”歌手说。

张澈回头，目光呆滞地看着他。

“你他妈走两步啊！动起来！”

歌手按了两下按钮，把耳机塞进张澈的耳中。

张澈走出十米远，背影里职场谈判风气丝毫不减，像小儿麻痹症初愈的病患，即使林肯公园主唱Shinoda正对他狂吼。走着走着，他感到臀部一阵剧痛，是歌手踹了他一脚。

“看你那老学究老古董的样子！哪个女人会看上一块木头？来，你打我一拳！”

张澈尴尬地笑了。

“愣着干什么？我让你打我一拳。打人！不掏钱白打！打人会不会？”

这一天，是张澈人生旅程上不可磨灭的丰碑。

是他解放天性的一天——两个人打了一场二十分钟的架，双双嘴角挂彩。全身三百六十块肌肉全都使用了一遍，打得周围看客讶异，拿手机拍照。买菜归来的老年人上来劝张澈停手，却被张澈挥拳回绝。

“这小伙子，有病呢嘛！”

旁人的眼光在这场对弈中显得不那么重要，两个人靠着垃圾桶旁脏兮兮的墙壁，张澈笑出了声。

歌手在张澈家住了几晚，厕所、卧室、客厅，乱成一锅粥。

事实上，张澈的生存环境从未如此糟乱过，他也从未喝过楼下廉价的豆浆，今晨是第一次。两人贴了创可贴，脸上还紫了一片，眉毛蹭掉了几根，颇有几分硬汉意味，显得正义凛然。

歌手跷着二郎腿，脏皮鞋的鞋跟正搭在沙发坐垫上，告诉张澈：“怂货，今天你必须吻一个女人。”

“你瞧瞧吧，你这二十几年，活得是个什么狗样？”

“说吧，你想吻谁？”

张澈揉揉鼻子，问“你呢”。

“唉……我最想吻的人是王菲，她可是最漂亮的女人。”

“李慧颜。”张澈嚼着油条嘟囔了一句。

“什么玩意儿？谁？”

“李慧颜。”

“韩国的？”

“我办公室的同事。”

“我去……瞧你那点出息……”

一个小时后。

两名保安将化验总监控制住，分别拽着他的两只胳膊，张澈两腿放松拖地，皮鞋尖划出扎耳的音色，被拖入保安室里。

一路上，张澈眯着眼睛，舔着嘴唇，回想那滋味，那滋味，美透了，像是几百万个春天共同酿造出的一滴甘露，悉数落进自己的唇间。

在他身后，三个员工安慰着李慧颜，让她凡事想开些，毕竟总监身上满是酒味。

保安室长桌之后，张澈点一根烟，全身后仰，脖子紧挨着沙发座，一副大笑无声的迷醉表情。他看见歌手在玻璃窗后，也是笑得五体投地，把一个大拇指指向自己，大喊“经典”。

“您这种行为属于办公室性侵犯，我们会征求李慧颜的意见，考虑是否提起诉讼。”

张澈龇牙咧嘴的，根本不理。这时候，歌手在窗外对着保安的后脑勺比出一个中指。

张澈心领神会，对两位保安比出向上的中指，这个手势停了十秒后，他又吐出一句，“Fuck you”，极其标准的美式发音把歌手逗得笑哭了，眼泪在眼角炸开了花。

啊，把灵魂刻在砧板上，生命的列车仅仅只靠肉体行驶！

歌手为张澈推荐了一种搭讪方法，以便他结交陌生的女人，展开他恢宏浩大的初恋。

在喝下奶精后的第六个月傍晚，电视柜前的茶几上，二人细心分析，周全考虑，直到张澈对这方法了如指掌。

二号线地铁出口，一个身穿亚麻色毛绒风衣的女子走过，棕色过膝靴，酒红色长发，亮白皮肤以及黑色墨镜。歌手拍拍张澈的屁股：“上。”

张澈迈出了伟大革命的第一步：“Hey，您好，请问，今天是几月几号？”

女人扭头，挽过头发摘下耳机：“什么？”她声音纤细，面如凝脂，美瞳映出淡蓝色眼球。

这轻轻的一句“什么”听得张澈闭眼一秒如旅梦中，这一秒里他看见了小时候家里墙上贴着的大海报，以及大海报里的林青霞。

“麻烦问一下，今天的日期。”

“哦，七月七。”

张澈故作惊讶：“哦！七月七啊，嘿嘿嘿嘿嘿。

“嘿嘿嘿嘿嘿。今天是国际电话号码交换日，我们交换一下电话吧。

“嘿嘿嘿嘿嘿。”

他的脸红了一大片，并且深知自己并不想笑，可嘴巴与声带就是情不自禁地颤抖，仿佛唯独这样才能把羞愧都抖去。

女人向后退了两步说：“有病？”随后皱着眉毛苦笑，摇摇头迅速离开。

张澈感到懊恼，他把事情的悲惨结局归拢在歌手身上。

二人把啤酒罐子扔得满天飞，在张澈惨不忍睹的沙发上进行了许久的辩论，前者觉得后者方案有误，不够正式，没有诚意。后者觉得前者的执行方法过于随意，像个没见过女人的孩子。

歌手训斥道：“你他妈一个劲笑什么？为什么要‘嘿嘿嘿’的？那个女的长得像陈佩斯？”

犯罪的那一晚，张澈面无表情。歌手一个劲骂他愚蠢骂他是懦夫，他自己听着听着烦透了，开门冲下楼去，坐在酒吧里。和往常的每一天一样，歌手形影不离，大道理挂了满嘴，从各个角度论证着张澈如何如何失败，如何如何浪费生命，那么好看一个女的，如何如何浪费了机会。

张澈狠狠瞪了歌手一眼，这时恰好，酒吧平台上走下一个红衣舞女，坐在张澈旁边，似是口渴。

“一杯七七。”舞女向调酒师要了一杯鸡尾酒。

张澈灌下三杯马提尼后，主动拉过身边舞女的手臂说：“我可以给你看一个东西吗？”他说话的时候，几乎要哭了。他掏出使用了三年依然如新的手机，点开微博，屏幕正朝着舞女，手指不停地翻动着，满篇满页都是“我感到　孤独”。

“你叫什么名字？”张澈问。

舞女一脸疲惫，浓重的彩妆强撑起那些貌美。她看看他的手机，又看看他本人，随口编了一个“七七”。

“七七，我可以请你吃晚餐吗？”

舞女摇摇头笑了起来说：“你就是这样泡妞的啊？”随即高跟鞋落地，“啪哒”两声脆响，准备返回舞台跳舞。

张澈的愤怒达到了饱和点，他摔碎一个杯子，朝七七的颈部割去。鲜血是热的，全部灌流在他的手上，又顺着他的手，溜进袖口里，沾湿了他的一整条手臂。那一刻他感到和七七融为一体，这种热度消解了他心内一部分坚冰，他闭着眼睛，伏在她身上。

用心听，就会听到：女人喉咙里有想说却说不出的话，是“咕嘟咕嘟”，讲出来的尽是鲜红色。

酒吧里放着极大分贝的电音，可张澈听不见，他的耳膜附近一片宁静，只有一只很小很小的蜜蜂在蜂鸣，他看到人群将他和他的女人围成一个圈。宁静之中，困倦来袭，他想就这样睡去，睡眠在这黏稠的、源源不断的温暖里。

三个月后。

警察将张澈的口供捏在手里，一页页翻着，桌子的对面是前来配合调查的百汇公寓物业经理。警官为对方倒上一杯热茶，继续问题："一共就十七个楼层？"

"不不不，确实有十八楼，不过十八楼是个配电室啊，我可以带你去看。"

"那有没有可能有一些人偷偷上楼在配电室过夜的？"

"不可能，电梯里十八层的按钮是锁定了的。走楼梯的话，十八层和十七层之间有个铁门，钥匙也都在我们物业这里。"

"哦……"

警官长久地沉默着，秋天到了，从窗户外涌进叶落的沙沙声。

再面对张澈的时候，一个警官、两个陪审员都久久不知如何开口，戴着脚镣手铐的张澈胡茬密布，眼袋发黑，半张着口。

"张澈，你知不知道你楼上，其实……嗯……"这句话警官没说出口，他转而问，"张澈，你小时候，有没有什么理想？"

"摇滚歌手啊，我吉他弹得很好的，怎么了……我可以走了吗？"

三人面面相觑。

张澈满脸焦急，他看到歌手在问询室外面，看着他抽烟，满脸不耐烦的样子，勾着手指头示意他快点说完快点出来。

在翻看百汇公寓周围的监控录像时，有这样一幕引起了警方的好奇。

镜头里走进来一个张澈，一脸萎靡，先扯乱了自己的领带，又扒乱了自己的头发。

戴着耳机走了几步后，他突然给了自己右侧脸颊一拳。接下来一发不可收拾，捶肚子，用右脚踢左脚，扇自己耳光，揪着自己的衣领朝后退，重重摔在墙上……瘫软地滑落，微笑起来。

物业经理也记得这一幕："这个我知道，当时路上围了许多人，都看他自己打自己，没人上去劝。他打完就笑着回家了，一路上嘴就没停，不知道在跟谁说话。"

后来也不知怎么的，张澈对自己头上的黑色面罩感到疑惑。秋天的风凉飕飕的，空气很清新，他跪在一片荒草之上，面前一片黑色，手脚也被捆绑着——他想：也许释放之前就是这个样子的。

遥远的后方，有一声枪响，这一回，脑子后方，突然渗来某种凉意。

凉丝丝的触感，让他突然想喝牛奶，满嘴都是牛奶的味道——那是二十年前啊，妈妈总是拿厂里卖不完的牛奶回来，每天都是牛奶，牛奶煮稀饭，牛奶蒸馒头，牛奶冲马桶。爸爸总是开着载满牛奶桶的大货车，出车祸的时候，爸爸妈妈身边，白色流淌一片呀……

春芽儿

这个世界对友好的人很不友好，主动结束冷战的人，往往落不得个好下场。

1

那天我坐在房顶上，瓦片儿里蚂蚁搬家，估计是要下雨。蠢的。既然选择了房顶，那不论搬到哪儿去，都是瓦片。左边的瓦片，和右边的瓦片，有什么区别呢？又何必搬呢？估量起来，兴许也没辙，感知到了暗色云层，就是得搬！哪怕大动干戈，从左边杂草纠缠的瓦片，搬到右边鸟粪横叠的瓦片，把肥胖的蚁后折腾个半死也在所不惜。搬了，对得起祖宗千万年来的思维造化；搬了，心里才踏实。这就叫作“天性”。

骆菲池天生克我，这就是“天性压制”的结果。

当天骆菲池骑一辆天蓝色的自行车，左拐右拐，从很远的地方骑过来。长发里编了小碎辫儿，她总是装嫩的。脸上涂了粉，是什么BB霜CC霜之类的，就爱嘚瑟。颈上套个黑色的蕾丝圈圈，像是从大姑胸罩上扯下来的边角料似的，中间还挂枚硬币！硬币还是洋硬币。听说电影学院的学生都喜欢标新立异，不过她这装扮估计是掉进了钱眼儿。

骆菲池在小棚里锁了车子，举头望见我，竟也想爬梯子上房顶玩玩。梯子高大，她爬了一半儿，向下张望，便不敢再动。死要面子活受罪，就在那儿倔着。我把她拉上来的时候，脸上烧开一丛烈火，真浪费，我人生中唯一的“初拉”就这样交待了。我以为她是来找我弥补友谊伤口的，来找我和解的，没想到，踩到瓦片之后，我的手被迅速甩开了。他妈的。

那时候北京人不兴戴口罩。巷子阡陌的，天空也骚气，你一看它，它就把白云裙摆撩起，里面一片瓦蓝。日头垂危，五六点钟，我们俩，左右而坐，红烧鲫鱼味道的炊烟混着冷风吹过，景致是顶好，可场面十分尴尬。

这个世界对友好的人很不友好，主动结束冷战的人，往往落不得个好下场。但我还是硬着头皮来了几句。

“你脖子上挂个硬币干什么？”

“你到底从哪儿来的？浙江还是江苏来着？”

“你和你那舍友为啥吵架？”

“你学的什么专业啊，我学的是化学工程。”

“你们学校好不好？搞电影累不累？”

但她不理我，完全不理我。我怒火中烧，扭头想甩她几个白眼花子，可是她不看我，完全不看我。我恨不得抽自己两个嘴巴，怎么一下子问出这么多问题？婆婆妈妈的。我父亲曾经教过我泡妞的技巧，他说过了，总而言之言而总之，和女人相处，尽量少说多听，女人说得多了，刹不住车了，也就把你当自己人了。男人若是说得多了，那可就变成女人了。可惜这道理我难领其要，更别说是学以致用。

我吹起口哨来缓解不堪，吹的半段《冬雨》，心想这歌与她耳机里时常飘出的大提琴声不符。又改吹《卡农》，发现音域不够，吹破了。

她忽然说：“你能不能问一点和家长们不一样的问题？这些天我都要疯了。你也是查户口的？”

我的气一下就冒上了天。毕竟我算主人她算客，她吃我家的饭，睡我家的床，呼吸我家的空气，却对我不讲礼貌。“哦？骆大小姐，你倒是来给我讲讲，什么问题不像是查户口的，嗯？我问你问题，那是给你面——”

“唉……没意思。”

骆菲池把耳机摘下来，把腿盘在一起，也不嫌脏，这一举动干翻了无数蚂蚁，伟大的搬家路线彻底炸裂。

“什么叫没意思？那你说什么有意思？”

“你别说话了。你有烟没？”

“……”

她吸完了我发的烟，呛得眼泪直流。这兴许是她第一回抽男士烟，“大前门”可不比橘子味小“娇子”，估计是劲儿太大，把脑子给烧坏了，导致她顺梯而下，径直跑出院子，做了一件大事。她双脚落地时，还把梯子一把抱起，放倒在一旁。当时我天灵盖上面一道惊雷劈下，我知道，一切都为时已晚，完球蛋了，我又不能跳下去，那要骨折。只能如同憋尿三天，在房顶小碎步乱跑，嘴上还不敢大声叫唤。

所以我一直心怀愧疚，我不应该抽烟，更不应该给女孩儿发烟。

2

骆菲池还没来的时候，我的日子谈不上风生水起，但至少也得是鼓瑟和谐。

钱家院子里，我这辈分上只有我还在念书，大多儿女都奔赴国外，要不就是广上深杭。纳了血闷儿，外地人爱北漂，他们却爱往外跑。弄得我肩负一箩筐无处释放的母爱，整日在各式各样的关怀中度过，如同沐浴着蜂蜜搓澡，嘴里还含块儿蜜饯。

我记得那是初冬时候，我一睁眼，枝上伏霜子，大姑烙饼子。窗上的冰花刚成气候，在那儿等着。我一哈气，她们就兴奋地融化，之后则更加壮大地盛开。并肩捂暖的小喜鹊，好好儿地在电杆上站着。炉上热着大半碗剩面片儿，剩面有奇香，剩面里的土豆、豆角都褪了倔脾气，吃起来软绵绵。整个人浑身酥麻。

就是这种可爱无敌的面片儿，在事发那天中午，成为我与骆菲池之间的导火索。

因为这面片儿的味道，成了骆菲池的舌尖挚爱，以至于怂恿我故意将之剩下，隔夜才吃。她曾说过，和这回了锅的酸汤羊肉面比起来，她大学前两年吃的食堂拼菜简直是狗屎大杂烩。这话非但过分，还连她自己也骂了。我捧着碗，惊讶地望着她，钦佩于她的修辞，并说了一句："这两年你吃屎长大的？"没想到，她可以运用夸张的文学艺术手法胡说乱扯，而我却全然不能。她当即就跟我翻脸，说我压根儿不会说人话，把筷子一甩，带着油花溅到我身上。短暂的友谊，嘎嘣脆地破裂了。

左眼跳财，右眼跳灾。再往前数上几天，是个礼拜天，我着凉，浑身发烧，右眼都跳出三界外了。母亲用小石子砸我下来，还说我阳气过盛，应该去打篮球，或者做家务。就好像早晨的地不是我拖的、晌午的炉不是我烧起来的一样。

“你快点儿的！下来！你三姑父有个老战友的女儿来了，也是个大学生！你俩有共同话题！”

“哦。男的女的？”

远远儿的，我隔着两座水缸，头一次看见骆菲池。她站在堂屋里头，裹一身白色羽绒服，和长辈客客气气的。脸上半尘不染，笑起来挂两颗青梅似的窝儿，青梅煮酒，不教露出半点邪性来。听三姑父那位老战友叔叔说，这女孩儿脾气倔，和寝室里头一位室友闹翻了，从此二人整日冷战，她不想在寝室住了，学校离钱兄弟家近，先在这儿托住上几天，家里头再另给安排住处。三姑父拍胸脯说安排个球，要当亲闺女一样待着，住多久都成。

我进了堂屋，被三姑父抓上手肘，一把推到骆菲池面前。

“铜钱儿，你八三年几月？十一月是吧？人家九月，就叫骆姐姐。”

“小骆啊，把这当自己家就成，有啥事就找铜钱儿，你们同辈人，说话方便。”

我是一百个不情愿，“骆姐姐”三字喊出来，险些癫痫。没承想，刚出门，她竟然幽幽地飘出这么一句：

“别叫骆姐姐，叫我小池就行，太肉麻了。”

3

她来我们家以后，我们之间交流甚少，大多客客套套，招呼问好。她这人有点魔怔，出门早，回来晚，车子骑得比风快。大部分时间我不知道她在忙乎什么，只见她总是举着一个红色照相机，弓着腰曲着膝盖在院子里来回比画。

我发誓我是奉我亲娘之命，去骆菲池屋里拿一把鸡毛掸子，才擅自进女孩子厢房的。被子也不叠，化妆品洒了一桌子，简直邋遢。桌上都是稿纸，随便抽一页，钢笔字扭扭歪歪。

能自娱自乐，和影子玩拳击
黑夜来了，台灯固守着我的疆域
我的内心，是柔软的嫩绿草地
那里盛开着，我与寂寞的婚礼
百年好合，皆大欢喜

“面片儿事件”发生前一天，我在屋里躺着看小说，骆菲池忽然闯进来说：“铜钱儿，我发现一个大事儿，我觉得得跟你说。”她一跃而起，扑到我床上，压低了声响跟我说了一大串子话，愈听我愈想笑。

“这事儿我早八辈子就知道了，咋了？”

她表情惊讶，扑腾坐起来：“你知道了？”

她左手扯掉我的书，右手把我拽起来，细胳膊细腿，力气还大得不行。双马尾辫子逆着光，顽皮的发丝闪闪亮。

“你知道了你还有心在这儿躺着？”

我叹气，伸懒腰，好不自在。

“这事儿跟咱没关系，你可别闹。”

“放屁！”

拨开床边的帘子，四合院里的人正围炉闲谈，几个表姑、表叔、舅爷，连同二爷爷，一同指着门口的曾祖父议论，不停地说他坏话。大致意思是什么临了临了儿了，还瞎折腾。是什么越老越不懂事，像个浑小子。还有什么装糊涂、翡翠雕得稀巴烂之类的。反正成天就这档子破事儿，折腾了半把月了，我耳朵都听出了茧。

那是我们家最老的人，我也不大认识他。打七岁随父亲北上入门起，我跟他讲过的话不超过十句，我可不好跟他讲什么，就连骆菲池都要比我讲得多，那爷俩儿整天寒暄问早的。我只知道，那人是我爷爷的父亲的二弟，算我二太爷。

钱家这二环内三连院的老宅子没给人拆了，多半儿因为他。他嘴里时常念叨着菲姨，动不动就拿菲姨说事儿，就仿佛菲姨是他一生所爱。他一提到“菲姨”，我脑子里头就响起“苦海……泛起爱恨……在世间……难逃避命运”。

我大姑，在饭局上，经常纠正。她说：“菲姨不是个人！”她说菲姨也不是个神，是“非物质文化遗产”的意思：“非物质文化遗产，简称非遗，就是您老人家手艺活儿的意思！”

可那老头总听不见，或者故意不听，装疯卖傻。反正勾着脖子，扬起头像个傻娃娃。我大姑重复得多了，就懒得再讲话。老头却来了劲，说菲姨貌美如花，说菲姨乃神女下凡尘，无所不能。拆迁办主任、文宣部委员、施工队的挖掘机、地产商的奔驰车，斗胆四处挑弄街坊邻里，三四年下来，把地皮上的一切都抓干挠净，却就是不敢拆菲姨庇佑的钱家宅子。

“她都不是个神，那谁是？”他反驳着。

他每天下午都坐在那儿，常是拎个马扎，召集三五同龄侃友——也是各带一马扎，一齐驻扎于院子门前。仅需个把钟头，瓜子皮就嗑了满地，咳出口的痰，磕出来的烟末子，都“啪”在石板上。没关系，用老黑鞋捻一捻了事。场面怎一个疮痍了得。牙掉得只剩三两颗，被没有过滤嘴的大前门熏得黑黄黑黄的，京片子里的儿话音却未落下。从宇宙到尘埃，老头儿们无所不谈。

家里人都跟他过不去。他们策划的阴谋诡计我心里也都差不离，简单地说，这老爷子，想在有生之年搞个大新闻。他要把最后一批翡翠雕刻作品拿到北京和上海两地办展览。姑姑扳着手指头说过，老爷子选的那些个地方，都是业界数一数二的贵地。场地租金、陈列布置、安保人员，乱七八糟算下来，一天就要三十万，北京半个月，上海半个月，那可就是九百万。

“关键这回还是光展！还不拍卖，纯烧钱！”

我家祖上是宫廷里头的御用雕匠，到了我父亲这一代，早就不雕了。不过家里人从事的生意都跟翡翠有关，几个姑姑都是开展会公司的，舅舅们都在潘家园开店，搞文玩古董，三舅还说，这次展览确实不办为好，因为老爷子这一批作品雕得实在不咋地，品质参差不齐，件件都失水准，是砸牌子的作品。

“纯烧钱是一方面，关键是作品不好，若是真闹大动静，花大工夫展了，老爷子一世英名都得毁在上头！何必享了一辈子盛名，跌倒在这最后关头哪？不值当！”

终于，一连小半月的掰扯下来，他们想了个法子。所谓“两全其美”的法子。他们决定，展会办还是办，但只办两天，北京一天，上海一天，专门儿找老爷子去看的那天，装上样子，老爷子一走，立马撤下。简直聪慧异常。

我把这些细枝末节都捣鼓给骆菲池，她端着我的水缸，边听边喝。愈喝呼吸愈急促。

撂下空杯，袖套抹嘴。

“那这不是赤裸裸的欺骗？”

“啊？”

“啊个屁啊！”

我被她女关公似的小眼神弄得浑身赤裸裸的，哪儿哪儿都不舒服。我从来没想过这些个问题，大人们的事，总是那样一件又一件地发生着，饭桌上开会，饭桌下执行，今天背着老爷子搞翡翠冠名招标啦，明天背着老爷子申遗搞商业化啦，林林总总，烦琐至极。这么些年都过来了，倘若我还要操这份心，估计得脑供血不足，都长不到一米八。

我兀自发着呆，嘴上哼着曲儿，竟又把骆菲池激怒了，也不知她整天哪儿来那么大火气。她把我头扭过来，强行塞进她的眼光里。可她长得嫩，细眉毛，小唇旖旎，也震慑不到我。

“你怎么吊儿郎当的？这事儿你就这么看着？不觉得狠心？”

“哎我说，做小辈的，咱叹口气就得了。难不成你要我去管管我娘老子？我咋不上天呢我。”

“老爷爷每天遛着鸟儿，满世界宣传，和他那帮老伙计成天吹牛呢，结果，只展一天，他全蒙在鼓里。”

“骆大小姐，我不懂翡翠，更不懂雕刻，这两样你懂吗？你显然也是不懂。你没听我舅说吗？说老人家这次雕得不咋地，大展三十天，那要臭名远扬，属于自毁伟绩，我们两个门外汉，操的是哪门子心嘛。”

“我看他们是想把钱省下来到时候分家！”

“哎！我操，这你可不要乱说，骆大小姐，你有没有良心？我们家——”

她听我说着话，握着我的胳膊，滚烫的手心儿汗渗出来，像块熨斗。又嘟嘟囔囔回了我几十来句，语调忽明忽暗，锋利里头透着婉转。然后下床倒开水，掺了凉水递给我喝。我喉咙温热，恰逢阳光和煦，被窝儿里舒坦异常，迷迷瞪瞪，就要睡着。隐隐约约，听见她又说了一句。

“不行不行，还是不行。大家都联合起来了，这样不对！我得告诉老爷爷这件事，我得让他知情。就算是展览他捡的破塑料袋子，我也得让他知道这破塑料袋子只展了一天，而不是他预想的一个月。何况，那不是破塑料袋子，那是翡翠。我看不出翡翠里头的门道儿，但我知道老爷爷雕了一辈子。”

这句话把我一枪崩醒，我的天这还得了。便连忙坐起来，伸手顺着她的脊椎骨捋下去，给她顺顺气儿，淡淡的粉色毛衣，触感绵柔，怎么里头套了这么一份爱炸毛儿的灵魂！

“我的哥，这个想法，你可千万不要有！使不得使不得，你赶紧回去睡觉吧！”

“大中午我睡哪门子觉！”

“哎，钱家这些大人长辈，办啥事儿都喜欢聚头开会，求个稳妥。万一让老舅说中了，作品确实有失水准，大展三十天，招来满城骂名，划算吗？不划算啊！何况，你姓骆，我姓钱，这算是我们家事，你一个外人——”

“好，我知道了。Stop。”

4

像雨滴点在烛火上，骆菲池眼中有光熄灭。她站起来踱了两圈就走了，之后我出奇地困倦，她身上那外婆衣柜的味儿，带着橘皮的鲜涩，在我周身挥散不去，我闻着闻着就不省人事了。

黄昏时醒来，吃过晚饭，骆菲池说要去库房看看那批翡翠。

我走路鬼鬼祟祟，她则大步流星。院墙上的白漆是那样寂寞，在潮气中龟裂卷曲，在烈阳中碎裂一地，无人收拾也无人注意，自顾自咏唱着生老病死的逻辑。这样的过程富有美感，简洁有劲儿，相比之下，人世上那么多寂寞与暧昧，显得过于廉价腥腻了。

就比如这几天，我压根儿不想理骆菲池。每天半夜，被一个男的骑车子捎回来，二人还腻腻乎乎，你推我一下，我搡你一手，打情骂俏！那男的一看就是个二刈子，穿个大风衣自以为是许文强，长得像个外国人似的，鼻梁恨天高，我隔着窗子问过我爷爷了。我爷爷说一副洋人长相，还没我一半儿好看。

“你干啥呢？墙上有钱？快来啊！”

“你小声点儿！我妈可不让我上库房来。钥匙十分钟之内放回去最好！”

我站在门口放哨，骆菲池在里面瞎折腾，拉开大柜，数十件翡翠排成一字。她掀开一片片红布，贪心不足蛇吞象，同时撩起十八位翡翠少女的红盖头。蹲在那儿，左摸摸右摸摸，两条大辫子顺着肩膀垂下来。傍晚那金黄金黄色的光，被老槐树拆解成点与线段，悉数铺在她的背后。

她的背后，是金光洒遍的、毛衣针线勾勒出的神秘花园。我靠在门框上抽烟，想喝酒，喝醉了，腆着脸，贴上去，再把那种气味闻上一遍。她是那样好奇、激动与快乐，拿小手比出照相机的框框，嘴里头“咔哧咔哧”地响着，让她多看一会儿吧，我心想。

忽然，背后响起老人的声音：“小骆啊，铜钱儿也来啦？铜钱儿！瞧你个小烟枪！”

竟然是太爷爷，佝偻着腰身，从库房隔间的门帘儿背后杀出来，手上拿个电筒，还顺手把大灯闸拉开，场面一时轰然明亮。所有陈列物一齐撒了欢儿，反射着璀璨纷乱的光，好似在争宠。

骆菲池连忙站起来微微鞠躬："老爷爷！您也在这儿啊！我来看看您的作品！"

我赶紧把烟一甩一踩："太爷好，我带她来看看。"

"看吧！好好看看！现在的年轻人呀，对老物件儿感兴趣的，没几个啦！"

太爷牙口不全，讲话漏风，声音哑哑，勉强才听个全乎。

"你手上摸的那，马上要搞展览啦！"

骆菲池看看太爷，老人家皱纹本就细密繁多，笑起来更是眼睛都找不见了。她看看太爷，看看我，又看看太爷。"老爷爷，您觉得……咱家这批作品，咱雕得满意不满意？"

"怎么不满意？非常满意呀！"

太爷向前蹭了两步，向下伸手。骆菲池心领神会，捧起面前的一件，放在太爷面前。老人摸了摸，嘴角向上飘。

"你看，这观音像，有什么不一样呀？"

我走过去，勾着头好好揣摩了一番，并没有什么不一样。菩萨鼻眼精细，耳垂圆润，如有灵驻。不过……

不过到颈部以下就忽然不行了，华服线条粗糙，像个学徒雕的，两只手，手势指形正确，却也只停留于正确，半分英气不存在。再往下，彻底拉锅了，简直不堪入目，莲花宝座雕得一塌糊涂，花瓣模糊，臃肿敦厚。宝座之下，留了翡翠原石的边角料，竟都没有剔除？这显然是一件未完成的作品！这是什么意思？

"太爷，您这件东西，还没雕完啊！"我说。

骆菲池稍稍点头，眼光里带着同样的疑问。

之后太爷笑眯眯地说了一些话。

"什么叫雕完，什么叫没雕完？言过不及，水满则溢，雕尽失意。我们中国人的山水画里，就有留白的技巧，留白，是怕人手笨拙，毁了那参不透的禅意。雕刻也是艺术，怎么不能有？"

太爷把身后的马扎展开，费劲地坐上去。

"我雕了一辈子，带着个工巧之心，极尽琢磨。到头来，竟没有一件的美，足以与草地上这点春芽儿比试比试的。春芽儿，知道吗？随处可见的那草芽儿，你瞧瞧，瞧它身上那无穷尽的可能性，瞧它那刺破大地的尖尖子儿，那活灵活现，这观音像里有吗？翡翠，说白了，绿不拉叽石头一块儿！

"我的爹从前告诉我，老了，就不要再雕。为啥？人老啦，返璞，归真。什么是璞玉？那是未经雕琢的美玉。璞玉才能和春芽儿有得一拼嘞！那才是大造化、大境界。

"玉不琢不成器，年轻人得成器。琢磨简单，还原难。最终，若是琢磨得放也放不下了，世故了，小心眼儿了，追名逐利，庸庸碌碌，半点儿灵气都琢尽了，那可就是活死人！

"我这观音像，从上至下，是个返璞归真的过程。

"人一辈子，该是这个过程。"

5

翻过天儿来，我与骆菲池因为一碗美味的面片儿闹了矛盾。

当天下午，骆菲池骑一辆天蓝色的自行车，左拐右拐，从很远的地方驶过来。在房顶上，她找我要了一支烟，这支烟抽罢，她到底还是没忍住。顺梯而下，放倒梯子，跑到大门之外，与太爷捂耳相言。

这么多年过去了，今天若是要我写上一篇《背影》，我就得这样写：少女放下梯子，死盯着房顶上一位屁滚尿流的朋友，那眼神一半是鄙恨，一半是同情，仿佛对方已无药可救。而她那位朋友，被少女的目光蜇伤了，他回避她，就像回避瀑布洪流与灿烂千阳。少女不能再等，她转身留下她寂寞的背影，步履急促，仿佛身后的大地都在陷裂，哪怕慢一丁点儿，就要万劫不复。有几道光绑在她的脚上，有一些雨点点缀她的额头，她划破了院落里讨论阴谋的人堆，从中一闪而过，夺门而出，像一棵刺破泥泞的春芽儿。

此人做下的这件事，把我们四合院，乃至整个钱氏家族都搅成一锅粥，简直拦都拦不住！

太爷爷再也不在门前闲坐，整日怒目而行，招呼来一帮行业内的老伙计，将一整个项目外包给上海的展会策划公司，干脆开大闸放大水，决定再增加两个展地，杭州与苏州，费用直逼一千万人民币。弄得接下来的两个月里，宅子里纷争四起，各门户钩心斗角，都像是打了鸡血一样。鸡血冲淡了人血，血缘沦为笑谈，那可是说翻脸就翻脸。从没有人想过，原本和睦的家庭关系，竟因一个外家女孩儿的到来而土崩瓦解。

听到这么大新闻，无数拍卖行、展会公司上门求见，太爷的厢房整日人满为患。在我记忆中，那时候老宅子里最常见的景象，除了大人们相互冷战，就是一个又一个中年男人，提着公文包，兴奋地来，摇着头走。

在众人走尽之后，一个老者，站在朱红色的大门之前，面对苍穹，沉默伫立。

像一块顽石，也像一块璞玉。

我与骆菲池从没有断过联系，不密切，似旧友。她毕业后，在北京跟剧组，总跑龙套，也演过两个小角色。偶尔，我们也约着一起吃个饭。印象最深的，是她开的那辆二手大众车，车型硬得像块板砖。板砖里走下一个骆菲池，长发飘飘，眼目柔和，老远地就喊我铜钱儿。席间、路上，总在埋汰我，拿我寻开心。

有一次我本要说一句，太爷去世了，院子卖了，家里人都要搬走，你要不要抽空儿去看看？以后没机会了。

可她先抢着说：“最近一个一线导演拍新片儿，选角有我名额，女四号。明天去上海面试，你说我有没有戏！”

我便说：“当然有戏。”

院落已不归钱家所有，它被人办起一个小展馆，门票九十八块钱。我交了钱，偷偷再上房顶去，竟无闲心坐着，踩两片儿瓦站在那儿。蚁群销声匿迹，或许是我近视了许多。肺痨缠身的云层，莫奈风格的京城。一切让人无语。

眼下游人寥落，日光直晒，接近昏厥。昨日重现了，那是搬迁离散的家族。几个舅爷气短腮红，指点着进出不绝的搬家工人，吹起无数个减震气包，运走一箱又一箱的碧玉翡翠。

在这样的时刻，我忽然想起我们仨在库房中谈论翡翠的那一夜。我们曾经共有过一段非常好的时光，它清澈、衰老、富有生机。

颓败，惭愧，又歇斯底里。

很像日喀则雪峰间，拐弯抹角处的冰河，冰河旁兀自萌发的春芽儿。现在想来，凉丝儿丝儿的。心瓤儿里，还带着一丁点儿真理。

后记

我与蓝口红以及骑士王小波

大学二年级的时候，我每天下午三四点起床，开始一天的生活。通常先是寻一支续命烟，以完成生命的重启。如果吸烟时的气氛不对——比如几位室友因考试周临近竟然开始交流学习，或是窗外阴雨、被褥冰爽，适合睡眠，恐怕我将重启失败——则要在傍晚时才会醒来了。

在这样的作息下，我与食欲剥离开来，几乎断绝关系，它不认识我，我也不怎么认识它。我从来不觉得饿，但作为生物，还是要吃、想吃的。我吃得很专一，从学生宿舍区大门出去，有一大排板房构成的小吃街，这样的棚户式建筑，按理来说是要脏乱差的。不过它还好，它保持着一点教育机构专属小吃街的格调和脸面，勤收拾。

勤收拾是因为有学校的人管着。如果没有，我保证它将在三天之内变得面目全非。蝇虫浩荡，泔水横流，这是必然事件。

从卖陕西肉夹馍的老板的“烟灰桶”就能看出这种必然性：一个人是有多懒，才会用一个水桶来装烟灰，而避免小烟灰缸的反复倾倒？所以我对陕西肉夹馍的后厨环境一直持怀疑态度，即使它美味无穷，还总让人想起以前长安城的女朋友“奔奔”，以及她的大眼睛，我也忍住不吃。我抽烟，抽烟的人懂抽烟的人。

我吃的是一种新疆风味的烤饼，在新疆叫“馕”，却是金华人做的。浙江人做新疆吃食，做不好，做不好就虔诚，虚心，用料也实惠。是诚恳的好吃。搭配两条烤鱿鱼，夹着吃，香。餐后，用一杯冰的绿豆汤来冲洗肠胃。这三样食物，总共加起来十五块钱左右，我前前后后吃了一年。跟老板混熟了，可以赊账，可以挑选鱿鱼的胖瘦，预定烤饼的火候。甚至在冬天，我也喝冰镇的绿豆汤。他们家的冰柜非常大，夏天做好的绿豆汤，冻成硬硬的冰疙瘩，在冬天拿出来融化，我看见有一些豆子仍然鲜绿可爱。

饭后，我就走向网吧。经常是六七点钟，正逢学生们下课归来，像角马群迁徙过河一样，分割马路，流量汹涌。我逆着他们前进，时常撞到肩膀。我现在走路有一点驼背，就是那时候给害的。因为那个时候特别尴尬，我怕遇见熟人，我天生对其他生命传递来的客套问候过敏，浑身上下，就像被涂了酸液的针扎一下。我就低着头挪我的步子。

我们大学附近的网吧分三种。一是廉价，里面的人随地吐痰，恬不知耻。二是平价，庸庸碌碌。三是高价，一本正经。分别很像当时的我、大一的我，以及高三的我。

从四月份开始，我就只去高价的网吧了。因为四月份我开始和那里的兼职网管谈恋爱，利用关系之便，以内部价格进行充值，一块五一小时。对方是一位涂蓝色口红的少女，艺术院学生，身高一米五。此人和我一样不知“上课”二字怎么写，与“挂科”二字却极为亲近，情同手足。她说过一句话：“不爱上课是追我的门槛，你如果天天上课，我才不喜欢嘞。”这狗屁不通的言论，像温泉水一样，流窜在我二十岁的灵魂之间，把我泡起来。我开始膨胀，我发芽了。二〇一四年的下半年，我连必修课也不怎么去了。

我一松手，就掉下去，来到生命的反面进行生活。那一段时间，我一天只见太阳两面，一是网吧门推开后的朝阳，二是夕阳。我恐惧阳光，像恐惧实验课与社团活动一样，但不厌恶它们两个。它们非常柔和，像红橙色的婴儿。

蓝口红她大概是咸宁人，或是恩施人，总之电话里皆是湖北方言，叽里呱啦，和我几个湖北室友说的都不一样。她知道我是银川人，但是不知道银川在哪儿，我逗她说在大沙漠里，她信了，还问我沙漠下不下雨。

穿越时光的最好方法就是虚度时光——我从来没听说过混日子的人使用“度日如年”这样的词汇。我和蓝口红每天混日子，乱吃乱喝，抽烟，闲聊。常是低着头，踱压着鞋底的石子与草，能聊上两三个小时。打游戏，进城瞎逛。在最后一班回郊区的二层巴士上，压根儿没有别人，只有司机和我们。她就像神经中毒了一样，把所有窗户拉开，在公交车上吸烟。狂风涌入，烟很快就飘散。

从城里到黄龙山背面的新校区，要经过黄龙山隧道，那个隧道非常美丽。夜很漫长，逆着生物钟搞事情，很累，于是白天的睡眠异常安稳，都上课去了，没人吵你。就中午要吵一会儿，因为学生们要回来吃饭。

蓝口红跟我约法三章，其中有两章是比较明确的。一、不能劝她喝酒，她酒精过敏，“一喝就死”。二、一个月只能开一次房。因为她极度恐惧上床，除了疼痛，她别无其他感受。后来我们再也没有开过房，因为实验证明她确实是从头疼到尾的，那很痛苦。上帝把她的这个阀关上了。另外一章，她当时说保留话语权。

蓝色口红，她总是随时带在身上，动不动拿出来抹两笔。每天都像是吃了一麻袋桑葚一样，出现在我面前，散发法兰西非主流式的浓郁气质。我的嗅觉都出现了异样，见到她，嘴里就冒出蓝莓、桑葚的味道。关键是，她自认为那是特立独行的表现，我觉得挺丢人的，因为她穿了白色丝袜，打扮得像个萝莉——是那种情色风格的萝莉。她跟我走在放学时的逆向人潮里，弄得我脸上如炭烤一样通红。

我问她为什么非要、非得、非特立独行不可？凌晨三点半，热闹非凡的网吧里，她把耳机摘下来，竟是一脸的愤慨：“你真的读过王小波吗？你如果骗我，为了取悦我，而说你读过，那我们就分手吧，now，现在。”我立刻展示出醍醐灌顶的神态，表示充分理解，并赞美了她蓝色的嘴唇，连带她的蓝色短裙、蓝色袜子、蓝色小皮包一同赞美了一番。

她那一番言论非常吓人，表情也是，弄得我连忙网购了五六本王小波的书，共计二百五十余元，甚至包括一本别人写的《王小波作品批评》。当然了，后面这本书非常垃圾，是一本酸溜溜的狗屁著作。一个人当不了艺术家，就去当批评家了，然后还腆着脸说批评也是一种艺术。

在我连续沉迷于网络游戏与蓝口红身上的橘子味长达大半年时间的节点上，我以为即便是众神之王宙斯走过来电击我的脑壳，让我清醒、学习、改善作息，我也会发他一根烟，给他点上。我要带他熬上几回夜，办几张通宵卡，顺道见识见识凌晨两点半的野猫群P晚会，醉倒在路边抱着砖头当电话使的大肚男，以及可爱又迷人的反派角色：蓝口红女士。她一定会谩骂宙斯是个整天放电屁的蠢货。

但一位骑士用文字的长枪刺破我的领子，把我整个人提溜起来，往天上一抛，我瞬时飘起来，仿佛重力来自天空而并非土地，我穿过云层，落到了生活的阳面。事后他摘下面具，露出一张遍布愁容的、非常屌丝的一张脸。他就是王小波了，一位在勃起之后，连铁锤也锤不软的神人。后来在上海，常有人向我索取书单，问我的阅读量有多少，质问我的狗屁文章是怎么写出来的。我惭愧极了。因为我从前从不读书，中国的语文教育不但不鼓励享受阅读快感，还用"阅读理解"这种反人类的设置将读书欲望活生生吓死在萌芽时期。理解应是自发的，理解了，就理解，且每个人理解到的都不一样。没理解，你不能强行让人理解理解。读罢王小波，我也不再读新书，其他人的文章我看不进去。新疆烤馕夹鱿鱼，是我味蕾肠胃领地上的唯一真神。精神上的，就是他了。

不过很久以后，也遇见过其他的骑士，卡尔维诺骑着"想象力"的汗血宝马，苏童那匹"结构与布局"的马也俊俏抖擞，我能读进去。不过这些马都有马厩，有家，有规矩，有人鞭挞，甚至有些人的马还带有骟过的痕迹。王小波的马同时长着两种生殖器，还是透明的，是放养的。

二〇一四年冬天，我与蓝口红之间开始产生隔阂。陪她的时间少了，才知道她是那样一个黏人的女人。短信轰炸、电话暴击，尖酸刻薄的互相声讨充满了我们仅有的通话时间。因为到了大学三年级，有些课如果不去，相当于主动辍学。我硬着头皮站在实验台前面，黑黝黝的胶皮桌子上，摆着一小杯清澈透明的溶液。

而我所要做的，是检测这看似纯洁的水当中，含有多少钙、镁、磷。“钙镁磷含量测定”，听起来恍若玄学，但懂行的人都知道，一个大学生得以完成这个实验的门槛只有两条：一，认识二十六个英文字母。二，四肢健全，未瘫痪。学校设置专业实验的同时，还发一本实验书给你，就像是在跑道上给你立个跨栏，又往你脚底安上许多弹簧。照书上说的，按顺序把EDTA、HCL、NaOH什么之类的东西盛出来，倒进去，就行了。不知道是什么，没关系，对着字母，柜子里去找，都贴着标签呢。

这样的实验每天都有，站一下午，很累，无法再陪蓝口红奋战在凌晨三点半，无法再“为了艾泽拉斯”了。不过这些都有点借口的意味，主要原因是：王小波把我弄得心痒痒了，痒得我钻下床底，把两年多没有打开的笔记本电脑弄出来。

这台电脑上长满了霉菌，我把它擦净后，开机。它像拖拉机一样，轰响。不到十分钟，就具备了煎鸡蛋的热度。我的舍友们都吓坏了，担心它随时会爆炸。不过更让他们恐慌的是，赵翔宇竟然摊开了几本书，拿上了笔和纸，还新建了一个Word文档，并写下了一个矫情酸溜的小说题目：蓝色口红。

写作是一件很私人，或是说很丢人的事。《看不见的城市》是卡尔维诺的马中精锐，但驯马的时候，是没人看见的。马蹬他、踹他、戏耍他，马逃跑、气他、整他的时候，我们可看不到。但几个室友对我开始写小说这件事表现得非常兴奋，经常叫人来观摩议论，这弄得我不得不继续熬夜。我再次砸碎生物钟，跳进了生命的反面。不过这一次，我只是深渊探险而已，我是顺着梯子下来的，随时还能上去。

蓝口红可不同，她直接在反面安了家。家里温馨、暖和，就像冰冷的长夜中，一间燃着炉火的小屋子。她打电话骂我：“想分手就直说，别整天躲着！你这个渣男！”我很难想象自己会变成渣男，我一不抠门，二不出轨，三还尊重她的洁癖与疼痛。我说：“我今天晚上可出不去，我们班在开会！”

八点多，她问我在哪儿，我压低声音说：“在开会呢。”

话音未落，一个女人，一脚踹开我们寝室的大门。那一瞬间，她美艳异常。气冲冲的眼睛，红润润的脸蛋，穿的雨靴黝黑锃亮，上面挂着武汉深冬的雨露。我一直以为十岁以上的人不会穿雨靴，但她就是穿，她吃泡泡糖还真的吐泡泡玩，她还收集方便面里的星座卡。她身下也有一匹透明的马。她说，“这是你最后一次看见我，以后不要见面了”。这显然是不可能的，青春里的狠话没几句能成真，我从前还跟她说过再做那个行尸走肉般的实验，我就是狗呢。我还不是照样做了一年多。

实际上，那是我倒数第二次见她。

自那以后，很长一段时间，我沉迷于写作。漫无目的地写，碎片练习。写一个宿舍楼下卖卤蛋的跛子。写学校附近的红灯区，红灯区小巷子里的女人，把高跟鞋扔在一边，让脚休息，吃盒饭，喝水，休息。写网吧老板的女儿，在我的指导下，上无良电台点播歌曲，一首要扣五十块钱话费。她点的《数码宝贝》主题曲，点了十来次。

《蓝色口红》完成的时候，我拿给选修课老师看。对方是一位五十余岁的现代文学史教授，学校请这位大师来授课，以增进理科生们的文学素养。他将我的七八张A4稿纸迅速翻了一回，往我怀里一塞，说了两句话：一，我们文学系的作业我都批不过来哪！二，年轻人不要写小说！像我们文学系学生，先从文学评鉴做起！况且你们这个年代的人，没有经历过苦难，未经历苦难，或者见证过苦难的人，是写不出好作品的！

我长期熬夜练就的肿眼泡子，以及目光呆滞的模样兴许引起了他的怜悯，他将纸张抽回去，在上面签了一个名字。回寝室后，我盯着那签名猛看，这名字我越看越熟悉，胆战心惊中，我把垫桌子角的书抽出来，原来，他就是写《王小波作品批评》的大师。

二十世纪九十年代出生的人，大概是不可以说出“苦”“难”“累”这仨字儿的。我小时候，在饭桌上埋怨老师凶悍，学校严酷，外祖母操着一口宁夏和甘肃南部的混合腔，讲起打桥洼的土坯房里，教员把大黑锅烧焦了，倒贴着白墙，抹出来一个“黑板”供学生使用。还讲起残缺不全的桌椅板凳，以及版式不一的教科书。弄得我哑口无言，抢先一句：

“好好好，姥姥，我身在福中！”

“哎对，你不知福！”

在祖母家，埋怨剩菜回锅后暗暗的酸味。老人家微微一笑，放下筷子。动辄三十年，发力五十年，讲起她十七八岁经历的那场洪水，洪水过后，什么也没剩下。

“饿得人眼睛里头都是发光的蝌蚪！”

苦难这个字眼，十足狡猾圆润。枪炮痢疾的苦难中，人饱受苦难。蜂蜜与卤汁中浸泡着，人也是苦难的。前者是枯瘦腐烂着死去，后者是发福臃肿地活着。老一代人说吾辈身在福中，是因为他们不了解苦难的进化与变异。他们不了解二十世纪九十年代生人者专有的、顽固且精良的苦难。现在我不得不猖狂地向父辈宣告：苦难是无关时空的，与后辈切磋苦难之严重，场面之悲怆，是没有意义的。且，与伤及体肤、食不果腹的苦难相比，困乏身心的苦难，它更高级，不容易根除。如果说自然灾害是生命的砒霜，它锋利，直接，但它纯洁无瑕。新时代的苦难，就是大烟膏子，它让人上瘾，沉迷。稍有不慎，就进入慢性死亡的深渊中去。

我曾是混日子的顶级人才，我深刻了解，在我所在的一本院校内，有多少像我这样的人，比例是多少，我们彼此心中有数。二〇一五年夏天的期末考试前，教务处封掉了一个年级的QQ大群，它叫“如天宫一样美好的未来”，“天宫”指的是校门北面一家鹤立鸡群的商务宾馆，是学生们开房时的最优场所。我的舍友——暂且称之为曹君，情急之中新建了一个QQ群，命名为“普度众生”，以供有需要者，从上面寻找热腾腾的美味答案。四人寝室，宣传力度有限，我们只是把群号发在了一个规模极小的游戏交流群，并附以“化院新群”四个字的简介。此时，距离下午的考试只有一个小时。

在四十分钟后，群成员人数达到了五百九十七，并有“专业人士”立下群规：切勿在考试期间发送与考试无关的文字，违者踢出！

我铭记那个数字，如同此刻我铭记着我们的苦难。

在大学校园附近，网吧林立，尼古丁飞蹿。短裙御风，酒瓶穿空。方圆十里，在我拜访的十八家书店里，寻不到一本惠特曼诗集。应用商店里无穷无尽的APP，削磨生命的长度。一到美丽的夜晚，寝室楼灯火通明，闪烁的电脑屏幕里面，大大的胸脯，美丽的脸庞，甜甜的声音。或是激烈的战场，用鼠标操控的小人儿，释放出一道道魔法波痕。女人们的生活重心，放在修图、颜值、包包、朋友圈上。男人们的，则放在游戏与女人上。没有任何一段岁月，比此时更像泡沫。靓丽、脆弱，且如光飞逝。

那段时间，我整个人患上了一种精神疾病。我走路都皱着眉毛，一副苦大仇深、极其欠揍的模样。类似于女人更年期那样的心理阴云，数倍地聚拢在我头顶，导致我经常跟人吵架。我想找点乐子，但乐子不想找我。吃饭、唱歌、看电影，喝酒、网吧、打台球，这些竟然就是我二十年生命里所有的乐子！我为此感到恐慌。为了避免跟外人发生冲突，我把自己关在寝室里，写小说。小说完成时会有一种超乎于射精的快感，于是，写小说，顺理成章地成为我新的乐子。

《文机器猫的人》，是受“跟风考研”现象的启发——有一大批人，他们考研究生不是为了研究，而是为了在简历上多写两笔，讲的就是盲目从众的苦难。《兰州莎莎》则是一场关于传承与精进主义的博弈。《愁容骑士》写那光洁如新的教室中，梦魇般的体制恶臭。《另一把羊角匕首》，写大学校园里一系列智障般的地域歧视。《贺兰山下》，写二十世纪九十年代生人者无法抗拒的父母之命。《十七楼房客》与《赤裸圆舞曲》，则献给我们千丝万缕的、那无处安放的年轻性欲。

当这些东西被印成铅字的时候，变成可以翻阅的纸张的时候，它们就再也不可被篡改了。仔细闻这些字的时候，除了铅墨味儿，我大概能闻到凌晨三点的味道。兴许能闻到一点烟味，以及当年寝室里，从外至内飘进来的秋天桂花的暗香。不过，最浓郁的，当属苦难的味道。闻吧，闻着，然后闭上眼睛，我看见一位骑士，从浓雾中来，下马，踩着醉步，拔剑四顾心茫然，他剑锋切割空气，久久寻不到苦难的真身在何处。它们寄居于深夜热闹网吧的键盘下，藏匿于酒瓶堆叠的包厢里。但他身上带有纸和笔，每个字都像一道金闪闪的符咒，使那浓雾向后散去一点点。

那些漆黑黏稠的东西，最怕看见赤裸裸的东西。他写赤裸裸的文字，赤裸裸地面对世人。我得跟在他身后老远的位置，多学学，多练练，早日找到属于自己的马。至于蓝口红，我们后来又发生了一些事。这些我保留为自己的秘密。她带我认识王小波，我至今也心存感激。

ONE book

监　　制：韩　寒
策 划 人：戚开源　小　饭
出版统筹：戚开源　朱华怡
编　　辑：朱　琳　朱双南
特约编辑：一　言　向　可
策划推广：李靓雯　金怡玉玲　纪文超
特约发行：王　鑫
特约印制：张春笛
封面设计：邵　年
版式设计：欧阳颖

官方网站：wufazhuce.com
官方微博：@一个App工作室　@一个图书　@亭林镇工作室

图书在版编目（CIP）数据

坏一坏 / 凉炘著. — 成都：四川文艺出版社，2016.11
ISBN 978-7-5411-4508-7

Ⅰ. ①坏… Ⅱ. ①凉… Ⅲ. ①短篇小说－小说集－中国－当代 Ⅳ. ①I247.7

中国版本图书馆CIP数据核字（2016）第270140号

HUAI YI HUAI

坏一坏

凉炘 作品

责任编辑 彭 炜 周 轶
装帧设计 邵 年
出版发行 四川文艺出版社（成都市槐树街2号）
网 址 www.scwys.com
电 话 028-86259287（发行部） 028-86259303（编辑部）
传 真 028-86259306

邮购地址 成都市槐树街2号四川文艺出版社邮购部 610031
印 刷 北京鹏润伟业印刷有限公司
成品尺寸 145mm×210mm 1/32
印 张 9.75 字 数 210千
版 次 2017年4月第一版 印 次 2017年4月第一次印刷
书 号 ISBN 978-7-5411-4508-7
定 价 39.00元